JN107821

冥土行進曲

夢野久作

角川文庫
23891

目次

狂人は笑う　5

縊死体（いしたい）　29

難船小僧（S・O・S BOY）　35

焦点（フォカス）を合わせる　79

斜坑　113

幽霊と推進機（スクリュウ）　149

爆弾太平記　173

冥土行進曲　259

解説　谷口基　308

狂人は笑う

青ネクタイ

「ホホホホホホホ……」

だっておかしいじゃありませんか。

……わたしはねえ。失恋の結果世をはかなみて、何度も何度も自殺しかけたんですってさあ。

いいえ。わたしは知らないの。そんなことをした記憶はチットもないのよ。初めっから失恋なんかしやしないわ。第一相手がわからないじゃないの……ねえ。おかしいでしょう。ホホホホホホ。

そりゃあ変なのよ。女学校を出てからというもの毎日毎日お土蔵の二階の牢屋みたいな処に閉じ込められて、一足も外へ出ちゃいけないって言い渡されていたの。なぜだかよくわからないけど……おまけに着物も何も取り上げられちゃって、わたしほんとうにきまりが悪かったわ。着物を引き裂いて首を縊るからですってさあ。わたしはもう情けなくて情けなくて……。

御飯を持って来てくれるのは乳母だけなの。お父さんはわたしが生まれない前にお亡くなりになるし、お母さんもわたしをお生みになるとすぐに、どこかへ行っておしまいになったんですって……ですからわたしは、そのころまで独身者で、お金を貸していた叔父さんの手に引き取られて、その乳母のお乳で育ったのよ。そりゃあいい乳母だったの……。

その乳母が、わたしが小さい時に持っていた、可愛らしい裸体のお人形さんを持って来てくれた時の嬉しかったこと……。

……まあ。お前は今までどこに隠れていたの。お母様と一緒に遠い処へ行っていたの。よくまあ無事で帰って来てくれたのね……って、そう言って頬ずりをして泣いちゃったのよ。そうしてわたしは、それからというもの、毎日毎日来る日も来る日も、そのお人形さんとばっかりお話ししていたの。お母様のことだの、お友達のことだの、先生のことだの……そりゃあ温柔しい、可愛らしい、お利口な、お人形さんだったのよ。

そうしたらね。そうしたらある夕方のことよ……。

お土蔵の鼠が、そのお人形さんのお腹を食い破っちゃったの。そうして中から四角い、小さな新聞紙の切れ端を引き出したのよ。わたしがチャンと抱っこしていたのに……ええ、そうなのよ。そのお人形さんのお腹の壊れた処を新聞で貼って、その上から丈夫な日本紙で貼り固めてあったの。それが剝がれて出て来たの。大方鼠がその糊を食べようと思って引き出したのでしょう。可哀そうにねえ。

わたしその時ドレくらい泣いたか知れやしないわ。そうしてね、あまり可哀そうですから、頂き残りの御飯粒で、モトどおりに貼ってやりましょうと思ったついでに、何の気もなしに、その切れ端の新聞記事を読んでみたらビックリしちゃったの。わたし、今でも暗記してるわ……あんまり口惜しかったから……。

　こうなのよ……。

……彼女はついに発狂して、叔父の家の倉庫の二階に監禁さるるに到った。ここにおいて彼女を愛していた名探偵青ネクタイ氏は憤然として起ち、この事実の裏面を精探すると、驚くべき真相が暴露した。すなわち強欲なる彼女の叔父は、彼女の母親の財産を横領せんがため、ひそかに彼女の母親を殺して、地下室の壁の中に塗りこめたもので、次いでその遺産の相続者たる彼女を不法監禁して発狂せしめ、法律上の相続不能者たらしめようとしていた確証が発見され、彼女の正気なる事が判明したので、彼女は巨万の富を相続すると同時に、青ネクタイ氏と結婚することになった。同時に憎むべき彼女の叔父は死刑の宣告を受けて……。

……っていうのよ。ねえそうでしょう。あのお人形さんは、わたしに本当の事を教えに来てくれた天使だったのよ。ねえ、そうでしょう。わたし、その晩、日が暮れるとすぐに、お土蔵を脱け出しちゃったの……。

いいえ。お土蔵を脱け出すくらい何でもなかったのよ。わたしあんまり口惜しかったから、アノお土蔵の二階の窓にはまっていた鉄の格子ね。あれを両手で捉まえて力一パイ引っぱってやったら、まるで飴みたいに曲がってしまって、窓枠と一緒にボロボロッと抜けて来たのよ。キッと鉄でなくて、鉛か何かだったのでしょう。何から何まで人を欺していたことが、その時に、初めてわかったわ。わたしは口惜し泣きしいしい、その窓から飛び降りたのよ。

それから人に見つからないように、お縁側からはい上がって、奥の押し入れの中にある長持ちと壁の間に挟まって、ジィッとしていたの。ずいぶん苦しかったわ……でも叔父は用心深いんですからね。雨戸を閉めちゃったらもうトテモ入れないのよ。そのうちにやっとの思いで夜が更けて来て、お台所の時計が十二時を打つのをチャンと数えてから、ソーッと押し入れを出て行って叔父の蒲団の下に隠してあった白鞘の刀を、中味だけソーッと引き抜いてしまったの……叔父はいつもそうして寝ていたんですからね。そうして素ッ裸体のままお酒を飲んで寝ている憎らしい叔父の顔をメチャメチャに斬ってやったの……お母さんの讐敵……って言ってね。

……そりゃあ怖かったわ。血みどろになった素ッ裸体の叔父が、死に物狂いになってつかみかかって来るんですもの。それをあっちに逃げたり、こっちに外したりしながらヤットの思いで斬り倒してやったわ。

それから大勢の雇い人が出て来て、わたしのことをキチガイだキチガイだって、ワイワイ騒ぎ出したの。わたし口惜しかったから思い切って暴れてやったわ。大きな男がいろんな物を持って向かって来るのを、何人も何人も斬ったり突いたりしてやったけど、大勢にはどうしてもかなわなかったの……だって撃剣の上手なお巡査さんなんか呼んで来て加勢させるんですもの。わたし、お床の間の前に追い詰められながら、一所懸命に刀を振りまわして闘ってみたけど、トウトウ刀をタタキ落とされちゃったの。おまけに叔父さんの死骸に引っかかってドタンと尻餅を突いたおかげで逃げ損なって、そのお巡査さんに押さえつけられてしまったのよ。デモおもしろかったわ。ホホホホホ……。

それから自動車でこの病院に連れて来られると、ここの院長さんが思いがけない親切な方で、トテモトテモ頭のいい方だったのよ。お美味い冷水を何杯も何杯も御馳走して下すった上に、わたしの話をスッカリ聞いて下すって、いろんなことを言って聞かせて下すったのよ。……モウしばらくの間キチガイになった振りをして、この病院に入っていた方がいいってネ……そうおっしゃるの……お前の叔父さんはまだ生きていて、青ネクタイ氏と裁判所で争うって言っているのだから、その叔父さんの罪状が決定して、監獄に入れられるようになったら、その時に病院から出してやる。青ネクタイ氏とも結婚させてやる。それまで辛抱して待っていないと、叔父さんがまたドンナ悪企みをして、お前の生命を取りに来るかわからない。しかしこの鉄筋コンクリートの室に隠れていれば、誰も近づくことはできないからってネ……そう言って下すったから、わたしスッカリ安心して、ここに隠れているのよ。そのうちに青ネクタイ氏が、キット会いに来て下さると思ってネ……楽しみにして待っていたのよ……。

そうしたらおかしいの……まあ聞いてちょうだい……このごろヤット気がついたの……。

ここの院長さんこそ名探偵の青ネクタイ氏なのよ。……ホラ御覧なさい。誰だってビックリするにきまっているわ。わたしだってオンナジことよ。あんなに頭が禿げていらっしゃるのでチットモ気がつかなかったのよ。

でもこのごろ、窓の前をお通りになるたんびに青いネクタイを締めていらっしゃるでしょう。新しい……はでなダンダラ縞の……ネ。ですからもしやそうじゃないかと思って気をつけていたらヤットわかったのよ。

わたし、感謝しちゃったわ。あんなにまで苦心して、わたしを保護して下さるんですもの……。

なぜってあの禿げ頭は変装なのよ。仮髪なのよ。オホホホホ。おかしいでしょう。わたしはチャンと知っているけど知らん顔をしているの。でも時々おかしくてしようがなくなるのよ。

あんな禿げ頭の人と結婚するのかと思ってね。ホホホホホ。ハハハハハ……。

崑崙茶

婦長さん……看護婦長さん。チョットお願いがあるんです。ちょっと来て下さい。大至急のお願いが……。

あのね……耳を貸して下さい。すみませんが……。

……僕の不眠症の原因がわかったんです。ここへ入院してからというもの、どうしても眠れなかった原因が……。

僕はとんでもない呪詛にかかっているのです。イイエ。虚構じゃありません。卒業論文なんかに呪われて、神経衰弱にかかったんじゃありません。別にチャンとした原因があるのです。事実の証拠が眼の前に在るのです。

僕はね……ビックリしちゃいけませんよ。僕はね。すぐ横のベッドに寝ている支那の留学生ね。アイツに呪われているのですよ。あいつに呪われて殺されかけているのです。ですからこの室にいたらとうてい助かりっこないのです。

エッ……どの支那人かって……？……ホラ……そこに寝ているじゃありませんか。あなたの背後の寝台に……エッ……そんなものは見えないって……？……あなたは眼がドウかしているんじゃないですか。……ね。わかったでしょう。あいつですよ。ツイ今しがた先生に注射をしてもらったばかりなんです。ね、グーグー眠っているでしょう。

何ですって……？……あの支那人は僕の脅迫観念が生んだ妄想だって言うんですか……？……そ……そんなことがあるもんですか。チャンとした事実だから言うんです。ね、御覧なさい。死人のように頰ペタを凹まして、白い眼と白い唇を半分開いて……黄色い素焼きみたいな皮膚の色をして眠っているでしょう。

僕はあの顔色を見てヤット気がついたのです。この留学生はキット支那の奥地で生まれたものに違いない。あの界隈で有名な、お茶の中毒患者に違いないと……。

イイエ。あなたは御存じないはずです。

お茶に中毒した人間の皮膚の色は、みんなアンナ風に日暮れ方のような冷たい、黄色い色にかわるのです。光沢（いろつや）がスッカリなくなってしまうのです。そうしてひどい不眠症に罹（かか）って、廃人みたようになってしまうのです。

イヤ。それが普通のお茶とは違うのです。

普通のお茶だったら僕なんかイクラ飲んだってビクともするもんじゃありませんがね。あの留学生が持っているやつはソンナ生やさしいもんじゃありません。崑崙茶（こんろんちゃ）といって、一種特別のタンニンを含んだお茶から精製したエキスみたいなものなんです。ですからトテモ口先や筆の先では形容のできない、天下無敵のモノスゴイ魅力でもって、タッタ一度で飲んだやつを中毒させてしまうんです。トッテも恐ろしい、お茶の中のお茶と言ってもいいくらいな、お茶の中のナンバー・ワンなんです。

この崑崙茶のエキスで作った白い粉末で「茶精」っていうやつをあの留学生は、どこかに隠して持っているのです。どこに隠しているかわかりませんが……支那人の中には魔法使いみたようなやつが多いのですからね。……そいつを僕の枕元の鎮静剤の中に、すこしずつ拈（ひね）り込んでいるんです。そうして誰にもわからないように、僕の生命を取ろうとしているのです……僕は時々頭から蒲団を冠（かぶ）る癖がありますからね。その隙に入れるんだろうと思うんですが……僕が頂いている鎮静剤はステキに苦いでしょう。おまけにプンと臭いがするでしょう。ですから「茶精」が仕込んであるのがわからないんです。

エッ……そんな悪戯をする理由ですか。

そりゃあわかりきっているじゃありませんか。あなたはまだ不眠症にかかったことがないんですね。そうでしょう。……いつでも、睡くて困る……アハハ……だから不眠症患者の気持ちがわからないのですよ。

……こうなんです。アイツは僕が先生の注射のおかげでグーグー眠っているのを見ると、妙に苛立たしくなって、癪に障ってくるのです。そうして終いには殺してしまいたいくらい憎らしくなってくるんです。

イイヤ。そうなんです。これが不眠症患者の特徴なんです。つまり極端なエゴイストになってしまうんですね。いくら眠ろう眠ろうと思っても、思えば思うほど眠れないことがわかってくると、だんだん気違いみたいな気持ちになってくるんですよ。……世界じゅうの人間が一人残らず不眠症にかかって、ウンウンもがいているまん中で、自分一人がグーグー眠れたらドンナにか愉快だろう……なんかと、そんなことばっかりを、一心に考えつめている矢先に、横の方から和やかな寝息がスヤスヤ聞こえてきたりなんかしたら、もうトテモたまらなくなるんです。神経がいっぺんに冴え返ってしまって、煮えくり返るほど腹が立ってくるんです。聞くまいとしてもその寝息が一つ一つにスヤリスヤリと耳の奥に沁み込んでくる。そのたんびに腹立たしさがジリジリと倍加していく。しまいにはその寝息の一つ一つが、極度に残忍な拷問か何ぞのように思われてきて、身体じゅうにビッショリと生汗がニジミ出てくるのです。そうして、その寝息をしているやつを殺すか、自分が自殺するか、二つに一つ……といったような絶体絶命の気持ちになって、あっちに寝返り、こっちに寝返りし始めるのです。アイツは僕のために、毎晩そんな気持ちを味わわせられているんです。おまけに僕は肥厚性鼻炎なんですから、眠ると夜通しイビキをかくでしょう。その上に相手は個人主義一点張りの支那人ときているんですから、いっそうたまらないわけでしょう。

ですからアイツはその茶精を使って、僕を絶対に眠らせまいとしているのです。そうして僕をしだいしだいに衰弱させて、殺してしまおうと企んでいるのです。

イヤ。それに違いないのです。僕は興奮なんかしていません。キットそうなのです。だめですだめです。僕の空想なんかじゃありません。……この室にいると僕はキット殺されます。……どうぞ助けると思って僕を他の室に……エッ……室が満員なんですって？　そんなら野天でもかまいません。どうぞどうぞ後生ですから、僕を別の室に……。

……何ですか。崑崙茶の由来ですか。……あなたは御存じないのですか。

ヘエ。崑崙茶がドンナお茶か見当がつけば、中毒を解くのは何でもない。……なるほど。植物性の興奮剤はいろいろあるから、話をよく聞いてみないことには見当のつけようがない。……そんなものですかねえ。……そんならわけはないでしょう。その留学生が持っている「茶精」を取り上げて分析してみたらすぐにわかるでしょう。

……なるほど。匿（かく）している処がわからないと困る……それもそうですね。キット魔法使いみたいなやつに違いないのですからね。……それればかりじゃない。注射で眠っているやつを途中で起こすと、利き残った薬が身体に害をする……そんなもんですかね。へエ……。

実は僕も崑崙茶の成分なんか知らないんですがね。イイエ。与太話なんかじゃありません。そのお茶に関するモノスゴイ話だけなら、ズット以前に何かの本で読んだことがあるんですが……僕はモトから支那の事を研究するのが好きでね。支那は昔から実に不思議な国ですからね。僕の憧憬の国と言ってもいいくらいなんです。今度の卒業論文にも支那の降神術に関する文献の事を書いておいたんですが……。

へエ。あなたも支那のお話がお好きですか。お祖父さんが漢学者だったから……ああそうですか。それじゃ聞かしてあげましょうとも。しかし、他の話ならともかく、崑崙茶の話だったら、そのお祖父様から、もはや、トックの昔にお聞きになっているかもしれませんがね。有名な話ですから……ヘエ。全く御存じないんですか。妙ですね。それじゃあなたが思い出されるかどうか話してみましょう。

しかしその支那人が眼を醒ましゃしないでしょうか。ヘエ。明日の朝まで大丈夫。そうですか。それじゃお話ししましょう。まあ腰をかけて下さい。

あなたは四川省付近に、お茶で身代を亡くした人間が多い事を御存じじゃないですか。ヘエ。それも御存じない。アノ付近に限られているのですからかなり有名な事実なんですが……。

エエ、そうです。ずいぶん珍妙な話なんです。酒や女で身代限りをするのなら当たり前ですが、お茶の道楽で身体を持ち崩して、破産するというのですから、ばかばかしいのを通り越しているでしょう。トテモ支那でなくちゃ聞かれない話なんです。

御存じのとおり支那人というやつは……聞こえやしないでしょうね……チャンチャンというやつは、国家とか、社会とかいう観念となると全然ないと言っていいくらいに、個人主義的な動物ですが、その代わりに私的の生活に関する、享楽手段の発達していることといったら、世界一と断言していいでしょう。着物でも、住居でも、料理でも、酒でも、香料でも……ね……御存じでしょう……エロの方面でも何でも、個人的な享楽機関ときたら、四千年の歴史を背景(バック)にしているだけに、スバラシイ先端的な処まで発達を遂げているんです。

……ですからタッタ一つのお茶といったような問題についても、ドエライ研究が行き届いているに違いないことが、すぐに想像されるでしょう。

全くそのとおりなんです。しかも日本人なんかがイクラ想像したって追いつかないくらい、メチャメチャな発達を遂げているのですが、その中でもまた、特別誂(あつら)えの天下無敵の話っていうのが、この崑崙茶の一件なのです。

まず、支那の奥地の四川省から雲南、貴州へかけて住んでいる大富豪の中で、お茶の風味がよくわかって、茶器とか、茶室とかの趣味に凝り固まった人間がいるとしますかね。または酒や、女や、阿片(あへん)や、賭博(とばく)なんかでも、あらゆる贅沢(ぜいたく)をし尽くした道楽気の強い人間が、今度は一つ、お茶の趣味に深入りしてやろうと決心したとしますかね。いいですか。そこで何でもかでも良いお茶良いお茶と金に飽かして、天井知らずに珍奇なお茶を手に入れては、それを自慢にして会合を催したり、ピクニックを試みたりしていくうちには、キット崑崙茶を飲みたいというところまで、お茶熱が向上してくるのです。……むろん崑崙茶といったら、お茶仲間の評判の中心で、魅惑のエースと認められているることだし、お出入りのお茶屋がまたチャンチャン一流の形容詞たくさんで……崑崙茶の味を知らなければ共にお茶を談ずるに足らず……とか何とか言って、口を極めて誘惑するんですから、下地のある連中はトテモたまりません。それでは一つ……といったようなわけで、思い切り莫大なお金をお茶屋に渡して、周旋を頼むことになるのです。

ところで崑崙茶を飲みに行く連中が、雲南、貴州、四川の各地方の都会に勢ぞろいをして出かけるのは、たいてい正月過ぎから二月ごろまでの間だそうです。つまり崑崙山脈までの距離の遠し近しによって、出発の早し遅しが決まるのだそうですが、その行列というのがまたスバラシイ観物だそうです。

まっ先に黄色い旗を捧げた道案内者が、二人か三人馬に乗って行くと、その後から二、三匹ずつ、馬の背中に結びつけられた猿が合計二、三十四、ないし、四、五十四ぐらい行くのです。その間々に緑色の半纏を着た茶摘み男とか、黄袍をまとうた茶博士とかいったような者が、二、三十人入り交じって行くのですが、この猿が何の役に立つかは後でわかります。それからすくなくて三、四台、多くて七、八台から十台ぐらいの、みごとに飾り立てた二頭立ての馬車が行くので、その中に崑崙茶を飲みに行く富豪だの貴人だのが、めいめいに自慢の茶器を抱えて乗っているわけですが、この時に限って支那富豪につき物のお妾さんは一人も、行列の中に加わっておりません。全く男ばかりの行列なんだそうですが、その理由もおいおいとわかってくるでしょう。

その後から金銀細工の鳳凰や、蝶々なんぞの飾りをつけた二つの梅漬けの甕を先に立てて、小行李とか、大行李とかいった式の食料品や天幕なんぞを積んだ車が行く。その後から武器を持った馬賊みたような警固人が、堂々と騎馬隊を作って行くので、知らない者が見ると戦争だかお茶飲みだかチョット見当がつかない。ちょうどアラビアの沙漠を渡る隊商ですね。とにかくソンナ大騒ぎをやって、新茶を飲みに行こうというんですから、支那人の享楽気分というものが、ドレぐらい徹底しているものだか、ほとんど底が知れないでしょう。

彼らはそれから嶮岨な山道を越えたり、追剝や猛獣の住む荒野原を横切ったり、零下何度の高原沙漠を、案内者の目見当一ツで渡ったりして、やがて崑崙山脈の奥の秘密境に在る、遊神湖という湖の近くに到着するのです。そこいらは時候が遅いので、ちょうどそのころが春の初めくらいの暖かさだそうですが、その景色のよさといったら、実に何とも力ンとも言えないそうですね。

詳しい事はわかりませんが、その遊神湖という湖の周囲には、歴史以前に崑崙国といって、すてきに文化の進んだ一つの王国があったそうです。ところが、その国民は極端に平和的な趣味を愛好した結果、崑崙茶の風味に耽溺し過ぎたので、スッカリ気力を喪って野蛮人に亡ぼされてしまったものだそうです。今でもその廃墟が処々の山陰や、湖の底からニョキニョキと頭を出しているそうですが、その周囲には天然の森が茂り、高山風の花畠が展開して、珍しい鳥や見慣れぬ蝶が、長閑に舞ったり歌ったりしている。底の底まで澄み切った青空と湖の中間には、新鮮な太陽がキラリキラリと回転している……といったような、絵にも筆にもつくせない光景が到る処に展開している。その中でもいちばん眺望のいい処に、各地方から集まった隊商たちは、先を争って天幕を張りまわすと、手に手にお香をたいたり、神符を焼いたりして崑崙山神の冥護を祈ると同時に、盛大なお茶祭を催して、滅亡びた崑崙王国の万霊を慰めるのだそうですが、これは要するに、迷信深い支那人の気休めでしかないと同時に、お茶のできる間の退屈しのぎにすぎないのでしょう。

一方に馬から離れた茶摘み男たちは、一休みする間もなく各自に、長い長い綱をつけた猿を肩の上に乗せて、お茶摘みに出かけるのです。鬱蒼たる森林地帯を通り抜けると、巌石峨々として天半に聳ゆる崑崙山脈に攀じ登って、お茶の木を探しまわるのですが、崑崙山脈一帯に叢生するお茶の木というのは、普通のお茶の木と種類が違うらしいのです。皆スバラシイ大木ばかりで、しかも、切って落としたような絶壁の中途に、岩の隙間を押し分けるようにして生えているのだそうですから、猿でも使わないことには、トテモ危険で近寄れないわけです。ところでその猿がまた、実によく仕込んだもので、そんなお茶の大木の梢にホンノちょっぴり芽を出しかけている、新芽ばかりをチョイチョイと摘み取ると、見返りもせずに人間の手もとへ帰って来るのだそうです。

　そこでソンナような冒険的な苦心をした十人か十四、五人の茶摘み男が、めいめいに一握りか二握りのお茶の新芽を手に入れると、大急ぎで天幕張りの露営地に帰って来ます。そうすると待ち構えていた茶博士……つまりお茶湯の先生たちですね。それが崑崙茶の新芽を恭しく受け取って、支那人一流のすこぶるつきの念入りな方法で、緑茶に製し上げるのです。それから付近の清冽な泉を銀の壺に掬んで、崑炉と名づくる手づくりの七輪にかけて、生温いお湯を湧かします。そうしてその白湯を凝りに凝った茶碗に注いで、上から白紙の蓋をして、その上に、黒い針みたような崑崙の緑茶を一つまみほど載せます。そうしてその白紙の蓋がほんのりと黄色く染まったころを見はからって、紙の上の茶粕を取り除けると、天幕の中に進み入って、安楽椅子の上に身を横たえた富豪貴人たちの前に、三拝九拝して捧げ奉るのです。

　富豪貴人たちはそこで、その茶器の蓋をした白紙を取り除いて、生温い湯をホンノ、チョッピリ啜り込むのです。むろん一口味わった時には、普通の白湯と変わりがないそうですけれども、その白湯を嚥み下さないで、ジット口に含んだままにしていると、いつとはなしに崑崙茶の風味がわかってくる。つまり紙の上に載っていた緑茶の精気が、紙を透した湯気に蒸されて、白湯の中に浸み込んでいるのだそうですが……。

　……ドウデス。ステキな話でしょう。それはもう何ともかんとも言えない秘めやかな高貴な芳香が、歯の根を一本一本にめぐりめぐって、ほのかにほのかに呼吸されてくるそのうちにアラユル妄想や、雑念が水晶のように凝り沈み、神気が青空のように澄み渡って、いつ知らず聖賢の心境に暝合し、恍然として是非を忘れるというのです。その神々しい気持ちよさというものは、一度味わったらトテモ忘れられないものだそうです。ええ。むろんそうですとも。夜になっても眠られないのは、わかりきったことですが、しかし富豪たちはチットも疲れを感じません。影のように付き添って介抱する黄色い着物の茶博士たちが、入れ代わり立ち代わり捧げ持って来る崑崙茶の霊効でもって、夜も昼も神仙とおんなじ気持ちになりきっている。神凝り、鬼沈み、星斗と相語り、地形と相抱擁して倦む処を知らず、一杯をつくして日天子を迎え、二杯を啣んで月天子を顧みる。気宇凛然として山河を凌鎖し、万象瑩然として清爽際涯を知らずと書物には書いてあります。

　けれどもその間は、お茶の味をよくするために食物を摂りません。ただ梅の実の塩漬けと、砂糖漬けとを一粒ずつ、日に三度だけ食べるのですから、富豪たちの肉体がみるみる衰弱していくのは言うまでもないことです。安楽椅子に伸びちゃったまま、黄色い死灰のような色沢になって、眼ばかりキラキラ光っている光景は、ちょうどミイラの陳列会みたいで、気味の悪いとも物凄いとも形容ができないそうです。

　ところがおしまいには、その眼の光もドンヨリと消え失せてしまって、何のことはないキョトンとした空っぽの人形みたいな心理状態になる。身動きなんかむろんできないのですから、お茶は介抱人に飲ましてもらう。その時のお茶の味がまた、特別においしいのだそうで、身体じゅうがお茶の芳香に包まれてしまったようなウットリとした気持ちになるのだそうですが、やはり神経が弱り切っているせいでしょうね。その代わりに糞も小便も垂れ流しで、ことに心身消耗の極、遺精を始めるやつが十人が十人だそうですが、そんなものは皆、茶博士たちが始末してやるのだそうで、実に行き届いたものだそうです。

こうして二、三週間も経つうちに、最初は麓の近くに在った新茶の芽が、だんだんと崑崙山脈の高い高い地域に移動して行きます。それにつれて採取が困難になってくるわけで、やがて新茶が全く採れなくなったとなると、茶摘み男と茶博士が一緒になって、その生きた死骸みたいに弱り切っている富豪貴人たちを、それぞれに馬車の中へ担ぎ込んで、牛酪や、骨羹なぞいう上等の滋養分を与えながら、来がけよりもいっそうユックリユックリした速度で、故郷へ連れて帰るのです。つまり日中を避けて、朝の間と夕方だけ馬を歩かせるので、あんまり速く馬を歩かせたり、モウ夏になりかけている日光に当てたり何かすると、眼をまわしてヘタバルやつができかねないからだそうです。

ところで、コンナふうにしてヤットの思いで、七、八か月ぶりに故郷に帰り着いても、まだ半死の重病人みたいになっているやつがいるそうですが、しかしどっちにしてもこの崑崙茶の味を占めたやつはモウ助からないそうです。完全なお茶の中毒患者になっているんですから、来年の正月過ぎになると、今一度飲みに行きたくてたまらなくなる……もっともこれは無理もない話でしょう。支那人一流の毒々しいエロと、バクチと、酒池肉林式の正月気分に、ウンというほど飽満したアトの富豪連ですから、そうした脱俗的なピクニック気分を起こすのは、生理上むしろ当然の要求かもしれませんからね。

　そこでまた行く。その次の年も行く。たび重なるにつれて、お茶仲間からは羨ましがられるばかりでなく、お茶の勲爵士としての無上の尊敬を受けるようになる。崑崙仙士とか道人とかいったような特別の称号なんかを奉られて、仙人扱いにされるのだそうですが、しかし、何しろその一回の旅行費だけでも一身代かかる上に、頭も身体も役に立たない廃人同様になって、あらゆる方向から財産を消耗することになるのですから、よほどの大富豪でない限り、四、五遍も崑崙茶を飲みに行くうちには、財産をスッカラカンに耗ってしまうものだそうです。また、それほどさようにこの崑崙茶が、古今無双の、生命がけの魅力を持っているらしいことは、モウたいていおわかりになったでしょう。ドウデス、婦長さん、スバラシイ話でしょう。ヤンキー一流の贅沢だって、ここまで徹底してはいないでしょう。ハハハ……。

　ところがここに一つ困った問題が残っているのです。それはその身代を耗ってしまった、中毒患者の崑崙仙士君です。むろんまたと崑崙茶を飲みに行く資力なんかないのですが、しかしその味だけはトコトンまで腸に沁み込んでいてトテモトテモ諦められない。そこで仕方なしに、せめてアノ神凝り、鬼沈んだスバラシイ高踏的な気分だけでも味わいたいものだというので、古馴染の茶店から「茶精」というものを買って飲むんです。これは今お話しした富豪連が、崑崙山の麓で使い捨てた緑茶の出し殻から精製した白い粉末で、相当高価なものだそうですが、それでも我慢して、普通のお茶に交ぜて服(の)んでみると、芳香や風味は格別ない代わりに、純粋のエキスですから神気の冴(さ)えることは非常なものです。毎日毎夜ぶっ通しに眠れない。そうして、しまいには昼も夜もわからない、骨と皮ばかりの夢うつつみたいになって死んで行くやつが多い。しかも支那のことですから、阿片(あへん)と同様に取り締まりが絶対不可能ときている。なかには崑崙茶の味なんか知らないまま、見様見真似に「茶精」の味ばかりに耽溺して、アッタラ青春を萎縮(いしゅく)させてしまう青年少女もいるといった調子ですが、今そこに寝ている支那留学生は、たしかにその一人に相違ないのです。僕がこの病院に入院して以来、注射を受けなければ、絶対に眠れないようになったのはきゃつのせいに相違ないです。

……ね。婦長さん。ですからすみませんが僕の室を換えて下さい。イエィエ。口実じゃないのです。僕はソンナ恐ろしいお茶の中毒患者になって、青春を萎(しぼ)ましてしまいたくないのです。どうぞどうぞ後生ですから……サ……早く……そいつが眼を醒(さ)まさないうちに……。

ナ……何ですって……。支那の魔法ですって……？……。

ヘエ……あなたがお祖父(じい)様からお習いになった支那の魔法の中に、飛去来術というのがある。ヘエ。それはドンナ魔法ですか。

　イイエ。初めて聞いたんです。全く知らないんです。飛去来術なんて……ヘエ。その魔法を応用したら、僕の煩悶(はんもん)なんか他愛(たわい)なく解決されてしまう。ホントウですか……へエ。コンナ密室でしか行えないから都合がいい。ヘエ。あなたなら嘘はおっしゃらないでしょう。教えて下さい。ヤッテ見て下さい。その飛去来術っていうのを……どうするのですか。

眼を閉じている……いいです。閉じています。……そうして一から十まで数える……支那の数え方で……ええ。知ってますとも。大きな声で……よろしい。承知しました。いいですか数えますよ。

……イイイ……。アルウ……。……サンン……。スウウ……。ウウウ……。リュウウ……。チイイ……。パアア……。チュウウ……。シイイイッ……。……ト……。

いいですか、眼を開けますよ。

……オヤア……こりゃあ不思議だ……。

留学生がいない。寝台ごと消えてなくなりやがった。コンクリートの壁になってしまった……確かに壁だ。寝台一つしか入らない狭い室になっている。……おかしいな……この間から僕はあの支那人のことばかり気にしていたんだが……変ですねえ。どうしたんですか婦長さん……。

……オヤッ……婦長さんもいない。

いつの間に出て行ったんだろう。寝台の下にも……いない。イヨイヨおかしい。おれはサッキから独り言を言っていたのかしらん。チョットこの薬をなめて……みよう。

……苦くも何ともありゃあしない。塩っぽい味がする……重曹の味だけだ。オカシイナ……オカシイ……。

……アッハッハッハッ、やっとわかった。

これが飛去来術なんだ。今の間に室と薬がかわったんだ。

……エライもんだなあ婦長さんの魔法は……まるで天勝みたいだ。ありがたいありがたい。おかげでこれから安心して眠れる。

……ああ驚いた……。

おもしろい国だなあ支那という国は……。

アッハッハッハッハッハッ……。

縊死体（いしたい）

どこかの公園のベンチである。

眼の前には一条の噴水が、夕暮れの青空高く高くあがっては落ち、あがっては落ちしている。

その噴水の音を聞きながら、私は二、三枚の夕刊を広げ散らしている。そうして、どの新聞を見ても、私が探している記事が見当たらないことがわかると、私はニッタリと冷笑しながら、ゴシャゴシャに重ねて押し丸めた。

私が探している記事というのは今から一か月ばかり前、郊外のある空家の中で、私に絞め殺された可哀そうな下町娘の死体に関する報道であった。

私は、その娘と深い恋仲になっていたものであるが、ある夕方のこと、その娘が私に会いに来た時の桃割れと振袖姿が、あんまり美し過ぎたので、私は息苦しさに堪えられなくなって、彼女を郊外の××踏み切り付近の離れ家に連れ込んだ。そうして驚き怪しんでいる娘を、イキナリ一思いに絞め殺して、やっと重荷をおろしたような気持ちになったものである。万一こうでもしなかったら、おれはキチガイになったかもしれないぞ……と思いながら……。

それから私は、その娘の扱帯（しごき）を解いて、部屋の鴨居に引っかけて、縊死（いし）を遂げたように装わせておいた。そうして何食わぬ顔をして下宿に帰ったものであるが、それ以来私は、毎日毎日、朝と晩と二度ずつ、おきまりのようにこの公園に来て、このベンチに腰をかけて、入り口で買って来た二、三枚の朝刊や夕刊に眼を通すのが、一つの習慣になってしまった。

「振袖娘の縊死」

といったような標題を予期しながら……。そうして、そんな記事がどこにも発見されないことをたしかめると、その空家の上空に当たる青い青い大気の色を見上げながら、ニヤリと一つ冷笑をするのが、やはり一つの習慣のようになってしまったのであった。

今もそうであった。私は二、三枚の新聞紙をゴシャゴシャに丸めて、ベンチの下へ投げ込むと、バットを一本口にくわえながら、その方向の曇った空を振り返った。そうして例のとおりの冷笑を含みながらマッチを擦ろうとしたが、その時にフト足下に落ちている一枚の新聞紙が眼につくと、私はハッとして息を詰めた。

それはやはり同じ日付の夕刊の社会面であったが、誰かこのベンチに腰をかけた人が捨てて行ったものらしい。そのまん中の処に掲（だ）してある特種らしい三段抜きの大きな記事が私の眼に電気のように飛びついて来た。

空家の怪死体
　××踏切付近の廃屋の中で
　死後約一か月を経た半骸骨
会社員らしい若い背広男

私はこの新聞記事をつかむと、夢中で公園を飛び出した。そうしてどこをどうして来たものか、××踏み切り付近の思い出深い廃家の前に来て、茫然と突っ立っていた。

私はやがて、片手につかんだままの新聞紙に気がつくと、慌てて前後を見まわした。そうして誰も通っていないのを見すますと、思い切って表の扉を開いて中に入った。

空家の中はほとんどまっ暗であった。その中を探り探り娘の死体を吊るしておいた奥の八畳の間へ来て、マッチを擦って見ると……。

「…………」

……それは紛う方ない私の死体であった。

バンドを梁に引っかけて、バットをくわえて、右手にマッチを、左手に新聞紙をつかんで……。

私は驚きの余り気が遠くなってきた。マッチの燃えさしを取り落としながら……これは警察当局のトリックじゃないか……と言ったような疑いをチラリと頭の片隅に思い浮かべかけたようであったが……その瞬間に、思いもかけない私の背後のクラ暗の中から、若い女の笑い声が聞こえてきた。

それは私が絞め殺した彼女の声に相違なかった。

「オホホホホホ……あたしの思いが、おわかりになって……」

難船小僧（S・O・S BOY）

船長（おやじ）の横顔をジッと見ていると、だんだん人間らしい感じがなくなってくるんだ。骸骨を渋紙で貼り固めてワニスで塗り上げたような黒いガッチリした凸額（おでこ）の下に、ガラス球じみたギョロギョロする眼玉が二つコビリ付いている。マドロスパイプをギュウとひっくわえた横一文字の口が、旧式軍艦の衝角（しょうかく）みたいな巨大な顎（あご）と一緒に、鋼鉄の嚙締機（バイト）そっくりの頑固な根性を露出（むきだ）している。それが船橋（ブリッジ）の欄干（クロス）に両肱（りょうひじ）をもたせて、青い青い秋空の下に横たわる陸地（おか）の方を凝視（みつ）めているのだ。

そのギロリと固定した視線の一直線上に、巨大な百貨店らしい建物の赤い旗がフラフラ動いている。その周囲に上海（シャンハイ）の市街が展開している上をフウワリと白い雲が並んで行く。

……といったような無事平穏な朝だったがね。昭和二年ごろの十月の末だったっけが……。

足音高く船橋に登って行ったおれは、その船長の背後でワザと足音高く立ち停まった。

「おはよう……」

と声をかけたが渋紙面は見向きもしない。何しろ船長仲間でも指折りの変人だからね。何か一心に考えていたらしい。

おれは右手に提げた黄色い、四角い紙包みを船長の鼻の先にブラ下げてキリキリと回転さした。

「御註文のチベット紅茶です。やっと探し出したんです」

船長はやっとびっくりしたらしく首を縮めた。無言のまま六尺豊かの長身をニューとこっちへ向けて紅茶を受け取った。

「ウウ……機関長か……アリガト……」

とブッスリ言った。コンナ時にニンガリともしないのがこの渋紙船長の特徴なんだ。取っ付きの悪いことなら日本一だろう。こんな男には何でもかまわない。殴られたらなぐり返す覚悟でポンポン言ってしまった方が、早わかりするものだ。

「昨夜、陸上で妙な話を聞いて来たんですがね。今度お雇いになったあの伊那一郎って小僧ですね。あの小僧は有名な難船小僧っていう曰く付きの代物だって、皆、言ってますぜ」

おれはそう言いさしてチョックラ船長の顔色を窺ってみたが、何の反応もない。相も変わらず茶色の謎語像みたいにブッスリしている。無愛想の標本だ。

「あの小僧が乗り組んだ船はキット沈むんだそうです。I・INAって聞くと毛唐の高級船員なんか慄え上がるんだそうです。乗ったら最後どんな船でも沈めるってんでね。

……だから今度はこのアラスカ丸が危ねえってんで、大変な評判ですがね。陸上の方では……」

　これだけ言っても船長の渋紙面は依然として渋紙面である。ネービー・カットの煙をプウと吹いたきり、軍艦みたいな顎を固定してしまった。しかし黒いガラス球は依然としておれの眼と鼻の間をギョロリと凝視している。モットおれの話を聞きたがっているらしいんだ。

「あの小僧は小ちゃくて容姿が美いので毛唐の変態好色連中が非常に好くんだそうです。あの小僧もまた、毛唐の高級に抱かれるとステキに金が儲かるんで、船にばっかり乗りたがるんだそうですが、不思議なことにあの小僧が乗った船で沈まない船は一艘もないんだそうです。初めてあの小僧を欧州航路に雇用した郵船のバイカル丸が、ジブラルタルで独逸のU何号かに魚雷を食わされた話は誰でも知っているでしょう。そん時に漂流ボートにはい上がってハンカチを振ったのが彼小僧のS・O・Sの振り出しだそうですがね。……それから第二丹洋丸がスマトラ沖でエムデンにアッパーカットをくわされた時も、あの小僧はちょうど、新式救命機の着込み方のモデルにされていたところだったそうで、そのまんま飛び込んで助かっちまったんだそうです。……まあ運の良いやつと言えば言えましょうが、彼小僧の運が良いたんびに船全体の運命がメチャメチャになるんだからかないません。……まだ他にも二、三艘、大きな船を沈めているんだそうですが、そんなに大きな船でなくとも、チョット乗った木葉船でも間違いなく沈めるってんで、とても凄がられているんです。早い話が房州通いの白鷺丸にチョイと乗り組んだと思うと、すぐに横須賀の水雷艇と衝突させる。毛唐の重役の随伴をしてブライトスター石油社の超速自動艇に乗ると羽田沖でとんぼ返りを打たせると言った調子で、どこへ行っても泣きの涙の三りんぼう扱いにされているうちに、運よく神戸でエンプレス・チャイナ号のAクラス・ボーイに紛れ込んで知らん顔をして上海まで来た。そいつを、どこかで伊那の顔を見識っていた毛唐の一等船客が発見して、あの小僧と一緒なら船を降りると言って騒ぎ出した。そこで今度は事務長が面くらって、早速小僧を逐い出しにかかったが、小僧がなかなか降りようとしない。食堂の柱へかじり付いて泣き叫ぶやつを、下級船員が寄ってたかって、拳銃や鉄棒を突き付けてヘトヘトになるまで小突きまわして、泥棒猫でも逐い出すようにして桟橋へたたき出してしまった。そこで小僧はエンプレス・チャイナの給仕服のまま生命からがらの手提籠一個を抱えて税関の石垣の上でワイワイ泣いているのを、チャイナ号の向かい合わせに繋留っていたアラスカ丸の船長……あなたが発見けて拾い上げた……チャイナ号へ面当てみたいに小僧の頭を撫でて、慰め慰め拾い上げて行った……という話なんです。現在、陸上では酒場でも税関でも海員のやつらが寄ると触るとその噂ばっかりで持ち切ってますぜ。アラスカ丸の船長はそんな曰く因縁、故事来歴付きの小僧だった事を、知って拾ったんだか……どうだかってんでね。ひどいやつはアラスカ丸が日本に着くまでに沈むか、沈まないかって賭けをしているやつなんかいるんですぜ」

おれは元来デリケートにできた人間じゃない。君らみたいな高等常識を持った記者諸君に「海上の迷信」なんてしかつめらしい、学者ぶった話なんかできる柄じゃ、むろんないんだ。もっとも若いうちは不良の文学青年でバイロンの「海の詩」なんかを女学生に暗誦して聞かせたりなんかして得意になっていたもんだがね。しかしそれから後、永年荒っぽい海上生活を続けて来たおかげで性根がまるで変わってしまった。身体こそこんなに貧弱な野郎だが、凶状持ちぞろいの機関室でも、相当押さえ付けるだけの腕ッ節と度胸だけは口幅ったいが持っているつもりだ。現に船員連中から地獄の親方と呼ばれているくらいだ。……けども、そのおれが、この渋紙船長の前に出ると、出るたんびに妙に顔負けしてしまう。いつもこうしてペラペラと安っぽくしゃべらせられるから妙なんだ。しかも忠告する気で言っている話が、ツイお伽話か何ぞのようにフワフワと浮わ付いてしまう。圧しの利かないことおびただしい。

「何も御幣を担ぐんじゃありませんがね。そんなべらぼうな話があるかって反対もしてみたんですがね。今まであの小僧が乗った船が一艘残らず沈んだのが事実だったら、今度沈むのも事実に違いない。乗組員全体の生命にもかかわる話だ。何もあの小僧がいなきゃあ船が出ねえって理屈もあるめえし……お前んとこの船長がいくら変わり者だってそんな無鉄砲な酔狂をして乗組員を腐らせるような馬鹿でもあんめえ。あの小僧の曰く因縁、故事来歴を知らねえから平気で雇ったに違えねえんだ。悪いこたあ言わねえから早く船長に話して、あの小僧を降ろしてもらいな。多人数の言うこたあ聴いとくもんだ。

あとできっと後悔するもんだから……てなことを皆していろいろ言うもんですからね……ハハハ……」

船長の表情は依然として動かない。渋紙色の仮面が、頭の上の青空に凍り付いたように動かない。無表情もここまでくると少々精神異状者じみてくる。おれは思い切りブッカルように言った。

「今のうちに降ろしちゃったらどうです」

船長の左の眼の下にピクピクと皺が寄った。同時に片目を半分ほど細くして、唇の片隅を上の方へ歪めた。これがこの船長の笑い顔なんだが、知らない人間が見たらとても笑い顔とは思えない。単なる渋紙の痙攣としか見えないだろう。

「郵船名物のS・O・S　BOYだろう」

と船長がしゃがれた声でプッスリと言った。同時に眉の間と頬ペタの頸筋近くに、新しい皺が二、三本ギューと寄った。冷笑しているのだ。

「エヘッ、知ってるんですか。あなたも……」

「ムフムフ……」

と船長が笑いかけて煙草にむせた。船橋から高らかに唾液を吐いた。

「ムフムフ、知らんじゃったがね。皆、そう言うとる」

「皆って誰がですか。どんな連中が……」

「船中で言うとるらしい。水夫の兼の野郎が代表で談判に来た。ツイ今じゃった」

「ヘエエ、何と言って……」

「下ろさなければあの小僧をたたき殺すがええかチュウてな。胸の処の生首の刺青をまくって見せよった。ムフムフ」

「ヘエ。それで……下ろさないんですか」

船長が片目を静かに閉じたり開いたりした。それからネービー・カットの煙を私の顔の真正面に吹き付けた。

「……迷信だよ……」

「そりゃあそうでしょうけどね。迷信は迷信でしょうけどね」

「ムフムフ。ナンセン小僧をノンセンス小僧に切り変えるんだ。迷信が勝つか。おれたちの動かす機械が勝つかだ」

「つまり一種の実験ですね」

「……ムフムフ。ノンセンスの実験だよ」

「………………」

二人の間に鉄壁のような沈黙が続いた。船長は平気でコバルト色の煙をプカプカやり出した。おれは、どうしたらこの船長を説き伏せることができるかと考え続けた。

「君はいつからこの船に乗ったっけなあ」

と船長が突然に妙なことを言い出した。

「一昨年の今ごろでしたっけなあ」

「乗る時に機械は検査したろうな」

「しましたよ。推進機(スクリユウ)の切れ端まで鉄槌(ハンマー)でぶん殴ってみましたよ。それがどうかしたんですか」

「ムフムフ。その時に機械の間に、迷信とか、超科学の力とか、幽霊とか、妖怪(ようかい)とか、理外の理とかいうものが挟まったり、引っかかったりしているのを発見したかね。君が検査した時に……」

「そりゃあ……そんなことはありません。この船の機械は全部近代科学の理論一点張りでできて動いているんですがね」

「現在でもそうかね」

「…………」

「そんなら……ええじゃろ。中学生にでもわかる話じゃろ。あのS・O・S小僧が颱風(たいふう)や、竜巻(スパウト)や、暗礁(リーフ)をこの船の前途に招き寄せる魔力を持っちょることが、合理的に証明できるチュウならタッタ今でもあの小僧を降ろす」

「…………」

「元来、物理、化学で固まった地球の表面を、物理、化学で固めた船で走るんじゃろ。それが信じられんやつは……君や僕が運用する数理計算が当てにならんナンテいうやつは、最初から船に乗らんがええ」

おれはギューと参ってしまった。一言もない……面目ない……と思って残念ながら頭を下げた。

「ムフムフ。シッカリしたまえ。オイオイ伊那一郎……S・O・S……ハハハ。ここだここだ……上がっち来い」

船長(おやじ)を探すらしく巨大なバナナを抱えて船長室を駈(か)け出して行く青服の少年を船長は手招きして呼び上げた。おれが買って来たチベット紅茶の箱を、鼻の先に突き付けて命令した。

「これを船長室(ケビン)へ持って行て蒸溜(じょうりゅう)水で入れちくれい。地獄の親方と一緒に飲むけにナ」

「CAPTAIN」と真鍮札(しんちゅうふだ)を打った扉を開くと強烈な酸類、アルカリ類、オゾン、アルコールの異臭(におい)がムラムラと顔を撲(う)つ。その中に厚ガラス張り、樫材(オークざい)の固定薬品棚、書類、ビーカー、レトルト、精巧な金工器具、銅板、鉛板、亜鉛板、各種の針金、酸水素ガス筒、電気溶接機、天秤(てんびん)、バロメータなんぞが歯医者か理髪店の片隅みたいにゴチャゴチャと重なり合っている……というのがこのアラスカ丸の船長室なんだ。その片隅の八日巻きの時計の下を折れ釘(くぎ)に、メキシコかケンタッキーの山奥あたりにしかないようなスバらしく長い、物凄(ものすご)い銀色の拳銃(けんじゅう)が二梃(ちょう)、十数発の実弾を頬張ったまま、並んで引っかかっているのだ。

　話は脱線するがこのアラスカ丸の船長はむろん独身生活者(ひとりもの)で、女も酒も嫌いなんだ。上陸なんかめったにしないんだ。その代わりに応用化学の本家本元のフランスの大学で、理学博士の学位を取っている一種の発明狂ときているんだ。持っているパテントの数でも十や二十じゃきかないだろう。みんなこの実験室でヒネリ出したっていうんだから豪勢なもんだろう。去年の冬だっけが、そんなパテントの権利も、巨万の財産も海員擁済会に寄付して、胃癌で死んじゃったが、惜しい人間だったよ。……その時分……昭和二年ごろには、小型な、軽い無尽蔵に強力な乾蓄電池の製作に夢中になっていたっけ。世界じゅうの動力を蓄電池の一点張りにするてんで、まことに結構な話だが、その実験をするたんびに、船じゅうの電動力を吸い集めて電燈を薄暗くしちまったり、ヒューズを飛ばしたりするのには降参させられたよ。おまけに舶来の絹巻き線が気に入らないといって、自分で機械を作って絹巻き線を製作しては切り棄て、作っては切り棄てること二万マイル。その仕事に行き詰まると、今のピストルを二梃持って上甲板に駈け上がる。主檣に群がる軍艦鳥を両手でパンパンと狙い撃ちにして「アハハハハ」と高笑いしながら、落ちて来るのを見向きもしないでスタスタと実験室に引き返すという変わりようだからトテモ我々凡俗には寄りつけない。恐ろしく小面倒な動力の計算書なんかを一週間がかりで書き上げて甲板に持って行くと、「アリガトウ」と言って、見る片端から一枚一枚海の風に飛ばしてしまう。……ナアニ、タッタ一目でみんな頭に入れちゃうんだ。ズット後になって船体検査なんかが来ると自分で機械の側へ立って、何百という数字を暗記でペラペラ並べるんだから、計算した本人が舌を捲いちまう。……そうかと思うと、ドイツの潜航艇やエムデンの出現時間と場所をギッシリ書き入れた海図を睨んで「モウわかった。あいつらの根拠地と、通信網と、速力がわかった」と言うとその海図をクシャクシャにして海へ飛ばす。それから毛唐の嫌う金曜日金曜日に汽笛を鳴らして、到る処の港々を震駭させながら出帆する。ロンドンから一気にシンガポールまで、大手を振って帰って来るくらいの離れ業は平気の平左なんだから、とうてい我々のアタマでは計り知ることのできないアタマだよ。

そうした一種の鬼気を含んだ船長の顔と、部屋の隅でバナナを切っている伊那少年の横顔を見比べると、まるで北極と南洋ほど感じが違う。

毬栗の丸い格好のいい頭が、若い比丘尼みたいに青々としている。皮膚の色は近ごろ流行のオリーブってやつだろう。眼の縁と頬がホンノリして、唇が苺みたいだ。睫毛の濃い、張りのある二重瞼、青々と長い三日月眉、スッキリした白い鼻筋、紅い耳朶の背後から肩へ流れるキャベツ色の襟筋が、女のように色っぽいんだ。青地に金モールの給仕服が身体にピッタリと吸い付いているが、振袖を着せたら、お化粧をしなくとも坊主頭のまんま、生娘に見えるだろう。なるほど毛唐が抱いてみたがるはずだ……と思っているトタンに、白いバナナの皿を捧げた小僧がクルリとこっち向きになって頭を一つ下げた。おれの顔を、憐れみを乞うようにソッと見上げた。それから恋人に出会った少女みたいな桃色の悩ましげな微笑を一つニッコリとして見せたもんだ。

おれはゾッとしてしまったよ。……まったく……魔物らしい妖気が、小僧の背後の暗闇から襲いかかって来たように思ったもんだよ。

おれは紅茶もバナナも良い加減にして故郷の地獄……機関室へ帰って来た。今にも

「オホホホ」と笑い出しそうな人形じみた小僧の、変態的な愛嬌顔と向かい合っているよりも、機関室の連中の、まっ黒な猛獣面と睨み合っている方が、ドレくらい気が楽だか知れないと思って……。

ところが機関室に帰ってみると船員の伊那少年に対する憎しみが……否、恐怖が、予想外に酷いのに驚いた。船長が是非ともあの小僧を乗り組ませると言うんならこっちでも了見がある……というので大変な鼻息だ。水夫連中は沖へ出しだいに小僧を餌にして鱶を釣ると言っているそうだし、機関室の連中は汽罐に突っ込んで石炭の足しにするんだと言ってフウフウ言っている。海員なんてものはコンナことになると妙に調子づいておもしろ半分にドンナ無茶でもやりかねないから困るがね。現に水夫の中でも兄い分の「向こう疵の兼」がわざわざ鉄梯子を降りて、おれに談判をねじ込んで来たくらいだ。「向こう疵の兼」というのは恐ろしい出歯だから一名「出歯兼」ともいう。クリクリ坊主の額が脳天から二つに割れて、また食っつき合った創痕が、眉の間へグッと切れ込んでいるんだ。そいつが出刃庖丁をくわえた女の生首の刺青の上に、おれたちの太股ぐらいあるまっ黒な腕を組んで、おれの寝台にドッカリと腰をおろして出ッ歯をグッと剝き出したもんだ。

「チョットお邪魔アしますが親方ア。今、船長の処へ行って来たんでがしょう。親方ア」

「ウン。行って来たよ。それがどうしたい」

「すみませんが船長があの小僧のことを何と言ってたか聞かしておくんなさい。……わっしゃ親方が船長に何とか言ったらしいんで、水夫連中（デッキ）の代表になって、船長の言い草を聞かしてもらいに来たんですが」

「アハハハ。そりゃあ御苦労だが、何とも言わなかったよ」

「お前さん何にも船長に言わなかったんけエ」

「ウン。ちょっと言うには言ったがね。何も返事をしなかったんだ船長は……」

「ヘエー。何も返事をしねえ」

「ウン。いつもああなんだからな船長は……」

「あの小僧を大事（でえじ）にしてくれとも何とも……親方に頼まなかったんけえ」

「ばか。頼まれたって引き受けるもんか」

「エンプレス・チャイナへ面当てにしたことでもねえんだな」

「むろんないよ。船長はあの小僧を、皆が寄って集（たか）って怖がるのが、気に入らないらしいんだ」

「よしッ。わかったッ。そんで船長の了見がわかったッ」

「ばかな。何を言うんだ。船長だって何もお前たちの気持ちを踏み付けて、あの小僧を可愛がろうってえ了見じゃないよ。今にわかるよ」

「インニャ。何も船長を悪く言うんじゃねえんでがす。此船（うち）の船長と来た日にゃ海の上の神様なんで、万に一つも間違いがあろうたあ思わねえんでがすが、癪（しゃく）に障るのはあの小僧でがす。……手前の不吉な前科も知らねえでノメノメとこの船へ押しかけて来やがったのが癪に触るんで……遠慮しやがるのが当然だのに……ねえ……親方……」

「そりゃあそうだ。自分の過去を考えたら、遠慮するのが常識的だが、しかし、そこは子供だからなあ。何も、お前たちの顔を潰す気で乗ったわけじゃなかろう」

「顔は潰れねえでも、船が潰れりゃ、おんなじことでさあ」

「まあまあそう言うなよ。おれに任せとけ」

「せっかくだがお任せできねえね。この向こう疵は承知しても他のやつらが承知できねえ。可哀そうと思うんなら早くあの小僧をおろしてやっておくんなさい。面を見ても胸糞が悪いから」

「アッハッハッ。恐ろしく担ぐじゃねえか」

「担ぐんじゃねえよ。親方。本気で言うんだ。この船が桟橋を離れたら、あの小僧の生命がねえことばっかりは間違いねえんで……だから言うんだ」

「よしよし。おれが引き受けた……」

「へエ。どう引き受けるんで……」

「お前たちの顔も潰れず、船も潰れなかったら文句はあるめえ。つまりあの小僧の生命をおれが預かるんだ。船長が飼っているものを、お前たちがかってにタタキ殺すってのは穏やかじゃねえからナ。犬でも猫でも……」

「へエ。そんなもんですかね。へエ。なるほど。親方がそこまで言うんならあっしらあ手を引きましょうが、しかし機関室の兄貴たちに、先に手を出されたら承知しませんよ。モトモトあの小僧は甲板組の者ですからね」

「わかってるよ。それくらいのこたあ」

「ありがとうゴンス。でしゃばった口をきいてすみません。兄貴たちも容赦して下せえ」

と会釈をして兼は甲板へ帰った。生命知らずの凶状持ちばかりを拾い込んでいる機関部へ来て、これだけの文句を並べ得る水夫は兼のほかにはいない。現に機関部の連中は、私の寝室の入り口一パイに立ち塞がって、二人の談判に耳を傾けていたが……むろんデッキ野郎のくせに、わざわざ親方の私の処へ押しかけて来る兼のきいたふうな態度を憎んで、今にも飛びかかりそうな眼付きをしながら扉の陰にひしめいていたものであるが、兼が「兄貴たちも容赦してくれ」と言って頭をグッと下げた会釈ぶりが気に入ったらしく、皆顔色を柔らげて道を開けて通してやった。平生なら甲板から塵一本、機関室へ落とし込んでも、ただはおかない連中であるが……。

　そんな訳で、風前の燈火みたような小僧の生命を乗せたアラスカ丸が、無事に上海を出た。S・O・Sどころか時化一つ食わずに門司を抜けて神戸に着いた。それから船長一流の冒険だが、六時間の航程を節約るために、鳴門の瀬戸の渦巻きを七千トンの巨体で一気に突っ切って、御本尊のS・O・S　BOYを慄え上がらせながら平気の平左で横浜に着いてしまった。

横浜でインド綿花と南洋材を全部上げてしまうと、今度はバンクーバー行きの木綿類を吃水一パイに積み込む。同時にアラスカ近海の難航海に堪え得るだけの食料や石炭を、船が割れるほど突っ込むわけだが、その作業は平生のとおり二、三日がかりでやるのでさえ相当忙しいのに、向こう岸のバンクーバーから突然に大至急云々の電報が来て、二十四時間以内の出帆ということになったので、その忙しさと言ったら話にならない。おまけに横浜市内の道路工事の影響とかで、臨時人夫が間に合わないときたので、機関部の石炭運びなんかは、文字どおりの地獄状態に陥ってしまったものだ。

それも一口に地獄と言っただけじゃ局外者にはわからないだろう。普通の客船は別であるが、外国通いの気の利いた荷物船になればなるほど、荷物をウンと詰め込まれる。人間の通れる……荷役のできる処ならばどこでもかまわない。空隙のあらん限り押し込んでしまうので、石炭を積む処は炭庫以外にほとんどないと言っていい。そこへ今度のアラスカまわりみたいな難航路になると必要以上の石炭を積んでおかないとドンナ海難にぶつかって、どこへ流されるかわからないので、楕円形の船の胴体と四角い部屋部屋が交錯して作っているあらゆる狭い、人間の通れないような歪み曲がった空隙に石炭をギッシリと詰め込まなければならない。その作業の危険さと骨の折れることといったら、それこそこの世の生き地獄と言っても形容が足りないだろう。この船の料理部屋の背後の空隙なんかへ行く途中は、ドン底の水槽の鉄蓋まで突き抜けた鉄骨の隙間に、一枚の板を渡してある。左右の壁には火のような蒸気の鉄管が一面にぬたくっているので、通り抜けただけでも呼吸が詰まって眼がまわる上に、手でも足でも触れたら最後大火傷だ。そこに濛濛と渦巻く熱気と、石炭の粉の中に、臨時に吊るした二百燭光の電球のカーボンだけが、赤い糸か何ぞのようにチラチラとしか見えていない。そこを二、三度も石炭籠を担いで往復してから急に上甲板の冷たい空気に触れると、眼がクラクラして、足がよろめいて、鬼のような荒くれ男が他愛なくブッ倒れるんだ。ところがブッ倒れたと見るとすぐに、兄イ連が舷側に引きずり出して頭から潮水のホースを引っかけて、尻ペタを大きなスコップでバチンバチンとブン殴るんだから、息のあるやつならたいてい驚いて立ち上がる。

「見やがれ。コン畜生。死ばるんなら手際よくクタバレ」

といった調子である。残酷なようであるが、限られた人数で限られた時間に仕事をしなければ、機関長の沽券にかかわるんだからやむをえない。いわゆる近代文明ってやつの裏面には、到る処にこうした恐ろしい地獄が転がっているんだ。もちろん、おれ自身が、その中からタタキあげてきたんだから部下に文句は言わさないがね……。

そのおれが横浜桟橋のショボショボ雨の中に突っ立って、積み込む石炭を一々検査していると汗と炭粉で菜っ葉服をまっ黒にした二等機関士のチャプリン髭が、喘ぎ喘ぎ駈け降りて来て「トテモ手が足りません。何とかして下さい」と言うんだ。

「ばか。そう右から左へ人が雇えるか」

と一喝すると、

「それでもデッキの方で誰か一人でもいいんですから」と泣きそうな顔をする。

「ばかッ。デッキの方だって相当忙しいんだ。殴られるぞ」

「……でも船長室のボーイが遊んでいます」

「あんなやつが何の役に立つんだ」

「……でも、みんなそう言っているんです。この際、紅茶のお盆なんか持ってブラブラしているやつはタタキ殺しちまえって……」

「君から船長にそう言いたまえ」

「ドウモ……そいつが苦手なんで」

「よし。おれが言ってやろう」

忙しいのでイライラしていたおれは、二等運転手の話がうるさかったんだろう。そのまま一気にタラップを馳け上がって、船長室に飛び込んだ。船長は相も変わらず渋紙色の無表情な顔をして、湯気の立つ紅茶を啜っていた。傍の鉛張りの実験台の上で、問題の伊那少年が銀のナイフでホットケーキを切っていた。

おれは菜っ葉服のポケットに両手を突っ込んだまま小僧の無邪気な、ういういしい横顔をジロリと見た。

「この小僧を借してくれませんか」

伊那少年の横顔からサッと血の気が失せた。おびえたように眼を丸くしておれと船長の顔を見比べた。ホットケーキを切りかけた白い指が、ワナワナと震えた。……船長も内心愕然としたらしい。飲みさしの紅茶を静かに下に置いた。すぐに言った。

「どうするんだ」

「石炭運びの手が足りないって言うんです。みんなブツブツ言っているらしいんです……

……すみませんが……」

「臨時は雇えないのか」

「急には雇えません。二十四時間以内の積み込みですからね。明日なら間に合うかもしれませんが……皆モウ……ヘトヘトなんで……」

船長の額に深い縦皺が入った。コメカミがピクリピクリと動いた。当惑した時の緊張した表情だ。こうした場合の、そうした船員の気持ちが、わかりすぎるくらいわかっているんだからね。

それから船長は白いハンカチで唇のまわりを丁寧に拭いた。ソロソロと立ち上がって伊那少年を見下ろした。伊那少年も唇をまっ白にして、涙ぐんだ瞳を一パイに見開いて船長の顔を見上げたもんだ。

その時の船長の言うに言われぬ悲痛な、同時に冷え切った鋼鉄のような表情ばかりは、今でも眼の底にコビリついているがね。

船長はコメカミをピクピクさせながら大きく二度ばかり眼をしばたたいた。おれの顔をジッと見て念を押すように言った。

「大丈夫だろうな」

おれは無言のまま無造作にうなずいた。

おれと一緒に静かに、二、三度うなずいた船長は伊那少年を顧みて、ガラスのような眼球をギラリと光らした。決然とした低い声で言った。

「……ヨシッ……行けッ……」

「ウワア――アッ……」

と伊那少年は悲鳴をあげながら船長室を飛び出したが、その形容のできない恐怖の叫び、悲痛の響き、絶体絶命の声を、おれは今でも思い出すたんびにゾッとする。伊那少年は石炭運びの恐ろしさを知っていたのだ。否、ソレ以上の恐ろしい運命が、石炭運びの仕事の中に入れ交じっているのを予感していたのだね。

しかし伊那少年は逃れ得なかった。船長室の外には、おれのアトから様子を見に来た向こう疵の兼が立っていた。大手を広げて伊那少年を抱きすくめてしまったもんだ。

「ギャア――。ウワアッ。助けて助けて……カンニンして下サアイ。僕はこの船を降りますから……どうぞどうぞ……助けて助けてエッ……」

「アハハハ。どうもしねえだよ。仕事を手伝いせえすりゃあ、ええんだ」

「許して……許して下さあい。僕……僕は……お母さんが……姉さんが家にいるんですから」

伊那少年はぬれたデッキに押さえ付けられたまま、手足をバタバタさして泣き叫んだ。

「ウハハハハ。何を吐かすんだ小僧。心配しるなってこと……おれが引き受けるんだ。

この兼が受け合うったら。指一本指さしゃしねえかんな。……言うことを聴かねえとコレだぞ」

兼は横にあったロシア製の大スコップを引き寄せた。そうして手を合わせて拝んでいる少年を片手で宙に吊るした。小雨の中で金モール服がキリキリと回転した。

「致します致します。何でも致します。……すぐに……すぐに船から下ろして下さい。殺さないで下さい」

「知ってやがったか。ワハハハハハハハ」

兼は大口を開いて笑いながら私たちを見まわした。船長も二等運転手も、多分おれの顔も石のように剛ばっていた。あんまり兼の笑い顔が恐ろしかったので……額の向こう疵までが左右に開いて笑ったように見えたので……。

「……サ柔順しく働け。誰も手前のことなんか言ってるやつはいねえんだからな。ハハハ」

小雨の中に肩をすぼめて艙口を降りて行く伊那少年の背後姿は、世にもイジラシイ憐れなものであった。

そうしておれたちはソレッキリ伊那少年の姿を見なかったのだ。

犬吠埼から金華山沖の燈台を離れると、北海名物の霧がグングン深くなって行く。汽笛をやたらに吹くので汽罐の圧力計がナカナカ上がらない。速力も半減で、能率の不経済なことおびただしい。

一等運転手と船長とおれとが、食堂でウイスキー入りの紅茶を飲みながらコンナ話をした。

「今度は霧が早く来たようだね」

「すぐ近くに氷山がプカプカやっているんじゃねえかな。霧が恐ろしく濃いようだが……」

「そういえば少し寒過ぎるようだ。コンナ時にはウイスキー紅茶に限るて……」

「紅茶で思い出したがアノS・O・Sの伊那一郎は船長が降ろしたんですか」

船長は木像のように表情を剛ばらせた。無言のまま頭を軽く左右に振った。

「おかしいな。横浜以来姿が見えませんぜ」

「ムフムフ。何も言やせん。あの時、君に貸してやったきりだ」

「ジョジョ冗談じゃない。僕に責任なんかないですよ。デッキの兼に渡したきり知りませんが、あなたも見ていたでしょう」

「殺(や)ったんじゃねえかな……兼が」

と言ううちに一等運転手(チーフメイト)が自分でサッと青い顔になった。

「……まさか。本人も降りると言ってたんだからな。無茶なことはしまいよ」

「しかし降りるなら降りるで挨拶(あいさつ)ぐらいして行きそうなもんだがねえ」

「ムフムフ。まだ船の中にいるかもしれん……どこかに隠れて……」

と船長が言って冷笑した。例のとおり渋紙の片隅へ皺を寄せて……ガラス球をギョロリと光らして……。おれは何かしらゾッとした。そのまま紅茶をグッと飲んで立ち上がった。

こうしたおれたちの会話は、どこから洩れたかわからないがたちまち船の中へパッと広がった。

「捜し出せ捜し出せ。見当たりしだい海にブチ込め。ロクな野郎じゃねえ」

と騒ぎまわる連中もいたが、そんなことではいつでも先に立つ例の向こう疵の兼が、この時に限って妙に落ち着いて、

「いるもんけえ。飲まず食わずでコンナ船の中におれるもんじゃねえちたら。逃げたんだよ」

と皆を制したのでソレッキリ探そうとする者もなかった。しかし、それでも伊那少年の行方は妙に皆の気にかかってしまったらしく、狭い廊下や、デッキの片隅を行く船員の眼はともすると暗い処を覗きまわって行くようであった。

船を包む霧はますます深く暗くなってきた。

モウ横浜を出てから十六日目だから、大圏コースで三十マイル近くは来ている。ソロソロ船をE・S・Eに取らなければ……とか何とか船長と運転手が話し合っているが、おれはどうも、そんなに進んでいるような気がしなかった。しかもそのわりに石炭の減りようが烈しいように思った。これは要するにおれの腹加減で永年の経験からきた微妙な感じにすぎないのだが、それでも用心のために警笛を吹く度数を半分から三分の一に

減らしてもらった。同時に一時間八マイルの経済速力の半運転を、モウ一つ半分に落としたものだから、七千トンの巨体が蟻のはうようにしか進まなかった。

「オイ。どこいらだろうな」

「そうさなあ。どこいらかなあ」

といったような会話がよく甲板の隅々で聞こえた。むろん片手を伸ばすと指の先がボーッと見えるくらいヒドイ霧だから、話しているやつの正体はわからない。

「汽笛を鳴らすとやたらにモノスゴイが、鳴らさないとまたヤタラに淋しいもんだなあ」

「アリューシャン群島に近いだろうな」

「サア……わからねえ。太陽も星もねえんだかんな。六分儀なんかまるで役に立たねえそうだ」

「どこいらだろうな」

「……サア……どこいらだろうな」

コンナ会話が交換されている処へ、老人の主厨が飼っている斑のフォックステリヤが、甲板に馳け上がって来ると突然に船首の方を向いてピッタリと立ち停まった。クフンクフンと空中を嗅ぎ出した。同時にワンワンワンワンと火のつくように吠え始めた。

「オイ。陸だ陸だッ」

とアトからついて来た主厨の禿げ頭が叫ぶ。なるほど、波の形が変化して、眼の前にボーッと島の影が接近している。

「ウワッ……陸だッ……大変だッ」

「後退（ゴスタン）……ゴスタン……陸だ陸だッ」

「大変だ大変だ。ぶつかるぞッ……」

　ワアワアワアワアと蜂の巣を突ついたような騒ぎの中に、船はたちまちゴースタンして七千トンの惰力をヤット食い止めながら沖へ離れた。船首にグングンのしかかって来る断崖（だんがい）絶壁の姿を間一髪の瀬戸際まで見せつけられた連中の額には皆生汗が滲（にじ）んだ。

「あぶねえあぶねえ。冗談じゃねえ。汽笛（ふえ）を鳴らさねえもんだから反響がわからねえんだ。だから陸に近いのが知れなかったんだ」

「機関長のやつ、ヤタラにスチームを惜しみやがるもんだからな……テキメンだ」

「今の島はどこだったろう」

「セント・ジョジじゃねえかな」

「……手前……行ったことあんのか」

「ウン。飛行機を拾いに行ったことがある」

「何だ何だセント・ジョジだって……」

「ウン。間違えねえと思う。波打ち際の格好に見おぼえがあるんだ」

「べらぼうめえ。セント・ジョジったらアリューシャン群島の奥じゃねえか」

「ウン。船が霧ん中でアリューシャンを突ん抜けてベーリング海へ入っちゃったんだ」

「間抜けめえ。船長（おやじ）がソンナ半間な処へ船をやるもんけえ」

「だめだよ。船長にはもうケチがついてんだよ。S・O・S小僧に祟られてんだ」

「でも小僧はモウいねえってんじゃねえか」

「いるともよ。船長がどこかに隠してやがるんだ。夜中に船長室を覗いたらシッカリ抱き合って寝てたって言うぜ」

「ゲエッ。ホントウけえ」

「……真実だよ……まだ驚く話があるんだ。主厨の話だがね。あのS・O・S小僧ってな、女だって言うぜ。……おめえ川島芳子ッてえ女知らねえか」

「知らねえな。〇〇女優だろう」

「ウン……あんな女だって言うぜ。毛唐の船長なんか、よくそんな女をボーイに仕立てて飼ってるって話だぜ。寝台の下の箱に入れとくんだそうだ。自分の食い物を頒けてね」

「フウン。そう言えば理屈がわかるような気もする。女ならS・O・Sに違えねえ」

「だからよ。この船の船霊様ア、もうトックの昔に腐っちゃってるんだ」

「ああいやだいやだ。おれアゾオッとしちゃった」

「だからよ。船員は小僧を見つけしだいタタキ殺して船霊様を浄めるって言ってんだ。汽鑵へブチ込めゃあ、五分間で灰も残らねえってんだ」

「おやじの了見が知れねえな」

「ナアニヨ。S・O・Sなんて迷信だって機関長に言ってんだそうだ。おれの計算に迷信が入ってると思うかって、機関長にくってかかったんだそうだ」

「機関長は何と言った」

「ヘエエッて引き退って来たんだそうだ」

「ダラシがねえな。みんなと一緒に船を降りちまうぞって威かしゃあいいのに」

「だめだよ。ウチの船長は会社の宝物だからな。チットぐれえの気紛れなら会社の方で大目に見るにきまっている。船員だって船長が桟橋に立って片手を揚げりゃ百や二百は集まって来るんだ」

「そりゃあそうかも知れねえ」

「だからよ。バンクーバーに着いてっからS・O・Sの女郎をヒョッコリ甲板に立たせて、ドンナもんだい、無事に着いたじゃねえかってんで、コチトラを初め、今まで怖がっていた毛唐連中をギャフンとくらわせようってつもりじゃねえかよ」

「フウン。タチがよくねえな。事によりけりだ。コチトラ生命がけじゃねえか」

「まったくだよ。船長はソンナことが好きなんだからな」

「機関長も船長にはペコペコだからな」

「ウンウン。このあんばいじゃどこへ持ってかれるか、わからねえ」

「まったくだ。計算にケチがつかねえでも、アタマにケチがつきゃあ、仕事に狂いが来るのあ、おんなじことじゃねえかな」

「そうだともよ。スンデのことにタッタ今だって、S・O・Sだったじゃねえか」

「ああ。いやだいやだ……ペッペッ……」

コンナ会話を主檣（メインマスト）の陰で聞いたおれは、何とも言えない腐った気持ちになって、霧の中を機関室へ降りて行った。……これが迷信というものだかどうだか知らないが、自分の頭の中まで濃霧に鎖（とざ）されたような気になって……。

それから三日ばかりした真夜中から、波濤（なみ）の音が急に違ってきたので眼が醒（さ）めた。アラスカ沿岸を洗う暖流に乗り込んだのだ……と思ったのでホッとして万年寝床の中に起（た）ち上がった。

同時に船橋から電話が来て、すぐに半運転を全運転に切りかえる。霧笛をやめる。探照燈（たんしょうとう）を消す。機関室は生き上がったように陽気になった。一等運転手の声が電話口に響いた。

「石炭はドウダイ」

「シスコまで請け合うよ。霧は晴れたんかい」

「まだだよ。海路（コース）は見通しだが、空一面に残ってるもんだから天測ができねえ」

「位置も方角もわからねえんだな」

「わからねえがモウ大丈夫だよ。サッキ女帝星座（カシオペア）が、ちょうどそこいらと思う近所へウッスリ見えたからな。すぐに曇ったようだが、モウこっちのもんだよ」

「アハハハ。S・O・Sはどうしたい」

「どっかへフッ飛んじゃったい。船長はバンクーバーから鮭と蟹（かに）を積んでシスコからハワイへ回って帰るんだってニコニコしてるぜ」

「安心したア。お休みい……」

「ハワイでクリスマスだよオオ――だ……」

「かってにしやがれエエ……エ……だ……」

「アハアハアハアハアハ……」

ところがこうした愉快な会話が、霧が晴れると同時にグングン裏切られていったから不思議であった。

夜が明けて、霧が晴れてから、久しぶりに輝き出した太陽の下を見ると、船はたしかに計算より遅れている。しかも航路をズッと北に取り過ぎて、バンクーバーとは全然方角違いのアドミラルチー湾に深入りして雪を被(かむ)った聖エリアスの岩山と、フェア・ウェザー山の中間にガッチリと船首を固定さしているのには呆(あき)れ返った。……船長と運転手の計算も、またはおれの腹加減までもが、ガラリと外れてしまっていたのだ。

それればかりではない。

船に乗ってアラスカ近海へ回った経験のある人間でなければ、あの近海の波の大きさと恐ろしさは、チョット見当がつきかねるだろう。こんな処でイクラ法螺(ほら)を吹いても、あの波濤(なみ)のスバラシサばっかりは説明ができないと思うが、何もかもない、これが波かと思う紺青色の大山脈が海抜五千メートルの聖エリアス山脈を打ち越す勢いで、青い青い澄み切った空の下を涯(はて)しもなく重なり合いながら押し寄せて来る。アラスカ丸は七千トンだから荷物船では第一級の大型だったが、たとい七千トンが七万トンでもあの波に引っかかったら木っ葉も同然だ。

一つの波の絶頂に乗り上げると、岩と氷河で固めた恐ろしい格好の聖エリアスがすぐ鼻の先に浮き上がる。文句なしに手が届きそうに見える。これは、空気が徹底的に乾燥しているから、そんなに近くに見えるんだが、水蒸気の多い日本から行くと特別にソンナ感じがするんだ。望遠鏡で覗(のぞ)いてもチットも霞(かす)んでみえない。山腹をはう蟻まで見えやしまいかと思うくらいハッキリと岩の角々が太陽に輝いている……と思う間に、その大山脈の絶頂から真逆(まっさか)落としに七千トンの巨体が黒煙を棚引かせて辷(すべ)り落ちる。スキーの感じとソックリだね。高い高い波の横っ腹に引き残して来る推進機(スクリュウ)の泡をジイッと振り返っていると、七千トンの船体が千トンぐらいにしか感じられなくなってくる。

……と思ううちに、やがて谷底へ落ち着いた一刹那(いっせつな)、次の波の横っ腹に艦首(トップ)を突っ込んでドンイイインと七トンから十トンぐらいの波に艦首の甲板をタタキつけられる。グーンと沈んで甲板をザアザアザアと洗われながら次の大山脈のドテッ腹へ潜り込む。何しろ船脚がギッシリと重いのだから一度、大きな波にたたかれると、容易に浮き上がらない。船室(ケビン)という船室の窓が、青い、水族館みたいな波の底の光線に鎖されたまま、堅(バー)板(テカル)や内龍骨(キールソン)が、水圧でもって……キイッ……キイッ……キシキシキシキシと鳴るのを聞いていると、それだけの水圧を勘定に入れた材料強弱(ストレングス・オブ・マテリアルス)の公式一点張りで出来上がっている船体だとわかりきっていてもけっしていい心持ちはしない。そのうちにヤット波の絶頂まで登り詰めてホッとしたと思う束の間に、またもスクリュウを一シキリ空転さして、潮煙を巻き立てながら、文字どおり千仞(せんじん)の谷底へ真逆落としだ。これを一日のうちに何千回か何万回か繰り返すと、機関室の寝床(ベッド)にジッと寝転んでいても、ヘトヘトに疲れてくる。

「オイオイ。機関長か……」

船長室から電話がかかる。

「僕です。何か用ですか」

「ウン。もっとスピードが出せまいか」

「出せますが、なぜですか」

「船がチットも進まんチュウて一等運転手(チーフメイト)が訴えてきおるんだ」

「今十六ノット出ているんですがね。義勇艦隊のスピードですぜ」

「ばか。出せと言ったら出せ」

「ドレくらいですか」

「十八ばっか出しちくれい」

「最大限(フル)ですね」

「ウン。石炭(すみ)はあるかな」

「まだあります。全速力(フル)で四、五日分……」

「……ヨシ……」

ガチャリと電話が切れたと思うと、やがて船腹を震撼(しんかん)する波濤(なみ)の轟音(おと)が急に高まって来た。タッタ二ノットの違いでも波が倍以上大きくなったような気がする。また実際、船体のコタエ方は倍以上違ってくるので、石炭の消費量でもチットやソットの違いじゃない。

そのうちに高緯度の癖で、いつとなく日がボンヤリと暮れて、地獄座のフットライトみたいなオーロラがダラダラと船尾(スターン)にブラ下がった。その下の波の大山脈の重なりを、夜通しがかりで白泡をかみながら昇ったり降(くだ)ったり、シーソーを繰り返して翌(あく)る朝の薄明かりになってみると、不思議なことに船体は、昨日の朝のとおり聖エリアスとフェア・ウエザーの中間に船首を固定さしている。昨日から固定していたんだか、夜の間に逆戻りしたんだかわからない。

「どうしたんだ」

「シッカリしろ」

とか何とか運転手と文句を言い合っているうちに、昨日の朝のとおりの白い太陽がギラギラと出て来た。空気が乾燥しているから岸の形がハッキリしている。山腹をはう蟻の影法師まで見えそうである。

さすがに沈着な船長もコレには少々驚いたらしい。船橋(ブリッジ)に上がって、珍しそうに白い太陽を凝視している。その横に一等運転手がカラもつけないまま寒そうに震えている。

「逆戻りしたんだな」

「イヤ。波に押し戻されているんです。十八ノットの速力（スピード）がこの波じゃチットモ利かないんです」

「そんなばかなことが……」

「いや実際なんです。去年の波とはタチが違うらしいんです」

「おんなじ波じゃないか」

「イヤ。たしかに違います」

　一等運転手と船長がコンナ下らない議論をしている処へ、おれは危険を冒して梯子（ラダ）をはい登って行った。船長は、真向かいの聖エリアスの岩山に負けないくらいのゴツゴツした表情で言った。

「モウ……スピードは出ないな。機関長（おやかた）……」

「出ませんな。安全弁（バルブ）が夜通しブウブウ言っていたんですから」

「……弱ったな……」

　この船長が、コンナ弱音を吐いたのをおれはこの時に初めて聞いた。

「……妙ですねえ。今度ばかりは……変テコな事ばかりお眼にかかるじゃないですか」

「あの小僧を乗せたせいじゃないかな。チョットでも……」

　と一等運転手がヨロケながら独り言のように言った。蒼白（あおじろ）い、剛（こわ）ばった顔をして……

おれは強く咳払（せきばら）いをした。

「エヘン。そうかもしれねえ。しかしもう船にはいねえはずだからな」

船長は何も言わなかった。苦い苦い顔をしたまま十八倍の双眼鏡を聖エリアスに向けた。

三人はそのまま気拙(きまず)い思いをして別れたが、それから第三日目の朝になっても、依然としてフェア・ウエザーとセント・エリアスが真正面に見えた時には、さすがのおれも、ジイーンと痺(しび)れ上がるような不思議を、脳髄の中心に感じた。同時に何とも言えない神秘的な気持ちになって、胸がドキドキしたことを告白する。自分の魂が、船体と一緒に、どうにもならない不可思議な力にガッシリとつかまれているような気がしたからだ。

石のように固(こわ)ばったおれと、一等運転手と、船長の顔がモウ一度、船長室でブツカリ合った。

「ここいらを北上する暖流の速力が変わったっていう報告はまだ聞きませんよ」

運転手が裁判の被告みたいな口調で船長に言った。船長が他所事(よそごと)のようにネービー・カットの煙を吹いた。

「フムフム。変わったにしたところが、一時間十八ノットの船を押し流すような海流が、地球表面上に発生し得る理由はないてや」

とあくまでも科学者らしくうそぶいた。おれもエンチャントレスに火をつけながらうなずいた。

「とにかくおれのせいじゃないよ。石炭はたしかに減っているんだからな」

一等運転手も眼を白くしてゴックリとうなずいた。同時にいっそう青白くなりながら白い唇を動かした。

「……何か……あの小僧の持ち物でも……船に……残っているんじゃ……ないでしょうか」

船長は片目をつむって、唇を歪めて冷笑した。しかし一等運転手は真顔になって、真剣に腰を屈めながら、船長室内のそこ、ここを覗きまわり始めた。おしまいには船長とおれが腰をかけている寝台までも抱え上げて覗いたが、寝台の下にはドイツやフランスの科学雑誌が一パイに詰まっているキリであった。ボーイのスリッパさえ発見できなかった。

とうとう船全体が、動かすことのできない迷信に囚われて、スッカリ震え上がらせられてしまった。乗組員の眼付きは皆オドオドと震えていた。

……船が動かない……S・O・S小僧の祟りだ……。

晴れ渡った青い青い空、澄み渡った太陽、静かな、切れるような冷たい風の中で、碧玉のような大濤に揺られながらの海難……。

……行けども行けども涯しのない海難……S・O・Sの無電を打つ理由もない海難……理由のわからない……前代未聞の海難……。

「サアサア。みんな文句言うところアねえ、ありったけの石炭をみんな、汽罐にブチ込むんだ。それで足りなきゃあ船底の木綿の巻荷をブチ込むんだ。それでも足りなきゃあおれから先に汽鑵の中へはい込むんだ。ハハハ。サアサア。みんな石炭運びだ石炭運びだ……」

事実石炭はもう、残りがイクラもなかったのだ。横浜で積み込んだ時の苦労を逆に繰り返して、とんでもない遠方から掘り出すようにしいしい、機関室へ拾い集めるのであったが、その作業を始めると間もなく残炭を下検分に回った二等機関士のチャプリン髭が、おれの部屋へ転がり込んで来た。

「……タ……大変です。S・O・Sの死骸が見つかりました」

「ナニ。S・O・S……伊那の死骸がか……」

「エエ。そうなんです……ああ驚いた。ちょっとその水を一パイ。ああたまらねえ」

「サア飲め。意気地なし。どこに在ったんだ」

「ああ驚いちゃった。料理部屋の背面なんです。あそこの石炭の山の上に、エンプレス・チャイナの青い金モール服を着たまんま半腐りの骸骨になって寝ていたんです。イガ栗頭の格好があいつに違いないんですが」

「骸骨……？……」

「ええ。あそこは鉄管がゴチャゴチャしていてステキに暑いもんですから腐りが早かったんでしょう。白い歯を一パイに剥き出してね。蛆一匹いなかったんですが……ずいぶん臭かったんですよ」

おれは黙って鉄梯子を昇って、中甲板の水夫部屋に来た。入り口につかまって仁王立ちになったまま大声で怒鳴った。

「おおい。兼公いるかア。出歯の兼公……生首の兼公はいねえかア……」

「おおおオ――……」

と隅ッコの暗い寝台棚から、寝ぼけたらしい声がした。

「誰だあ……」

「おれだあ……」

「おお。地獄の親方さんか。こりゃあどうも……」

「すまねえがちょっと、顔を貸してくれい」

「ウワアア。とうとう見付かったかね」

「シッ……」

と眼顔で制しながら兼公を水夫食堂へ誘い込んだ。天井の綱にブラ下がりながら兼に金口煙草を一本くれた。兼はしきりに頭を掻いた。

「どうも横浜じゃ、警察が怖わーがしたからね。つい秘密にしちゃったんで……」

「石炭運びの途中で殺ったんか」

「図星なんで……ヘエ。もっとも最初から殺る気じゃなかったんで、みんながあの小僧は女だ女だって言いましたからね。仕事にかからせる前にチョット調べてみる気であすこに引っぱり込んだんで……ヘエ……」

「馬鹿野郎……そんで女だったのか」

「それがわからねえんで……あすこへ捻じ伏せて洋服を引んめくりにかかったら恐ろしく暴れやがってね」

「当然だあ……それからどうした」

「イキナリ飛びつきやがって、ここん処をコレ……コンナに食い切りやがったんで……」

兼は菜っ葉服とメリヤスのシャツをまくって、左腕の力瘤の上の包帯を出して見せた。

「まだ腫れてんで……ズキズキしてるんですがね……恐ろしいもんですね」

「間抜けめえ。そん時に手前裸体だったのか」

「エヘヘヘヘヘ」

「変な笑い方をしるねえ。それからどうした」

「わっしゃカーッとなっちゃってね。コイツめ、降りると言ったたって他の船へ乗りゃあ、また、災難をしやがるんだからここで片づけた方が早道だ。男だか女だか殺してから検べた方が早道だ。と思っちゃった処へ、血だらけの口をしたS・O・Sの野郎が、私の横ッ面へ食い切った肉をパッと吹っかけて『悪魔』とか何とか悪態を吐きやがったんで……手前の悪魔は棚へ上げやがってね。……おまけに後で船長に告訴けてやるから……とか何とか吐かしやがったんでイヨイヨ助けておけないと思って、首ッ玉をギューッとまったくなんで……ヘエ……」

「ひどいことをするなあ。そんで女だったかい」

「……それがその……野郎なんで……」

「プッ。ばかだなあ。それからどうした」

「それっきりでさ。……ウンザリしちゃって放ったらかして来ちゃったんです」

「なぜ海に投り込まねえ」

「それが誰にも見つからねえように放り込みたかったんで……親方や機関室の兄貴たちにも申し訳ねえし、おまけに上海で、あっしが談判に行った時に船長が入歯をガチガチさして、こんなことを言ったんです。あの小僧をタタキ殺すのに文句はないが……」

「チョット待ってくれ。たたき殺すのに文句はないって言ったんだね」

「そうなんで……しかし死骸はもちろん、髪の毛一本でも外へ持ち出したらただは置かないぞッ……てね。そう言って船長に白眼みつけられた時にゃ、あっしゃゾッとしましたぜ。あんな気味の悪い面ア初めてお眼にかかったんで……ヘエ……まったくなんで……」

「フーン。妙な事を言ったもんだな」

「そう言ったんで……何だかわからねえけども……万一見つかって首になっちゃつまらねえ。ことによるとあの二梃のパチンコで穴を開けられちゃかなわねえと思って、そのまんまにしといたんです。まったくなんです」

「案外意気地がねえんだな……手前は……」

「まったくなんで……それからって言うもの、あの死骸のことが気になって気になって今日は運び出そうか、明日は片づけようかと思ううちに、だんだん船にケチがついてくるでしょう……死骸は腐って手がつけられなくなってくるし、わっしゃもう少しで病気になるところだったんで……もうこりごりしました。どうぞ勘弁しておくんなさい。あやまっても追い付くめえけんど……」

「ハハハ。そんなこたアもうどうでもいいんだ。今日は文句はねえ。手前行って大ビラであの死骸（コロツロ）を片づけて来い。船長にはおれが行って話をつけてやる」

「ヘエッ。本当ですかい親方ア」

「同じことを二度たあ言わねえ」

「……ありが……ありがとうござんす。すぐに片づけます。……ああサッパリした」

「馬鹿野郎……片づけてからサッパリしろ」

兼はS・O・Sの金モールの骸骨（コロツロ）を胴中からまっ二つにスコップでたたき截（き）って、大きなバケツ二杯に詰めて出て来た。甲板に出て生命綱につかまりつかまり二つのバケツを海の上へ投げ出したが、その骨の一片が、波にぶつかって、また、兼の足元へ跳ね返って来た時、兼はまっ青になってその骨を引っつかむと危なくツンノメリながら、

「南無阿弥陀仏（なむあみだぶつ）ッ……」

と遠くへ投げた。

それは兼の一所懸命の震え上がった念仏らしかったが、とてもその格好が滑稽（こっけい）だったので、見ていたおれはたった一人で腹を抱えさせられた。

アラスカ丸は、それから何の故障もなくスラスラとバンクーバーへ着いた。同じ波の上を、同じスピードで……ばかばかしい話だが、まったくなんだ。

ところで話はこれからなんだ。

船長の横顔は見れば見るほど人間らしい感じがなくなってくるんだ。骸骨を渋紙で貼り固めてワニスで塗り上げたような黒光りする凸額(おでこ)の奥に、ガラス玉じみたギラギラする眼球が二個コビリついている。それがマドロスパイプを横一文字にギューとくわえたまま、船橋(ブリッジ)の欄干(てすり)に両肱(りょうひじ)をもたせて、青い青い空の下を凝視しているんだ。その乾涸(ひから)びた、固定した視線の一直線上に、雪でまっ白になったバンクーバーの桟橋がある。その向こう一面に美しい燈火(ともしび)がズラリと並んでいようという……ところまで、やっと漕(こ)ぎつけたんだがね。文字どおりに……。

その桟橋の上に群がっている人間は、五日ほど遅れて着いたアラスカ丸をどうしたのかと気づかって、待ちかねていた連中なんだ。

「S・O・Sの野郎……骸骨(ほね)になってまで祟(たた)りやがったんだナ……」

船長が突然(だしぬけ)に振り返っておれの顔を見た。白い義歯(いれば)を一ぱいに剝き出して物凄(ものすご)く哄笑(こうしょう)したもんだ。

「アハハハハ。イヤ……おもしろい実験だったね。やっぱり理外の理ってやつは、あるもんかなあ……タハハハハハ……」

焦点(フォカス)を合わせる

イヤア。失敬失敬。李発（リーファ）君というのは君かい。九大法文科の二年生……ウンウン。麻雀（マージャン）を密輸入して学資にしているんだってね。ウン。感心感心。当世の若い人間は、ソレぐらいの意気がなくちゃだめだよ。ウンウン。僕は名刺を持たないが……。ハハア。王（ワン）君から聞いて知っているか。なるほどなるほど。どうぞよろしく……。ナニ日本語が拙（まず）いから許してくれ。ナアニ、よくわかるよ。それくらいできりゃあたくさんだよ。……ヤ……ドッコイショ……と……ああ忙しかった。どうだい葉巻を一本……何だ喫（や）らないのか。それじゃ僕だけ失敬する。

　ちょうど上海（シャンハイ）を出る間際に王君の店から電話がかかって、君の事を頼んで来たからね。とりあえず僕の船室（ケビン）に案内するように命じておいたんだが……ドウかね。気に入ったかね、僕の部屋は……もっとも気に入らないたって、これよりりっぱな部屋がないんだから仕方がないがね。ハハハハ……この船は荷物船（カーゴボート）だから、サルーンなんて気の利いたのはないんだ。つまり荷物がお客様なんだから、人間の方が虐待されるんだ。堂々たる海牛丸、二千五百トンの機関長が、コンナ部屋にかがまっているんだから推して知るべしだろう。ハハハ……迷惑だろうが長崎に着くまで、僕の寝台に寝てくれたまえ。ナアニ僕はめったにこの部屋で寝ないんだ。機関室の隅ッコにモウ一つ仕事部屋があるからね。毛布も枕もそこに置いてあるんだ。君のは今持って来さすからね。書物はないが雑誌の古いのならある。持って来させようか。

ウンウン。

実は早く君の様子を見に来ようと思ったけれども、水先案内の野郎が乗っているうちは、機関室の方が忙しいのでね。おまけに今日のやつは知らないやつだったが、新米と見えて、やたらに小面倒な文句ばかり並べやがったもんだからね。ナアニ、ここいらの水先案内なら、こっちが教えてやりたいくらいなんだが、新米でも何でも、水先を乗せるのが規則なんだから仕方がない。やっと今さっき水蒸汽で引き上げて行きやがった。君見たろう……ウン……。もうこっちのもんだ。エコノミカル・スピードでブラリブラリと長崎へ着いて、ダンプロの荷物をタタキ上げりゃあ、後はわりと相場がきまっている。こう排日がひどくちゃ、荷物一つ動かないからね。ナアニ、すまないことがあるものか。コンナ船に乗ったら、ソンナ小面倒な気がねはいっさい御無用だよ。国際的なルンペン船だからね。金儲けなら支那軍に売り渡す鉄砲でも積み込むんだ。怖いのは南支那海の三角波だけだよ。ハハハハ……。ナニ？　船賃？　そんなもなあ要らないよ。王君がそう言やあしなかったかい。ウン。言ったけど気の毒だ。ばかな。納めるんなら十や二十の端た金じゃだめだよ。もったいなくも麻雀の密輸入じゃないか。百や二百じゃ承知しないぜ……ナニ……それじゃ算盤に合わない。それみろ、ハッハッハ。僕の好意で乗せてやってるんだ。ほかならぬ王君の頼みだからね。上陸してから鰒でも奢りたまえ。それでたくさんだ。ハハハ。お礼には及ばないよ。

それよりもドウだね。一つ機関室を見に来ないか。君と話しながら仕事をしよう。何でも話の種だ。ホントウのドン底の地獄生活というのは、コンナ襤褸船の機関室だってことを、世間ではあまり知らないだろう。船底一枚下は地獄とか何とか言うけど、地獄の上に浮いた地獄があるなんてことは、船乗り以外には誰も知らないはずだからね。もっとも知られた日にはコチトラの首が百あっても足りないがね。ハハハ。何も怖いことはないよ。閻魔大王の僕が御案内するんだから……。

ナニ……この部屋かい。大丈夫だよ。この鍵を預けとくからキチンと掛けておきたまえ。鍵は君が持っていた方が便利だろう。部屋を出るたんびに締まりをしとくことだ。船員なんて泥棒みたいなやつばかりだからね……その鞄は寝台の下にブチ込んでおきたまえ。ウン。鍵を掛けて封印してあるね。それなら大丈夫だ。中味の麻雀が船員に見つかるとうるさいからね。何とかカンとか言いやがって、一杯飲ませなきゃあおさまらないんだ。

……こっちへ来たまえ。外はモウ涼しいね。二百二十日も無事平穏か……サッキの小蒸汽の煙がまだ見えてるぜ。引き潮時だもんだから港口で流されているんだ。君には見えない、なるほど。その眼鏡は紫外線除けかね。イヤに黒いじゃないか。そいつを除れば見えるだろう。……見えないかい。慣れないせいだよ。船乗りになると遠い処の方がハッキリ見えるんだからね。アハハ。ヨタじゃないよ。

いったい君はどうして王君と識り合いになったんだい。ドウセお楽しみ筋だったのだろう。ハハハ。ナニそうじゃない。両替えをするつもりで王君のレストランへ入った。ウン。あすこのビフテキは安くて美味いからね。国際的に評判がいいんだ。ああそうか。君は初めてだったのか。入ってみてりっぱなのに驚いた。当たり前だ。あれくらいの店はマルセールあたりにもチョットないよ。表口はお粗末だがね。それより綺麗な女が大勢いたろう。ウン。引っかけてみたかい。ハハハハ。引っかけてみりゃあよかったのに。昼間だってかまうものか。高級船員が行く処だからね。地階にりっぱな設備ができているんだ。技巧なら上海一だっていうぜ。僕はあすこの常連なんだ。五、六百両借りがあるがね。王君は大きいから千両くらいまで貸すよ。もっとも女に馴染ができなくちゃだめだがね。ハッハッ。チョット失敬して便所へ行って来る。君もつき合うか……。

ウン……そんな事は全く知らなかったのか。無理もないね。ウンウン、麻雀買いの手筋なら何でも知っている。……このごろは蘇州へ行って自分で指図をして日本人向きに彫らせる……上海のはいけないのかい。フウン。彫りははでだけれども牌のできは蘇州の方がいい……フウン。支那人と日本人の好みは違うかね。僕はカラッキシ素人なんだが。フウン。あの団子みたいな模様と、鳥の格好が、特に日本人はやかましい、そんなものかねえ。なるほど。……日本内地では麻雀賭博が流行り出したかね。それで密輸入の上物が売れ出した。つまり日本の麻雀が本格になりかけているんだね。今に支那式のルールが復活する……そうかねえ。とにかくおもしろいもんらしいね。ウンウン。それで蘇州へ行って麻雀を買い込んだ。ウンウン。帰りに小銭がなくなったから切るつもりで、王君のレストランへ偶然に入った。料理を一皿注文してコーヒーを飲んでいたら……酒はだめなのかい君あ……そいつは話せんね。ダイナジンてやつを一杯御馳走しようと思っていたんだが。ジンの中へダイナマイト……つまりニトログリセリンが割ってあるんだ。トテモいい心持ちに酔うからね。ケープタウンで作り方を教わったんだが。……ウンウン。そこでコーヒーを飲んでいたら女が大勢タカって来た。フフフ。君はナカナカ、シャンだからなあ。おまけに貴公子然としているからなあ。ハッハッ。御愛想じゃないよ。ウン。それでどうした。無理やりに奥へ引っぱり込まれた。アハハハ。上玉と見られたな。そこへ王君が出て来て最高級の御挨拶をした。アッハッハッハ。コイツは大笑いだ。王公一代の傑作だろう。めったにお客を見損なう男じゃないがなあ。それからどうした……。

　それから女どもを遠慮してもらって、王君と差し向かいになって事情を打ち明けたというのか。ポケットを裏返して見せた。ハッハッ。そんなことだろうと思った。正直だなあ君あ。ウンと飲んだり食ったりしてから打ち明ければよかったに……ブチ殺されるもんか。王君はかえって御馳走をして帰すよ。恐喝に来たやつでも温柔しくつまみ出すばかりだからね。だから評判がいいんだがね。ウンウン。それから王君が同情してこの船を教えてくれた。フーン。君の親孝行に同情して教えてくれた。重慶にお母さんを一人養っている……タッタそれだけの理由かい。本当の事を言ってみたまえ。隠したってだめだよ。この次に王君に会えばわかるんだ。ナアニ、どこへも聞こえやしないよ。機械の音がやかましいから……ナニィ……何だって……。

ハハハ。ナアルほど。そこで王君は大学をやめて、レストランのボーイになれって君に勧めたア？……アッハッハ、こいつあイヨイヨ傑作だ。二階の婦人専門のサルーンに出れば、最低千円のチップは請け合うと言うのか。いかにも読めたわい。王公一目で君のスタイルに参ったんだね。学生にしちゃスマート過ぎるからな。そこで都合よく奥に引っぱり込んだんだ。やっぱり王公は眼が高えや。ハハハハ。今度上海へ来たらぜひモウ一度寄ってくれって？……ナカナカ執念深いな。……ナニ……今のチップの千円問題は僕に言っちゃいけないって？　ハハハばかにしやがら。僕の俸給と桁違いだもんだからソンナことを言うんだ。行き届いた男だが、しかし中華人一流の要らざる心配だよ。まさか僕が雇われに行きゃあしめえし。ハッハッハッハッ……。

サア来た。……ここが機関室だ。この垂直の鉄梯子を降りるんだ。油でヌラヌラしているから気をつけたまえ。落ちたらコッパ微塵だよ。ウンなかなか君は身が軽いね。運動をやっているんだね。スキーにダンスか。そいつあモダンだ。女が惚れるはずだ。オット危ない……。

こっちへ来たまえ。……聞こえないかい。オイオイ。こっちへ来たまえったら。このベルトに触らないように気をつけたまえ。

これが僕の仕事部屋だ。この椅子に掛けたまえ。アットット……。ぬれてたかい。イヤ失敬失敬。暗いからわからなかった。茶瓶か何かそこへ置きやがったな。オヤオヤ。お尻がビショビショになっちゃったね。アッハッハ。茶粕がついてらあ。仕方がない。この鉄椅子に掛けたまえ。そのうちに乾くだろう。……見たまえ。ちょうどマン中のボイラーが真正面に見えるだろう。忙しくなるとこの部屋に来て仕事を睨むんだ。時化の時なんぞは一週間ぐらい寝ないことがあるんだぜ。

オーイ。誰か来い。……聞こえないか……君チョットその呼鈴を押してくれたまえ。……何だボン州か。ウン。コック部屋に行ってコーヒーと菓子をもらって来い。普通のじゃだめだぞ。船長が上海で買い込んだやつがあるんだ。コック部屋になきゃあ船長室にあるはずだ。そいつをかっぱらって来い。なぐられるもんか。ぐずぐず吐かしたらおれが命令けたと言え。船長には貸しがあるんだ。……行ってこい……。

……どうだい。機関室ってものは入ってみると存外荒っぽいだろう。聞こえるかい。僕の言うことが。きこえる……ウン……ボン州って綽名だよ……フランス語の挨拶かと思った？……アハハハ、大笑いだ。あの垂直の鉄梯子を降りたら、ドンナ人間でも本名がなくなるんだ。地獄の一丁目だからね。みんな戒名で呼び合うのが習慣になっているんだ。銀行泥棒上がりが銀州、強盗前科が腕公、女殺しがエテ公、凡クラがボン州……モウしばらくすると君だって戒名をつけられるかもしれない。黒眼鏡とか何とかかね。ハッハッハ……ナアニ。みんなここへくりゃ年季を入れるんだよ。何でも白状しちまうんだ。娑婆へ出りゃ寿命のないやつばかりだからね。首と釣り換えで働きますという意味で、綺麗サッパリと白状しちまうんだ。だから僕のことを閻魔様と言うんだ。がそんなやつでないと、イザとなった時にタタキまわしが利かないから妙だよ。……見たまえ。あれが最旧式ボイラーなんだ。二、三十年前にできた骨董品だが博物館あたりへ寄付しても相当喜ぶシロモノだよ。ハッハッ。ナアニ大丈夫だよ。爆発なんかしないよ。できは古いがガッチリしているからね。安全弁があんなに白いスチームを吐いているだろう……ブーブー言ってるのが聞こえるかい。ウン……見えるけど聞こえない……慣れないからだよ。

アッ……蓋を開けた。眩しいだろう。

ボイラーの蓋を開けたんだよ。まるで太陽だろう。アハハ。もうあんなに白熱しているんだからね。あれで千二、三百度ぐらいのもんだろうよ。それでもあの中へ人間一人ブチ込んだら、五分間で灰も残らないよ。美味そうな臭いだけは残るがね。ハッハッハッ。

人間をブチ込んだことがあるかって……あるともさ。人間ばかりじゃない。品物だって何だってめんどうくさいものはミンナ打ち込むんだ。この間なんぞは鉄砲をつんで呉淞に入りかけたら、その間際で船員の中に、スパイが二人混っていることを発見したから、文句なしにブチ込んでくれたよ。ナアニ途中で波にさらわれたと言やあソレッキリだからね。

……や……ちょうど茶がきた。一杯飲んで行きたまえ。ついでにモウすこしするとおもしろい事が始まるから見て行きたまえ、今にわかるよ。トテモおもしろい。簡単なバクチなんだ。見ればわかるよ。

ハハハ……心配しなくともいい。地獄のコーヒーだって麻酔薬（まやく）も何も入ってやしないよ。君を眠らして、麻雀の十箱やそこら頂戴（ちょうだい）したってしようがなかろう。第一君を殺（や）るつもりならワザワザこんな処まで引っ張り込みやしないよ。学生のくせに意気地がないんだなあ君は。ハハハハハ。まあコーヒーを一杯飲みたまえ。スマトラ製だが非常に芳香（かおり）が高いんだ。度胸が据わって僕の話がおもしろくなるだろう。コンナ世界もあるってことがわかれば、将来キット参考になるよ。トニカク徹底しているんだからねえ機関室の地獄生活は……。

なるほどなあ。君らにとっちゃ学校を卒業するのが目下の急務だろうよ。もうジキ試験が始まる……故郷にはお母さんが待っているか。フウン。そうかそうか。まあシッカリやりたまえ。しかし試験の候（そうろう）のって言うけど、今の学校の試験なんか甘いもんだよ。僕が機関長になった時の体験を話したら身の毛がよだつだろう。君らは……まあ聞きたまえ……モウ船室（ケビン）には用はないだろう。ナニ、書物を読みたい。書物なんかは大概にしとくがいいね。学校で習ったことなんか実際の役に立ちゃしないよ。理屈どおりに機械が動くもんなら機関長は要らない。学者の思うとおりに世の中がなるものなら、ボルセビキの理論はひととおりですむんだ。ナカナカ学者だろう。ハッハッ。
オイ。ボン州。チョット来い。モウ一パイ茶を入れて来い。今度は紅茶だ。おれのはウイスキーを割って来るんだぞ。それからその扉を閉めておけ。やかましいから……。どうだい。こうして扉を閉めとくと機械の音がウッスリしか聞こえないだろう。扉が厚いからね。しかしコンナに軽い騒音でも、機械のどこかに故障があると、すぐにこっちの頭にピインとくるんだよ。故障の個所までチャントわかるから不思議だろう。ナアニ。永年の経験さ。この部屋で寝ていると夜中に何かしらんハッとして眼を醒(さ)ます。ハテ、何で眼を醒ましたのかと思って、ボンヤリしているとはたせるかなだ。コンナふうにごちゃごちゃ聞こえて来る騒音の中のドレか一つが起こしている。ズット奥の小さなピストンのバルブがおかしいな……とか何とかすぐに気がつく。そんな小さな音に眼を醒ますはずはないと思うかもしれないが、不思議なもので、機械のジャズが順調に行っているうちはグッスリ眠っているが、すこし調子が変わるとフッと眼が醒める。同じ船に長く乗っていると船の機械全体が、自分の神経みたいになってしまうんだね。船が黒潮に乗ると同時に、運転手がポッカリと眼を醒ますようなもんだ。

まだ驚く話があるんだ。

今君が見たあの大きなボイラーね。あの正面の電球の下に時計みたいなものがあって、指針(はり)が一本ブルブル震えていたろう。あれがボイラーの圧力計(プレシャアゲージ)なんだが、あの圧力計(ゲージ)の前に立ってあの指針が、二百ポンドなら二百ポンドの目盛りの上に、ピッタリと静止しているのを見た一瞬間に、この指針はこれから上がるか……下がるかっていうことがピンと頭にくるんだ。静止している指針がだよ。そいつがピンとくるくらいの頭にならなくちゃ、一人前の機関長たあ言えないんだ。同時に、圧力がコレくらいしか上がらないところを見ると石炭が悪いんだな……とか……どこかに故障があるんだなとかいう直覚がくる。向こうの港に着くまでに石炭が足りるか足りないかといったような問題まで、同時にピーンとくるんだから、あの指針一本がナカナカばかにできないんだ。ソウ……第六感とでもいうかね。

むろんそこまでくるには僕も苦労したもんだよ。まあ聞きたまえ……。

……オーイ……入れえ……。

……ヤッ来た来た。魔法瓶(テルモス)に入れて来たな。ボン州のくせに気が利いているじゃねえか。このウイスキーは誰のだ。何だ船長のか。イヨイヨ気が利いているぞ貴様は……もったいなくもK、O、K、じゃねえか。ステキステキ。どうだいチョッピリ、ウイスキーを入れようか。ナニ。奈良漬け(ならづけ)に酔う？　ナカナカ日本通だね君は。それじゃカステラをやりたまえ。上海から逆輸入の長崎名物だ。わがはいの話の聞き賃だ。ハハハハ……

……オイオイ……野郎。あとを閉めねえか。馬鹿野郎……。

イヤ。全く久しぶりにコンナ話をするがね。わがはいが機関長の試験を受けたのが二十一の年だった。イヤア君も二十一かい。そいつあ奇遇だね。ハハハハ。ところでソイツが満点試験ときているから凄(すご)いだろう。ドレくらい凄いか話してみなくちゃわかるまいがね。

何しろこっちは、なけなしの貯金に借金の上塗りした何十円也を試験料としてブチ込んでいる一方に、船乗り片手間の独学ときているんだから絶体絶命だ。高等数学の本なんかテンデわからないやつを、片ッ端から一冊分丸暗記さ。そんな無茶をやったことがあるかい。ないだろう。トテモお話にならないんだ。兵庫の下宿の天井から、壁から、襖から、障子から、電燈の笠まで、公式を書いた紙をペタペタ貼り散らして寝床の中から眼を開ければ、すぐに眼につくようにしている。暗記したやつは引っぺがして、新しいのを貼るという寸法だ。下宿の婆さんが驚いて、コンナにたくさんにまあ。これは及第のおまじないですかって聞くんだ。なるほどおまじないに違いないね。丸めて嚥んでしまいたいくらい大切なおまじないだからね。ハハハ。

それから当日試験場へ行くと、初日は筆記試験ばかりだったが、コイツはともかくも満点を取って帰ったと見えて、明日の試験に出ろという通知が夕方下宿に届いた。

ところで翌る朝、勢い込んで試験場に来てみると驚いたね。七十何人いた受験者が、タッタ二人しきゃいないんだ。何かの間違いじゃないかしらんと思ってちょっとキョロキョロしたもんだよ。ナアニ。みんな振り落とされたのさ。ホントウの満点試験だからね。綴字が一字違っていてもペケなんだから凄いよ。七十何人、試験料丸取られさ。これがお上の仕事でなきゃあ、金箔つきのパクリだろう。

僕と一緒に居残ったやつは、島根県の何とかいう三十ばかりの鬚男だったが、広い教室のズット向こうとこっちに離れて製図をやるんだ。……お互いに顔を見交して泣き笑いみたいな顔をし合ったっけ。……ところが翌る日行ってみると、今度はそいつがノックアウトされている。つまり一番年の若い僕だけがタッタ一人残ったわけだが、心細いの何のってお話にならない。冥途(あのよ)の入り口に一人ポッチで来たような気持ちだ。しかし試験官はそれでも遠慮なんかミジンもしない。一匹もパスさせなくたってかまわないんだから平気なもんさ。口頭試験で百三十ばかりの問題を立て続けにオッ冠(かむ)せてくる。むろん片ッ端から即答さ。時計を睨(にら)みながら二、三十秒ぐらい待ってくれるだけで、一分と過ぎたらその場で落第の宣告だ。おそらく僕の顔には血の気がなかったろうと思う。それでもヤットの思いで汗を拭(ふ)き拭き受け流して行くうちに試験官がパッタリと帳面を閉じたから、落第じゃないかと思ってハッとしていると、その顔を見ながら試験官のやつニッコリしやがってね。イヤ、御苦労でした。成績は満点です。あちらの室(へや)で茶を飲みましょう。……と早口で言った時には、思わずポォーッと気が遠くなったね。しかし、それでも嬉(うれ)しかったから尻尾(しっぽ)を振り振り、浮き足でクッついて行くと、廊下を一曲がりした処の空部屋に僕を連れ込んで、熱い渋茶を一パイ御馳走(ごちそう)した。そのついでに室の中をグルリと見まわすと、試験官のやつモウ一度ニヤリと笑ったもんだ。

「この室に石炭が何トン、詰まるでしょうかね」

と冗談みたいにぬかしおってね……しかも、その顔つきたるや、断じて冗談じゃないんだ。たしかにまだ試験の中らしい面構えをしてケツカルんだ。考えてみるとサッキ満点を宣告した時には、ただ御苦労と言っただけで、おめでとうとはぬかさなかった。チョックラ油断させておいて、不意打ちにタタキ落とそうという寸法なんだ。こんなタチの悪い試験に引っかかったことがあるかね……おそらくないだろう。

そう気がついた刹那(せつな)に僕はモウ一度気が遠くなりかけたね。そいつを我慢すべく熱い茶を一杯グッと嚥み込むと、破れカブレの糞度胸(くそどきょう)を据えたもんだ。

「そうですねえ。六十トンも入りますかね」

と冗談みたいに返事してやったら、試験官め、眼を丸くしやがって、

「ヘエ。そんなに入りますかね」

とぬかしやがった。おまけにつけ加えて、

「室の容積というものは見損ない易いものでね。誰でもはじめて船に乗って、石炭を積むとなると、この見込みが巧(うま)くいかないので、下級船員からばかにされることになるのですが……ハハン……」

と腮(あご)を撫(な)でおった。……ナアニ。親切でソンナことを言うもんか。ドギマギさせようという策略に違いないんだ。……ヘエ。それじゃ五十トンぐらいですか……とか何とか。おつき合いにでも言おうもんなら……ハイ、待ってました、九十九点九分九厘で落第……とくるんだろう。土にかじりついても試験料をパクリ上げようという腹なんだからヒドイよ。そん時にはさすがの僕も、思わずグッときてしまったね。何しろ若かったもんだから……べらぼうめえ。どうでもなれという気になったもんだ。

「……ええ……しかし六十トンというのは試験の解答ですよ。天井までギッチリの勘定ですが、しかし実際を言うと、この問題は非常識ですね。本当にこの部屋に、それだけの石炭を詰め込んだら、壁と床が持たないでしょう。エヘヘヘヘ……」

と冷やかし笑いを見せたら、試験官のやつ、塩っぱい面をして睨みつけたと思うと、プリプリして出て行きおった。そこで僕も土俵際で落第したもんだと諦めて、その晩は久しぶりに酒をあおってグッスリ寝込んでいるうちに、いつの間にか夜が明けたらしい。下宿の婆さんがユスブリ起こして「モウ九時だっせ。お手紙が来とりまっせ」と言うんだ。むろん落第の通知だろう。見たってドウなるもんか。かってにしやがれと思い思い、何だか気になるから開けてみたら、あにはからんやだ。試験官の直筆だったが及第も及第。とりあえずおめでとうと存ずる、ついては目下、当港（神戸）に停泊中の病院船十字丸、三千二百トンの機関長の補充として御乗船願いたいが、御意向は如何でしょうか。月給、百何十円。云々……という孫悟空みたいな話だ。そんな時にまた、頭がまたシイーンとしちゃったね。明治四十年ごろの百両といったら大したもんだ。幅が利くにも何にもドエライ出世だ。おまけに若い機関長のレコード破りというのが評判で、アタリ八方、持てたの候のってお話にならなかったが、実を言うとコイツが悪かったんだね。若い時の苦労は買ってもしろというくらいだ。あんまり早くから立身したり、世間に持てたりするのはろくなことじゃあないんだ。おかげでスッカリ身体をヤクザにした上に、今の十字丸に乗ってから一年目に、瀬戸内海で推進機を振り落とした。船に乗る時には十分に機械を調べて受け取ったつもりだが、推進機までブンなぐっていなかったのが運のつきだった。もっとも瀬戸内だから助かったもんだ。ケープ沖か何かだったら、南極へ持って行かれたかもしれない。

……コイツがケチのつきはじめで、それ以来僕の乗る船にろくなことはない。新式タービンのパリパリが、ビスケー湾の檜舞台でヘタバッたり、アラスカ沖の難航で、陸地が鼻の先に見えながら、石炭が足りなくなったりする。そんな時には石炭の代わりに、メリケン粉を汽罐にブチ込んで、人間も船体もまっ白にしてしまったものだがね。もちろんこっちの手落ちだったことは一度もないんだが、不思議に運が悪いんだ。とうとうコンナがらくた船に乗って、骨董みたいなお汽罐の番をするところまで落ちぶれてきたわけだがね。ハッハッ……しかし、おかげで君たちの喜びそうな冒険を、イクラ体験して来たか知れやしない。今サッキ話しかけた推進機の一件を、モウ一度インド洋で蒸し返した時なんぞは、今思い出してもゾッとする目に会ったね。ちょうど欧州大戦のショッぱなで、青島から脱け出した三千六百トンのドイツ巡洋艦エムデンが、インド近海を狼みたいに暴れまわっている時分のことだ。

大阪商船のメルボルン通いで、三洋丸という快速船があった。七千トンばかりの客船だったが、コイツが航路を切り変えて、一かバチかのヨーロッパ行きを思い立ったもんだが、今のエムデンを怖がって行くものがないというので、とりあえず僕が機械の方を引き受けて、シンガポールまで来たのが忘れもしない、大正三年の九月十五日、……暑い盛りだ。あすこでポートサイドからマルセール直航の男船客ばかりを三百五十何人と上等の紅茶を積めるだけ積んだわけだが、コイツが無事に地中海へ入れば、むろん大儲(おおもう)けさ。ヨーロッパ全体が敵も味方も咽喉(のど)を鳴らして待っている極上飛び切りの紅茶バッカリと、金ずくを通り越したお客バッカリ満載しているんだからね。紀州の蜜柑船(みかんぶね)どころの騒ぎじゃない。三井のやることは凄いよ……そこで連合艦隊の無電を受けながら、勇敢にインド洋のマン中目がけて乗り出してみるとドウダイ。陸影を離れてから間もない三日目の、二十三日の朝早く、無電技手が腰を抜かしたまま船橋から転がり落ちて来た。……昨夜の真夜中にエムデンが突然、向こう岸のマドラス沖に現れて、石油タンクの行列を砲撃した。エドワード砲台が泡をくって、闇夜の大砲をブッ放したが、その時にはもはやエムデンはいなかった。三洋丸はそのまんまで行けば、そろそろエムデンの逃路(コース)にぶつかるかもしれない。気をつけろ……といったような無電が、ビーッ……ビーーッと入って来たと言うんだ。

イヤモウ……みんな青くなったの、候のって……覚悟の前とか何とか、大きなことを言っていた船長が、日本人のくせにイの一番に慌て出して、全速力(フルスピード)でシンガポールへ引き返すと言い出したもんだ。つまり、エムデンの死に物狂いのスピードが、まず二十七、八ノットで、三洋丸のギリギリ決着が二十三、四ノットだから、見つかったら最後、物が言えないという算盤(そろばん)を取ったんだろう。しかも、それくらいの算盤なら何もわざわざ、インド洋のマン中まで出て来て弾(はじ)く必要(もの)はないのだ。忠兵衛(ちゅうべえ)さんじゃあるまいし。大阪を出た時からチャンと見当がついているはずなんだが、要するに今の無電と一緒に、新規まき直しの臆病風(おくびょうかぜ)が、船長の襟元からビービーッと吹っ込んだんだね。

　そいつを一等運転手(チーフメート)が腕ずくで押し止(とど)めようとする。そいつをまた、乗客の中にいた、アイルランドの海軍将校上がりが感づいて、船中に宣伝して回ったからたまらない。碧(あお)眼玉(めだま)をギョロつかした乗客が、われもわれもと船長室へ押しかけて、土気色(トンパいろ)になった船長を取り巻いて、ドウスルドウスルと小突きまわす。一等運転手と事務長が、仲に入ってマゴマゴする。船長の名前は勘弁してくれたが、国辱にも何にもお話にならない。エムデン艦長といいコントラストが出来上がった。……結局、そんな連中で、寄ってタカって、一か八かのコンニャク押し問答をフン詰まらせたあげく、僕がその評議のマン中に呼び出されることになったもんだ。

　……今以上にスピードが出せるか出せないか。それによって、スエズへ直航するかしないか……またはシンガポールへ引き返すにしても、荷物を捨てるのか、捨てないのかを決定する……。

　という問題を持ちかけてきたから、僕はしめたと思ったね。ここいらで一番、身代を作ってくれようかな……ついでに毛唐の胆(きも)ッ玉をデングリ返してやるか……という気になって、ニッコリと一つ笑って見せたもんだ。

「お前さん方は運のいい船に乗り合わせたもんだ。一万ポンドくれるなら、速力を今よりも五ノットだけ殖やしてやろう。むろん荷物は今のマンマで結構だ。モウ五ノット速くなったら、いくらエムデンでも追いつかないだろう……しかし物には用心ということがある。万一お前さん方が、五ノットでもまだ足りないと思う場合にブッカルようなことがあったら、ソレ以上一ノットごとに、一万ポンドずつ、奮発してもらいたい。それでも足りなきゃあ紅茶を捨てることだ。全速力三十一ノットまで請け合う。それでも追いつかなきゃあ諸君が海へ飛び込むだけのことだ」

とチョッピリ威嚇（おどか）してやったもんだが、毛唐のものわかりの早いのには驚いたね。チョッと別室で相談したと思う間もなく、シャンとしたやつが五、六人引き返して来て、二千ポンドの札束を僕の前に突き出した。むろんアトの八千ポンドはポートサイドへ着いてから渡すという、りっぱな証文つきだったが、さすがの僕もソン時には、チョット頭が下がったよ。何しろ大きな銀行が、ポケットの中でゴロゴロしていようという連中だからね。助かりたいのが一パイだったのだろう。船長や運転手までホッとしたような顔をしていたっけ。おかしかったよソリャア。何はともあれエムデン様々々と拝みたくなったね。

……というのはコンナわけだ。

実を言うと三洋丸ぐらいの機械を持っていりゃあ、速力を五ノット増すくらいのことは屁（へ）の河童（かっぱ）なんだ。新しい機械の力はかなり内輪に見積もってあるもんだからね。……と言ったって、むろん船長や運転手なんかにできる芸当じゃない。いわば僕一人の専売特許かもしれないがね。ずっと前、南支那海で海賊船がノサバッた時に、万一の場合を慮って、何度も何度も秘密で研究して、手加減をチャント呑み込んでいたんだからわけはない。僕は機関室へ帰るとすぐに、汽罐の安全弁のバネの間へ、鉄の切れっ端を二、三本コッソリと突っ込んで、赤い舌をペロリと出したものだ。

　タッタそれだけで一万ポンドの仕事になったわけだが、何を隠そうコイツはりっぱな条令違反なんだ。発見かったら最後、機関長の免状を取り上げられるどころじゃない。ドエライ罰金をくらわせられた上に、懲役にブチ込まれることになるんだから、ソレくらいのねうちはあるだろう。いわんや何百人の生命とつりかえの問題だからね。

　しかもタッタそれだけの手加減で、汽罐の圧力がグングンせり上がって、圧力計の針がギリギリ一パイの処まで逆立ちしてしまった。同時にスクリュウの回転がブルンブルン高まる。速力が出たどころの騒ぎじゃない。素人が見たら倍ぐらいに早くなったように思える。両舷を洗う浪の音がゴオオ……ッ……ゴオオオ……オオッと物凄く高まったもんだから、デッキに立っていた連中はスッカリ安心してしまったらしいね。今までの心配疲れも出て来たんだろう。一人一人に船室へ帰ってグーグー寝てしまった様子だ。そこで機械と睨めっくらをしていた僕も、この調子なら大丈夫と思って、椅子に腰をかけたままウトウトしていた……まではよかったが……アトが少少おもしろくなかった。

　その翌る朝のまだ薄暗いうちのことだ。ポートサイドで札ビラを切っている夢か何か見ている最中に、今のスクリュウの中軸になっている、一番デッカイ長い円棒が、中途からポッキリと折れたもんだ。急にスピードをかけた馬力が、イの一番に円棒へコタえたんだね。

アッハッハッハッハッ……そん時にはさすがのわがはいも仰天したよ。折れると同時にキチガイみたいに回転し出した機械の震動が、白河夜船のドン底まで響き渡ったもんだから、ウンもスンもあったもんじゃない。てっきりエムデンにやられてゴースタンか何か掛けたものと、船長初め思い込んだらしいんだね。アッと言う間に船の中が、ワンワンワンワンと蜂の巣を突ッついたような騒ぎになった。船員も乗客も一斉にデッキを目がけて飛び出して来た。御丁寧なやつは卒倒ったという話だが……しかしこっちは眼をまわすどころの騒ぎじゃない。ともかくも機械の運転を休止して、予備のシャフトを入れ換えることだ。

そうするとまた、大変だ。この沖の只中で船を止めておくのは、エムデンに目標を晒しておくようなものだというので、乗客が血眼になって騒ぎ出した。船長はもとより運転手までが、七面鳥みたいに気を揉み始めたものだから、イヨイヨもって手が着けられなくなった。一方に船の方は呑気なもんだ。そんな騒ぎを載せたまんま、エムデンのいそうな方向へブラリブラリと漂流し始めた。二、三百尋もある海で碇なんか利きやしないからね。通りがかりの船なんか一艘だって見つかりっこない。SOSを打ってみても連合艦隊が相手にしてくれない……というのだから、その騒動たるや推して知るべしだろう。

……ところがまた、あいにくなことに、そのシャフトの入れ換えが、キッカリ一週間かかったもんだ。つまりその間じゅう、全然、機械の運転を休止して、行きなりほうだいに流れ回っていたわけだ。

……なぜ……なぜったってマア考えてみたまえ。あの直径二フィート何インチ、全長二百何十フィートという大一番の鋼鉄（はがね）のシャフトだ。重さなんかドレくらいあるか、考えたってわかるもんじゃない。実際、傍へ寄ってみたまえ。これが人間の作ったものかと思うと、物が言えなくなるくらいステキなもんだぜ。そいつを索条（ワイヤー）や鎖（チエン）でジワジワと釣り上げるだけでも、チョットやソットの仕事じゃない。おまけにあの大揺れの中を、二日がかりで荷物を積み換えて、ヤット少しばかりお尻（しり）を持ち上げさした船のスクリュウの穴の中へ、ソーッと押し込もうというのだから、無理な注文だということは、最初からわかりきっているだろう。船渠（ドック）の中でやっても相当、骨の折れる仕事を、沖の只中で流されながらやろうというのだからね。……のみならず今も言うとおり、七、八千トンの屋台を、世界の涯（はて）まで押しまわろうという鋼鉄の丸太ン棒だ。ピカピカ磨き上げた上に油でヌラヌラしているやつだから、手がかりなんか全然（まるで）ないんだ。ワイヤとチエンで、どんなにしっかり縛りつけといたって、いったん辷（すべ）り出したとなりゃあ、人間の力で止めることができない。一分辷ったら一寸……一寸辷ったら一尺といった調子で、アトは辷りほうだいの、惰力のつきほうだいだ。遠慮も会釈もあったもんじゃない。ズラズラズラズラッと辷り出したが最後の助。鉄の板でも何でもボール紙みたいに突き破って、船の外へ頭を出すにきまっている。そのまま、ズルズルズッポリと外へ抜け出してしまったら、ソレッキリの千秋楽だ。取り返しがつかぬどころの騒ぎじゃない。飛び出しがけの置き土産に巨大（おおき）な穴でもコジ開けられた日には、本家本元の船体が助からない。シャフトのアトからブクブクブクとくるんだ。……ハッハッどうだい。わかるかね。シャフトの素晴らしさが。ウン。わかるだろう。コンナベらぼうに苦心した機関長はタントいないだろうと思うがね。

　ところが世の中は御方便なものでね。剣呑（けんのん）な仕事なら、自慢じゃないが、慣れっこになっているわがはいだ。もっともわがはいが乗ったからシャフトが折れたのかもしれないがね、ハッハッ。前もって、そんな間違いがないように、二重三重に念を入れて、不眠不休で仕事をしたから、ヤット一週間目に蒸汽（スチーム）を入れるところまで漕（こ）ぎつけたんだが、その間の騒動ったらなかったね。一万ポンドなんかむろん立ち消えさ。糞（くそ）でも食らえという気で、押し切るには押し切ったが、実のところ寿命が縮まる思いをしたね。……乗客の方はむろんのことさ。その時分にインド洋のマン中で、一週間も漂流するなんてことを、ウッカリ最初から言い出そうもんなら、気の早いやつは身投げぐらい、しかねないんだ。毛唐なんて存外、気の小さいもんだからね。すぐに思い詰めるやつが出て来るんだ。その証拠に、明日明日で言い抜けながら仕事をしていくうちに、三日ばかり経ったら乗客が、一人も寝なくなってしまった。みんな神経衰弱にかかっちゃったらしいんだ。来る日も来る日もエムデンの目標になって浮いているんだから、考えてみりゃあ無理もないさ。こっちもむろんエムデンが怖くないことはなかったが、怖いったって今更ドウにもしようがない。タッタ一本しかない予備シャフトを無駄にしたらそれこそホントウに運の尽きだからな。

そんなわけで、最初から腹を定めて仕事をしたおかげで、ヤット船が動き出すには動き出したが、今度はモウ速力を出さない。八千ポンドの証文をタタキ返して、安全弁（セフティバルブ）の鉄片（てっきれ）を引っこ抜いてしまった。するとまた、そのうちに、乗客の中でもいちばん航海通の海軍将校上がりが……サッキ話した慌て者さ……そいつが手ヒドイ神経衰弱に引っかかってしまった。機関長を殺せとか何とか喚（わめ）きやがって、ピストルを振りまわすので、トテモ物騒でよりつけない……とか何とか事務長が文句を言いに来たから、僕は眼の球の飛び出るほど怒鳴りつけてやった。

「……わけはない。そいつを機関室（ここ）へ連れて来い。汽鑵（かま）へブチ込んでくれるから……いくらか正気づくだろう」

と言ってやったら事務長のやつ、驚いて逃げて行ったっけ。ハッハッハッ……。

オーイ。入れえ。オイオイ。入れえ……。

何だ。ボン州か。何の用だ。ナニイ。チットモ聞こえない。こっちへ入れ。そうしてその扉（ドア）を閉めろ……ちっとも聞こえない。

どうしたんだ……ウンウン……検査が済んだのか。恐ろしく恐ろしく手間取ったじゃないか。ウンウン真鍮張（しんちゅうば）りのトランクの中に麻雀八筥（はこ）か、……牌（パイ）の中味は全部くり抜いて綿ぐるみの宝石か……古い手だな……オットオット。待ちたまえ李君……今ごろピストルなんか出したって間に合わないよ。君の背後の寝台の下にいるやつがスイッチを切ると、今君が腰をかけている鉄の床几に、千五百ボルトの電流が掛かるんだ。そのために君のお尻をぬらしておいたんだが、気がつかなかったかい。ハハハ……。先刻から冗く説明しているじゃないか。あの垂直の鉄梯子を降りたら運の尽きだと……ハハハ。わかったかい。わかったらモウ一度腰をおろしたまえ。大丈夫だよ。まだ電流は来ていない。君を黒焦げにしちゃっちゃ、元も子もなくなるからね。ね、わかったろう。

君はこの船を普通の船と見て乗ったわけじゃなかろう。最初から秘密があると睨んで虎穴に入ったんだろう。ついでにこの船の秘密を看破ってやれという気になって、ここまで降りて来たのは、いい度胸だったかもしれないが、そいつがドウモ感心しなかったね。

ナニ。あの宝石は模造品だって？　ハハハ。そうかもしれないが模造品で結構だよ。頂戴する分には差し支えなかろう。ナニ、皆くれるから生命だけは助けてくれか。ハハハ……それは時と場合によっては助けてやらないこともないが、それじゃ王君にすまないことになるんだ。王君からの電話によると君は目下北平でヨボヨボしている白系露人の頭領、ホルワット将軍の秘書役だったが、日本の田中内閣が潰れてから、同将軍を支持する国がなくなったので見切りをつけて、共産軍の方へ寝返りを打ったサイ・メイ・ロン君に相違ないというんだ。それから君はツイこのごろになってG・P・Uの遊離細胞となって、上海に流れ込んで来ると間もなく、最近上海で国際スパイ兼、排日団体の首領として売り出している、青紅嬢の一乾児となったもので、Rの四号というのはヤッパリ君のことらしいという王君の報告だがね。

……ところでそのRの四号君が、ドレぐらいの腕前を持っているかということは、今言うとおり経歴がヤヤコシイからサッパリわかっていないんだが、とにかく一当たり当たって焦点を合わせてくれ、トランクの中身もまだ突き止めていないが、近いうちに日支関係が緊張するのを見越して、上海の巨商黄鶴号から、長崎の支店へ送るべく青紅嬢に委託された貴重品らしいという話だったね。ハハハ。王君はナカナカ眼が高いよ。

……ナニ……王君の正体は何だって聞くのか。……フフフ……それを聞いてドウするんだい。王君の親友がわがはいなんだから、たいてい想像がつくだろう。ついでにわがはいはこの船の機関長でも何でもない。トランクの中身がわかるまで君を釣っとくために、ミンナ受け売りのゴッタ雑炊だ。だから最前からしゃべり続けた経験談なんかは、ヨタだった……と言ったら、なおのこと、焦点がハッキリしやしないか。ハッハッハッ……ナニ……日本のスパイ船……僕が参謀将校……ウフフフ。当たらずといえども遠からずと言っておくかね。

……フーン。何だって、僕に秘密の相談がある？　何だ。言ってみたまえ。ナニイ、聞いてる者がいちゃ話せない。ウン。よしよし……。オイ。ボン州。こいつのオモチャを取り上げてくれ。モウほかに何も持っていないな。万年筆と名刺だけか。よしよし。

それだけ残しとけ、後で書かせることがあるかもしれないから……それから手前らはこの室を出て、扉をピッタリと閉めておけ。用があったらベルを押すから……ナアニ。おれのことは心配するな。この坊ちゃんは話がよくわかっていらっしゃるんだからな……。サア。誰もいない。鍵穴まで閉がっているんだ。その秘密の相談というのを聞こうじゃないか。何だ何だ。何だって服を脱ぐんだ。ハハア。裏に縫い込んだな。G・P・Uの指令か。フウン。暗号だな。ウン。とうとう白状したね。日本の参謀本部が喜ぶだろう。青紅嬢が日本の諜報勤務をばかにしすぎたから君がコンナ目に会うんだよ。

……何だ。まだ着物を脱ぐのかい。まだ何か縫い込んであるのかい……アッ……。君は婦人ですな……。

イヤッ……こりゃあどうも……最前から平気で色眼鏡を外したり、僕と一緒に男便所へ入ったりされるからまさかと思っておりましたが……ハハア……あなたがサイ・メイ・ロン君の青紅嬢で、同時にRの四号君。ウムムム。チットも知らなかった。イヤもうわかりましたわかりました。ズボンは脱がなくともいいです。わかっております……アッ……。

……ま……待った待った。待って下さい。ここじゃ困ります。危険です危険です。実際危険なんです。ま……ま……まあ着物を着て下さい。発見ると都合がわるい……早く服装を直して下さい。そうそう。それからの御相談です。そうそう……イヤ。Rの四号君があなただとわかれば、一番喜ぶのは日本の参謀本部でしょう。G・P・Uの指令系統がわからなくて困っているらしいんですからね。あなたに敬意を表さして下さい。そうして一つ僕と握手して下さい。これでも理解(わかり)は早いつもりです。へへへ。そうですそうです。これでも金儲(かねもう)けのために働いているコスモポリタンですからね。世界じゅうが独裁政治(ファシスト)と共産政治(ボルセビイキ)の二つに別れる……ドチラも金が儲からないとありゃあコスモポリタンになった方が便利ですからね。世界じゅうのインテリはみんな一種のコスモポリタン式エゴイストですからね。そうですそうです……あなたと握手すればずいぶん大きな金儲(しごと)ができます。

すみませんがモウ一度腰をかけて下さい。ナアニ、外に聞こえるもんですか。外の雑音の方が高いのですから……電流が来ているなんて言ったのは嘘の皮です。寝台の下には誰もおりません。御心配なら僕の椅子を取り換えてあげましょう。御覧なさい。コードも何もついていないでしょう。ハハハ……。……いいですか……耳を貸して下さい。とりあえずここで必要な事だけ話しておきますから。いいですか……この船の正体はもはやお察しでしょう。日本の参謀本部の無電一本でどこへでも行く船なんです。第一長崎へなんか行きやしません。嘘だと思われるならば甲板(デッキ)へ上がって、羅針盤(コンパス)を覗(のぞ)いて御覧なさい。チャンと大連(たいれん)行きのコースを取っておりますから。実は大連からツイ今さっき無線電信が入りましたのでね……このコーヒー茶碗(ぢゃわん)の内側に電文が暗号で書いてあります。このとおり飲み残りを傾けると同時に出てくるでしょう。……あっちでまた、似寄りの仕事があるのです。やっぱり王君のような人間が網を張っておりますからね。……

…そればかりじゃない。あなたが専門家ならすぐに気がつくでしょう。この船がタッタ今出しかけている速力に……二十一ノット一パイに出しかけているところですからね。……ね。あなたと僕の立場が容易でないことがわかったでしょう。国事探偵としてのあなたと僕の地位は、大将と兵卒ぐらい違うのですが、ここしばらくの間は僕に任せて下さらないと困りますよ。いいですか。あなたは依然として遊離細胞のR四号君ですよ。そのつもりで何でも僕の言うなりになって下さらないと……そうそう……それじゃいいですね。

とりあえず甲板の部屋へ帰りましょうね。あそこでユックリ御相談しましょう。ナアニ、この船の中では船長以下が僕の命令どおりに動きますから、心配は要りません。問題は大連に着いてからです。大連から清津(せいしん)へ抜けて、あすこからウラジオへ抜ける途(みち)がありますから……ロシア語ならお手のものでしょう……ハラショ……すみませんがそのベルをモウ一度押して下さい。いくつでもよろしい。デッキの部屋へ二人分の寝床を支度させましょう。へへへ……オイ。ボン州、銀州。エテ公。チョット来い。用がある……ウン。扉を閉めてこっちへ入れ……。こいつを押さえろッ……その万年筆を取り上げろッ……毒ガスらしいから……。

アハハ。どうです。身動きができないでしょう。僕の部下は素早いでしょう。ハハハ。お断りしておきますが、今まで言ったことはみんな嘘です。この船は国際的ルンペン船でもなきゃあ、日本の諜報船(スパイせん)でも何でもない。あなたはまだ御存じないでしょうが、日本と支那の間を、荷物船(カーゴボート)に化けて往復しているG・P・Uの海上本部K・G・M号です。そうして僕はこの船の船長ですよ。わかりましたか。ハハハ。あなたがG・P・Uを裏切って、日本に隠れようとしていることを看破した王君が、とりあえず僕に引き渡したんですが、お気の毒ながら……ナニ……僕の国籍？　名前……へへへ。今は日本語を使っているから日本人ですが、ウラジオへ入ればロシア人で通りましょう。こいつらは皆日本語のわかる朝鮮人ですが、国籍を持っているやつなんか一匹もこの船にいないんですよ。……まあ……そんなことはどうでもよろしい。……ナニ……僕の日本語が巧妙(うま)過ぎる？……大きなお世話だ。お前さんのロシア語ぐらいのもんさ。東京の寄席(よせ)には漫談をやっているロシア人がいるんだぜ。……ニチエウオ……オットその万年筆はソーッとその棚の上に置いとけ。落ちたら大変だぞ……そいつが恐ろしかったから呼んだんだ。ついでに着物を引っ剝(ぱ)いてくれい。ナイフで切り裂いてもかまわない。そうだそうだ……。

ハハハ……どうだ、驚いたか。女だろう。いい肉づきだ。

ナアニ……可哀そうも糞(くそ)もあるもんか。スッカリ引っ剝(ぺ)がしてしまえ。着物はこの寝台の上に並べろ。靴も……ズロースも……おれが後で検査してやるから。まだ別に日本内地のG・P・U名簿と暗号の鍵(かぎ)を隠してあるはずだからな。コイツめ、日本の参謀本部に売りつける了見で持って来やがったんだ。危ねえの何のって……。

オット。痛い目を見せなくともいいんだ。女スパイには経験(おぼえ)があるんだ。これくらいの女になるとモウこの上に泥を吐く気づかいはないんだ。それよりも身体じゅうをスッカリ調べろ。食いつかれるなよ。誰か片手で頭の毛をつかんでろ。それからスパナか何か持って来て口をコジ開けるんだ。開けなきゃあそのナイフをかませてみろ。強情な女（あま）だな……そうそう。金歯かアマルガムがあったらペンチで引っこ抜くんだ……血だらけで見えないか。懐中電燈（でんとう）を出せ。おれが見てやる……ウム。みんな綺麗（きれい）な歯だ……よしよし……今度は鼻の穴だ……イイカ。唇をシッカリつまんでろ。唾液（つば）でも吐きやがると穢（きたな）いからな。……ちょっとこの電燈を持っててくれ。動かすんじゃねえぞ。反射鏡を使うんだから……ウム。何もないと……耳の穴はドウダ。ウム。よしよし。チャント掃除してやがる。学生らしくもなかったな。ハッハッ。髪の毛の中はドウダ。何もないか。よしよし。それでよしと……。

そんならモウこの剝身（むきみ）に用はないな。ハラショ。貴様たちにくれてやるから、そっちへ持って行って片づけろ……ナニ……。

何だ何だ……モウ一つ言うことがある。言ってみろ。ハハア……あなたがたを疑ってすまなかった。G・P・Uを裏切ったのじゃない。裏切った形にして東京の×××大使館へ重大な密書を運ぶんだ……なるほど……密書の内容は？　ウム。上海の排日で……上海の排日で……それがどうした……オイ……シッカリしろ……サ……ブランデーを飲ましてやる……シッカリしろ。上海の排日がどうした……ウム。上海の排日で、世界大戦の導火線を作る見込みが充分についた……×××は他の国と同盟せずにキャスチングボードを握ってくれ……御要求の利権を承認する旨、本国へ取り次いでくれ……何だ。そりゃあ南京政府の密書か……そうじゃない。蔣介石の仕事か、フフン、そいつあ問題が大きいぞ。……本文は万年筆の鞘に塗り込んである、これか……ナアルほど。エボナイトじゃないわい。パラフィン塗りの紙細工か、ウマク細工したもんだ。ウン。これが密書か。ありがたいありがたい。コイツはドエライ金になるぞ。もっとも若槻内閣へ売っちゃドッチミチ損だが……ウム。ヤット本音を吐きやがった。……おい姐さん。この船を密輸入目当ての海賊船たあ思わなかったかい。それよりもこの王さんの顔をモウ見忘れたのかい。チットばかり細工はしているが、あんまり見識りがいがなさすぎるじゃないか。眼つきを見ただけでも日本人とわかりそうなもんだが……アハハハ。姐さんにも似合わない。K・G・Mが海牛丸の洒落と気づかなかったばっかりにスッカリ底をハタイちゃったね。フフフ……。

ああくたびれた。焦点が合わないので恐ろしく手間をくわせやがった。女はドウモ苦手だ……ハハン……。モウいいから片づけちまえ。ホラッ……食いつかれるなとタッタ今言ったじゃないか。見ろ……。

……オイオイ。扉を開け放して行くやつがあるか。馬鹿野郎。ハッハッ。アトは汽罐へブチ込むんだぞ……ハッハッハッハッハッハッハッ……。

斜坑

（上）

地の底の遠い遠い所から透きとおるような陰気な声が震え起こって、斜坑の上り口まではい上がって来た。

「……ほとけ……さまあああ……イイ……ヨオオオイイ……旧坑口だぞおお……イイイ……ヨオオオ……イイ……イイ……」

その声が耳に止まった福太郎はフト足を佇めて、背後の闇黒を振り返った。

それはズット以前から、この炭坑地方に残っている奇妙な風習であった。

坑内で死んだものがあるとその死骸はけっしてその場で僧侶や遺族の手に渡さない。そこに馳けつけた仲間の者の数人が担架やトロッコにかつぎ載せて、せわしなく行ったり来たりする炭車の間を縫いながら、ユックリユックリした足取りで坑口まで運び出して来るのであるが、その途中で曲がり角や要所要所の前を通過するとそのたんびに側についている連中のうちの一人ができるだけ高い声でハッキリとその場所の名前を呼んで、死人に言い聞かせてゆく。そうして長い時間をかけて坑口まで運び出すと、医局に持ち込んで検死を受けてから初めて僧侶や、身よりの者の手に引き渡すのであった。

炭坑の中で死んだ者はそこに魂を残すものである。いつまでもそこに仕事をしかけたまま倒れているつもりで、自分の身体が外に運び出されたことを知らないでいる。だから他の者がその仕事場に作業をしに行くと、その魂が腹を立てて邪魔をすることがある。通り風や、青い火や、幽霊になって現れて、鶴嘴の先端をつかんだり、安全燈を消したり、爆薬を不発にしたりする。モットひどい時には硬炭を落として殺すことさえあるので、そんなことのないように、運び出されて行く道筋を死骸によっく言い聞かせて、後に思いを残させないようにする……というのがこうした習慣の起原だそうで、年がら年じゅう暗黒の底に埋もれてる坑夫たちにとっては、いかにも道理至極した、涙ぐましい儀式のように考えられているのであった。

今運び出されているのは旧坑口に近い保存炭柱の仕事場に掛かっていた勇夫という若い坑夫の死骸であった。むろん福太郎の配下ではなかったが、目端の利くシッカリ者だったのに、思いがけなく落盤に打たれてズタズタに粉砕されたという話を、福太郎はタッタ今通りすがりの坑夫から聞かされていた。また、呼んでいる声は吉三郎という年輩の坑夫であったが、この男はかつて一度この山で大爆発があった際に坑底で吹き飛ばされて死んだつもりでいたのが、間もなく息を吹き返してみると、いつの間にか太陽のカンカン照っている草原に運び出されて医者の介抱を受けていることがわかったので、ビックリしてモウ一度気絶したことがあった。だからそれ以来いっそうこの迷信に囚われたものらしく、死人があるたんびに駆けつけると、仕事をそっちのけにして、こうした呼び役を引き受けたので、仲間からはアノヨの吉と呼ばれているのであった。

吉三郎の声は普通よりもズッと甲高くて女のように透きとおっていたのみならず、ズタズタになった死体の耳に口を寄せて、シンカラ死人の魂に呼びかけるべく一所懸命の声を絞っているので、そこいらの坊さんの声なぞよりもはるかに徹底して……無限の暗黒を含む大地の底を冥途の奥の奥までも沁み通していくような、何とも言えない物悲しい反響を起こしつつ、遠くなったり近くなったりして震えてくるのであった。

「……ここはアアア……ポンプ座ぞオオオ……イヨオオオ……イイイ……イイイ……イイ……」

その声に聞き入っていた福太郎は、やがて何かしらゾーッと身ぶるいをしてそこいらを見まわした。吉三郎のすき透った遠い遠い呼び声を聞くにつれて、前後左右の暗黒の中に凝然としている者の一切合財が、一つ一つに自分の生命を呪い縮めよう呪い縮めようとしてるような気はいが感じられてきたので……。

福太郎は元来こんなに神経過敏な男ではなかった。工業学校を出てからおよそ三年間この炭坑で正直一途に小頭の仕事を勤めてきたおかげで、今では地の底の暗黒にスッカリ慣れ切って、自分の生まれ故郷みたような懐かしい味をさえ感じていたばかりでなく、生まれつき頭が悪いせいか、かなり危険なめにあっても無神経と同様で、めったに感傷的な気持ちになったことはないのであった。ところが去年の暮れ近くになって女房というものを持ってからというものは、何となく身体の工合が変テコになって、シンが弱ったように思われてくるにつれて、いろんなつまらない事が気にかかり始めたのを、頭の悪いなりにウスウス意識していたので、ことにこの時が一番方から二番方まで十八時間ブッ通しの仕事を押しつけられて特別に疲れていたせいであったろう。頭が妙に冴(さ)えてきて、何とも言えない気味の悪さが、上下左右の闇の中から自分に迫って来るように思われてしようがなくなったのであった。

……おれも遠からず、あんげなタヨリない声で呼ばれることになりはせんか……。

……ツイ今しがた仕繰(しくり)夫の源次を載せて、眼の前の斜坑口を上って行った六時の交代前の炭車(トロッコ)が、索条(ロープ)でも断(き)れて逆行(ひっかえ)して来はせんか……。

……それとも頭の上の硬炭(ボタ)が今にも落ちて来はせんか……。

といったようなイヤな予感に次から次に襲われ始めると同時に、それが疑いもない事実のように思われ出して、われ知らず安全燈(ランプ)の薄明かりの中に立ち竦(すく)んでしまったのであった。

すると、そうした不吉な予感の渦巻きの中心に何よりも先に浮かんだのは、女房のお作の白い顔であった。

お作というのは福太郎よりも四ッ五ッ年上であったが、まだ何も知らなかった好人物(おひとよし)の福太郎に初めてにんげんの道を教えたおかげで、今では福太郎から天にも地にもかけ換えのないタッタ一人の女神様のように思われている女であった……だからその母親か姉さんのようになつかしい……またはスバラシイ妖精(ばけもの)ではないかと思われるくらい婀娜(あだ)

っぽいお作の白々と襟化粧をした丸顔が、モウ二度と会われない幽霊か何ぞのようにニコニコと笑いながら、ツイ鼻の先の暗黒の中に浮かび現れた時に、福太郎は思わずヨロヨロと前にノメリ出しそうになった。そうして初めてお作に会った時からの曰く因縁の数々を思い出しながら、今更のようにホッと溜息をするのであった。

お作は元来福太郎の方から思いかけた女ではなかった。ちょうど福太郎がこの山に来た時分に下の町の饂飩屋に住み込んだ流れ渡りの白ゆもじで、その丸ポチャの極度に肉感的な身体つきと持って生まれた押しの太さとでいろいろな男を手玉に取って来たのであったが、その中でも仕繰夫の指導係をやっているチャンチャンの源次という独身の中年男が仲間から笑われるくらい打ち込んで、有らん限り入れ揚げたのを、お作は絞れるだけ絞り上げたあげくにアッサリと突っ放して見向きもしなくなった。……というのはこれが縁というものであったろうか、そのころから時時饂飩を食いに来るだけで、酒なぞ一度も飲んだことのない福太郎のオズオズした坊ちゃんじみた風付きに、お作の方から人知れずに打ち込んでいたものらしい。去年の冬の初めに饂飩屋から暇を取るとそのまま貯金の通帳と一緒に福太郎の自炊している小頭用の納屋に転がり込んで、無理からの押蒐女房になってしまったのであった。

その時にはさすがに鈍感な福太郎もすくなからず面くらわせられた。何もかも心得ているお作の前にかしこまって、赤ん坊のようにオドオドするばかりであったが、それでもどうしていいかわからないまま、五日十日と経って行くうちに、福太郎はいつの間にかお作の白い顔を見に帰るべく仕事の仕上げを急ぐようになっていた。毎朝起きて見ると、自炊時代と打って変わって家の中がサッパリと片づいている。枕元に、キチンと食事の用意ができているのがもったいないくらい嬉しかったばかりでなく、夕方疲れてトボトボとうなだれて帰って来る薄暗がりの中に自分の家だけがアカアカとランプが点いているのを見ると、ありがたいとも何とも言いようのない思いで胸が一パイになって、涙が出そうになるくらいであった。しかもそれと同時に、翌る朝四時から起きて一番方の炭坑入りをしなければならないことを思い出すと、タマラナイ不愉快な気持ちに満たされて、またも力なくうなだれさせられる福太郎であった。

こうして単純な福太郎の心はものの半月も経たないうちにグングンと地底の暗黒から引き離されて行った。そうしてこんな炭山の中には珍しいお作の柔らかい、可愛らしい両掌の中に日一日と小さく小さく丸め込まれていくのであったが、それにつれてまた福太郎は、そうしたお作との仲が炭山じゅうの大評判になっている事実を毎日のように聞かされて、寄ると触ると冷やかし相手にされなければならなかったのには、少なからず弱らされたものであった。しかもそんな冷やかし話の中でも「源次に怨まれているぞ」という言葉を特に真面目になって言い聞かせられるのが、好人物の福太郎にとっては何よりの苦手であった。

「源次という男は仕事にかけると三丁下りのくせに、口先ばっかりはどこまで柔媚いかわからん腹黒男ぞ。あいつは元来詐欺賭博で入獄して来た男だけに、することなすことインチキずくめじゃが、そいつに楯突いたやつは、いつの間にか坑の中であいつの手にかかって消え失せるちゅう話ぞ。あいつがソレくらいの卑怯なことをしかねんやつちゅうことは誰でも知っとる。あいつに違いないと言いよる者もいるにはいるが、なにせ暗闇の中で特別念入りに殺りよると見えて、証拠が一つも残っとらん。第一あいつは水道鼠のごとくスバシコイ上に、坑長の台所に取り入っとるもんじゃけんトウトウ一度も問題にならずにすんできとるが、用心せんとイカンてや。ドゲナ仕返しをするかわからんけになあ。元来お作どんの貯金ちゅうのがハシタの一銭まで源次の入れ揚げた金ちゅう話じゃけんのう！」

と親切な朋輩連中からシミジミ意見されたことが一度や二度ではなかったが、そんな話を聞かされるたんびに頭の悪い福太郎はオドオドと困惑して心配するばかりで、ドンナふうに用心をしたらいいか見当がつかないので困ってしまった。

「……そげに言うたておれが知ったことじゃなかろうもん」

と涙ぐんで赤面したり、

「源次はそげな悪い人間じゃろうかなあ……」

と溜息しいしい夢を見るような眼つきをして見せたりしたので、せっかく親切に忠告してくれる連中もツイ張り合い抜けがしてしまう場合が多かった。

しかし問題はそれだけではすまなかった。福太郎は自分が源次に怨まれている原因が単にお作に関係した事ばかりではない。それ以外にもモット重大な、深刻な理由があることを、それから後も繰り返し繰り返し聞かされなければならなかった。

……というのはほかでもなかった。

福太郎は元来何につけても頭の働きの遅鈍(のろ)い割に、妙に小手先の器用な性質で、その中でも大工道具イジリが三度の飯よりも好きであった。工業学校へ入る時でも最初建築の方を志望していたのを死んだ両親に言い聞かせられて、不承不承に不得手な採鉱の方に回ったおかげで、ヤット炭坑から学資を出してもらうことができたのであったが、それでもチョイチョイ小遣いを溜(た)めては買い集めた大工道具の一式を今でもチャント納屋の押し入れにしまい込んでいるくらいで、どんなに疲れている時でも頼まれさえすればすぐにその箱を担いで出かけるというふうであった。だから坑内の仕繰りの仕事なぞも本職の源次よりかズット見込みが良い上に馬鹿念を入れるので、出来上がりがガッチリしていて評判がなかなかよかった。現にタッタ今潜って来た炭坑の大動脈ともいうべき斜坑の入り口なぞも、去年の夏ごろに源次が一度手を入れたものであったが、間もなくその源次が風邪(かぜ)を引いて寝ているうちにいつの間にか天井の重圧(おもみ)で鴨居が下がってきて、炭車(トロッコ)の縁とスレスレになっていたので、知らないで乗って来た坑夫の頭が二ツも暗闇の中でフッ飛んでしまった。そこでとりあえず福太郎が頼まれて指導者(さきやま)になって手を入れた結果、ヤット炭車の縁から一尺ばかりの高さにくい止めたものであったが、その時に、源次が材料を盗んで良い加減な仕事をしてさえいなければ、モウ二尺ぐらい上の方へ押し上げられるであろうことが立ち会っていた役員連中の眼にもハッキリわかったのであった。

こうした福太郎の晴れがましい仕事ぶりが炭坑中に知れ渡らないはずはなかった。……と同時に本職の源次から怨まれないはずはないのであった。

源次はこうしてホンノ駈け出しの青二才に仕事の上で大きな恥をかかされた上に、入れ揚げた女まで取られてしまったのだから、何とかして復讐をしなければ引っ込みのつかない形になってしまっているのであったが、しかしそこがチャンチャン坊主と言われた源次の特徴であったろうか、それとも源次が皆の思っているよりもズット怜悧な人間であったせいであろうか。気の早い炭坑連中からイクラ冷笑されても、腰抜け扱いされても源次は知らん顔をしていたばかりでなく、かえってそれから後というものは福太郎と出会うたんびに、ヒョコヒョコと頭を下げて抜け目なく機嫌を取ろう取ろうとする素振りを見せ始めたのであった。

するとまたそうした源次の態度が眼についてくるにつれて、他の者はなおのこと源次の気持ちを疑うようになった。……今に見てろ。源次がやるぞ。福太郎とお作に何か仕かけるぞ……といったような炭坑地方特有の、一種の残忍さを含んだ興味を持って見るようになったものであるが、しかもそのさ中にカンジンの福太郎夫婦だけは、そんな事をいっこうに問題にもしていない模様だったので、いっそう、皆の者の目を瞠らせたのであった。お人好しの福太郎は源次に対しても、他の者と同様に何のコダワリもないニコニコ顔を見せる一方に、お作はまたお作で、

「あの腰抜けの源次に何ができようかい」

と言わぬ半分の大ザッパな調子でタカをくっているらしく、今までの白ゆもじを燃え立つような赤ゆもじに改良したり、饂飩屋にいた時分どおりの、まっ白な襟化粧を復活させたりするばかりでなく、その襟化粧と赤ゆもじで毎日毎日福太郎の帰りを途中まで出迎えに行き始める。一方には坑長の住宅の新築祝いに手伝いに行ってから以来（このかた）、若い二度目の奥さんにとり入ってあたかも源次の勢力に対抗するかのように、チョイチョイ御機嫌伺いに行っては、坑長の着古しのシャツや古靴などを福太郎にもらってきてやったりなぞ、これ見よがしに福太郎を大切にかけて見せたので、炭坑中の取り沙汰（ざた）はイヨイヨ緊張していくばかりであった。

福太郎は斜坑の入り口で、自分の手に提げた安全燈（ランプ）の光の中に突っ立ったまま、そんな取り沙汰や思い出の数々を、次から次に思い出すともなく思い出していた。しかもその中でも源次に関係した事ばっかりは今の今まで、……自分のせいじゃない……といったような気持ちから一度も気にかけたことはないのであったが、この時に限って、アリアリと眼の前に浮かび出てくるお作の白い顔と一緒に、そんな忠告をしてくれた連中の眼つきや口つきを思い出してみると、そんな評判や取り沙汰が妙に事実らしく考えられてくるのであった。

その当の源次はタッタ今上がって行った十台ばかりの炭車のまん中あたりの新しい空函（あきばこ）の中に、低い天井の岩壁から反射する薄明かりの中を、頭を打たない用心らしく背中を丸くして突っ伏したまま揺られて行った。着ている印半纏(しるしばんてん)の背印は平常の「サ(カネ)とは違っていたけれども。その半纏の脇の下の破れ目から見えた軍隊用の青い筋の入ったシャツと、光るほど刈り込んだ五分刈り頭の格好が源次のうしろ姿に間違いないのであった。しかもソンナふうに頭を抱えて小さくなった源次のうしろ姿を今一度お作の白い顔と並べて思い出した福太郎は、怖ろしいというよりもむしろ、何だかすまないような……源次に怨まれるのも当然のような気がしてしようがなくなった。源次の姿を吸い込んで行った斜坑の暗闇に向かって人知れずソッと頭を下げてみたいようなタヨリない気持ちにさえなったのであった。

しかし福太郎は間もなくそんな思い出や、感傷的な気持ちの一切合財が、クラ闇の中で冴(さ)え返って行く自分の神経作用でしかないようにも思われてきたので、そんなばかげた妄想の全部を打ち切るべく頭を強く左右に振った。するとその拍子に左手に提げている安全燈の光がクルクルと回転するにつれて、今度は眼の前の岩壁の凹凸がどこやら痩(や)せこけた源次の顔に似ているように思われてきた。しかも誰かに打ち殺された無念の形相か何ぞのようにジット眼をしかめていて、一文字にかみしめている岩の唇の間から流れしたたる水滴が血でも吐いているかのように陰惨な黒光りをしているのに気がついた。

ところが、その黒い水の滴りを見ると福太郎はまた、別の事を思い出させられて、われ知らず身ぶるいをさせられたのであった。

その岩の間から洩(も)れる水滴が奇怪にも摂氏六十度ぐらいの温度を保っていることを、

福太郎はズット前から聞いて知っていた。それはその岩の割れ目の奥の深い処に在る炭層の隙間にこの間の大爆発の名残りの火が燃えていて、その水の通過する地盤をあたためているせいである……しかも炭坑側ではそれを手のつけようがないままに放ったらかしてかまわずに坑夫を入れているのであるが、そのうちにだんだんとその火熱が高くなってくる一方に坑内のガスが充満してきたら、またも必然的に爆発するであろうことが今からチャンとわかりきっていた。だからこの炭坑に入るのはそれこそホントウの生命がけでなければならなかったのであるが、しかしそうした事実を知っているのはごく少数の幹部以外にはその相談を盗み聞いた仕繰夫の源次だけであった。ところがそうした秘密がいつの間にか源次の口からコッソリとお作の耳に洩れこんでいたのを、福太郎がまたコッソリとお作から寝物語に聞かされていたので、

「インマのうちに他の炭坑へ住み換えようか。それとも町へ出てウドン屋でも始めようじゃないか」

とその時にお作が言ったのに対してシンカラうなずいて見せたことを福太郎は今一度ハッキリと思い出させられた。そうして今日限り二度とコンナ危険な処へは入れない……といったような突き詰めた気持ちに囚われながら、オズオズと前後左右を見まわしたのであった。

「……書写部屋（事務所）ぞオオ……イイイヨオオ……イイヨ……オオイイイ……」

という呼び声がツイ鼻の先の声のように……と……またも遠い遠い冥途からの声のよ

うに、福太郎の耳朶（みみたぼ）にはい寄ってきた。

その声に追い立てられるように福太郎は腰を屈（かが）めながら、斜坑の底の三十度近くの急斜面を十四、五間ほどスタスタと登って行った。そうして斜坑が少しばかり右に曲線を描いて真西に向かっている処まで来てチョット腰を伸ばしかけた。

……その時であった。

福太郎はツイ鼻の先の漆のような空間に、真紅の火花がタラタラと流れるのを見た。それを見た一瞬間に福太郎は、

「彼岸の中日になると、まっ赤な夕日が斜坑の真正面に沈むぞい。南無南無南無……」

と言って聞かせた老坑夫の顔を思い出したようにも思ったが、間もなく轟然（ごうぜん）たる大音響が前後左右に起こって、息苦しい土煙りに全身を包まれた思うと、そのまま気が遠くなった。

……何もかもわからなくなってしまった。

（中）

「福太郎が命拾いをしたちゅうケ」

「小頭どんがエライことでしたなあ」

なぞと口々に挨拶（あいさつ）をしながら、表口から入って来る者……。

「どうしてマア助かんなさったとかいな」
「土金神さんのお助けじゃろうかなあ」
と見舞いを言う男や女の群れで、二室しかない福太郎の納屋が一パイになってしまった。

そのまん中に頭を白い布片で巻いた、浴衣一貫の福太郎がボンヤリと座っていたが、スッカリ気抜けしたような格好で、何を尋ねられても返事ができないままヒョコヒョコと頭を下げているばかりであった。

福太郎は実際のところ自分がどうして死に損なったのかわからなかった。頭の頂上にチクチク痛んでいる小さな打ち破り疵がいつどこで、どうしてできたのかイクラ考えても思い出し得ないのであった。

集まって来た連中の話によると、福太郎は千五百尺の斜坑を一直線に逆行して来た四台の炭車が折り重なって脱線をした上から、巨大な硬炭が落ちかかって作ったわずかな隙間に挟み込まれたもので、顔じゅうを血だらけにして両眼をカッと見開いたまま硬炭の平面の下に座っていたそうである。しかもそれがちょうど六時の交代前の出来事だったので、山中を震撼す大音響を聞くと同時に三十間ばかり離れた人道の方から入坑りかけていた二番方の坑夫たちがスワ大変とばかり何十人となく駈けつけて来た。それに後から寄り集まった大勢の野次馬が加わって、油売り半分のおもしろ半分といった調子で、ワイワイ騒ぎ立てたので狭い坑道の中が芋を洗うようにゴッタ返したが、その中に浮き上がった炭車の車輪の下から思いがけない安全燈の光と一緒に古靴をはいた福太郎の片足が発見されたのでイヨイヨ大騒ぎになったものだという。それからヤット駈けつけた仕繰夫の源次が先に立って硬炭や炭車の代わりに坑木の支柱を入れながら、総掛かりで福太郎を掘り出してみると、まだ息があるというのでそのままほど近い福太郎の納屋に担ぎ込んで、ランプを点して応急手当をしているうちに、幸運にも福太郎は頭の上に小さな裂傷を受けただけで間もなく正気を回復した。そうして取り巻いている人々の顔をびっくりした眼で見まわすとムックリ起き上がって、眼の前に座っている仕繰夫の源次に、

「ここはどこじゃろか」

と尋ねたのであった。

皆はこれを見て思わず「ワーッ」と声を上げた。表口に折り重なって福太郎の容態を心配していた連中もその声を聞いてホーッと安心の溜息をしたのであったが、その中の二、三人が早くもゲラゲラ笑い出しながら、

「どこじゃろかい。お前の家じゃないか」

と言って聞かせたけれども福太郎はまだ腑に落ちないらしく、そう言う朋輩連中の顔をマジリマジリと見まわしていた。そのうちに付き添っていたお作が濡れ手拭いで、汗と、血と、泥と、吹っかけられた水に汚れた顔を拭いてやりながら、メソメソと嬉し泣きをし始めたが、それでも福太郎はまだキョトンとした瞳をランプの光に据えていたの

で、背後（うしろ）の方にいた誰かが腹を抱えて笑い出しながら、

「まだわからんけえ。おいアノヨの吉公。チョットここい来て呼んでやらんけえ。汝（われ）が家だぞオオ……イヨオオイ……イイ……というふうにナ……」

と吉三郎の声色を使ったので皆はどっと吹き出してしまった。しかしそれでも福太郎はまだ腑に落ちないような顔で口真似をするかのように、

「……アノヨ……アノヨ……」

とつぶやいたので皆は死ぬほど笑い転げさせられたという。

一方に炭坑の事務所から駈けつけた人事係長や人事係、棹取（さおとり）、または坑内の現場係なぞいう連中がホンノ一通り立ち会って現場を調査したのであったが、その報告によると福太郎は帰りを急いだものらしく、迂回（うかい）した人道を行かずに禁を犯して斜坑の方へ足を入れた。しかも六時の交代前の十台の炭車がまだ斜坑を上り切ってしまわないうちに跡を追うようにして着炭場（斜坑口）から徒歩で上り始めたものであったが、折り悪しくその第七番目の鰐口（わにぐち）に刺さっていた鉄棒（ピン）がドウしたはずみか六番目の炭車（トロッコ）の連結機（ケッチン）の環（わ）から外れたので、四台の炭車が繋（つな）がりあったまま逆行して来て、ちょうど、福太郎が足を踏み掛けていた曲線（カーブ）の処で折り重なって脱線転覆したもので、さもなければ福太郎は側圧で狭くなった坑道の中でメチャメチャに粉砕されていたはずであったという。

しかし元来坑道に敷いてある炭車の軌条は非常に粗末な凸凹した物なので、連結機（ケッチン）の鉄棒（ピン）が折れたり外れたり、または索条（ワイヤロープ）が結目（トックリ）の付け根から断れたりすることは、あまり

珍しくないのであった。ことに最近斜坑の入り口で二人の坑夫が遭難した後で、危険を恐れて炭車に乗ることを厳禁されていたので、その炭車に誰か乗っていて福太郎が上って来るのを見かけて故意にケッチンのピンを抜いたろう……などということは誰一人想像し得る者がなかった。またカンジンの御本尊の福太郎も激しい打撃を受けた後のこととて、その炭車に誰か乗っていたか……などということはキレイに忘れてしまっていたばかりでなく、自分が何のために、どうして斜坑を歩いていたかすらはっきりと思い出せなくなっていたので、ヤット気が落ち着いて皆の話が耳に止まるようになると、一も二もなく皆の言うとおりの事実を信じて、驚いて、呆(あき)れて、茫然(ぼうぜん)となっているばかりであった。

そんな状態であったから結局、出来事の原因はわからないずくめになってしまって、福太郎の遭難も自業自得と言ったようなことで、万事が平々凡々に解決してしまった。その後で他所(よそ)から帰って来た炭坑医も、福太郎の疵があんまり軽いので笑い笑い帰って行ったくらいのことだったので、集まっていた連中もスッカリ軽い気持ちになって、ただむやみと福太郎の運のいいのに驚くばかりであった。そうしたあげくの果ては、

「お前があんまり可愛がり過ぎるけんで、福太郎どんが帰りを急ぐとぞい」

とお作が皆から冷やかされることになったが、さすがに海千山千のお作もこの時ばかりは受け太刀どころか、返事もできないまままっ赤になって裏口から逃げ出して行ったくらいであった。

しかしお作はそれでもよほど嬉しかったらしい。その足で飯場から酒を二升ばかり提げて来てとりあえず冷やのまま茶碗を添えて皆の前に出した。するとそれにつれてすまないというので手に手に五合なり一升なり提げて来る者が出て来る。自宅の惣菜や乾物の残りを持ち込んで七輪を起こす女連もいるというわけで、何やかや片づいた十一時過ぎになると、福太郎の狭い納屋は時ならぬ酒宴の場面に変わって行った。

「小頭どん一つお祝いに……」

「オイ。福ちゃん。あやかるで」

「生命の方とじゃが、ま一つの方もなあ。アハハハ……」

といったように賑やかな挨拶がみるみる室の中を明るくした。それにつれて後から後から福太郎に盃を持って来る者が多かったが、その中でも最前から何くれとなく世話を焼いていたサキヤマの源次が、特別に執拗く、盃を差しつけたので、元来がイケナイ性質の福太郎は逃げるのに困ってしまった。

「おらあ酒は飲み切らん飲み切らん」

の一点張りで押し除けても、

「今日ばっかりは別ですばい」

と源次が妙に改まってナカナカ後へ退きそうにない。そこへお作が横合いから割り込んで、

「福さんはなあ。親譲りの癖でなあ。酒が入ると気が荒うなるけん一口も飲むことはな

らんチュウテ遺言されてござるげだけになあ。どうぞ源次さん悪う思わんでなあ」

　とさんざんにあやまったのでヤット源次だけは盃を引いたが、他の者はその源次へ面当てか何ぞのように無理やりにお作を押し除けてしまった。

「いかんいかん。源公が承知してもおれが承知せん。酒を飲んで気の違う人間は福太郎ばっかりじゃなかろう。親代わりのおれがついとるけに心配すんな」

　とか何とか喚き立てながら口を割るようにして日陽臭いなおし酒を含ませたので、福太郎はみるみる顔が破裂しそうになるくらいまっ赤になってしまった。平生から無口なのがイヨイヨ意気地がなくなって、盃を逃げ逃げ後退りをしていくうちに、部屋の隅の押し入れの半分開いた襖の前に横倒しになって、涙ぐんだ眼をマジリマジリと開いたり閉じたりしながら、手を合わせて盃を拝むようになった。

　すると集まった連中は、これで御本尊が酔い倒れたものと思って満足したらしい。盃を押しつけに来る者がヤットなくなって、後は各自かってに差しつ差されつする。そのうちに取り残されたお作がタッタ一人の人気者になって、手取り足取りまん中に引っぱり出されて、八方から盃を差されたり、お酌をさせられたりしていたが、そのうちにいつの間にかお作自身が酔っ払ってしまったらしい。白い脂ぎった腕を肩までまくり上げると、黄色い声で相手かまわず愛嬌を振りまきはじめた。

「サア持って来なさい。茶碗でも丼でも何でもよか」

「アハハハ。お作どんが景気づいたぞい」

「今啼いた鴉がモウ笑ろた。ハハハハ」

「ええこの口腐れ。一杯差しなさらんか」

「ようし。そんならこのコップで行こうで」

「まア……イヤラッサナア……冷たい盃や受けんチュウタラ」

「ヨウヨウ。久し振りのお作どんじゃい。若い亭主持ってもなかなか衰弱んなあ」

「メゲるものかえ。五人や十人……若かりゃ若いほどよか」

「アハハハ。なんち言うて赤いゆもじは誰がためかい」

「知りまっせん。大方倅と娘のためだっしょ」

「ウワア。こらあたまらん。福太郎はどこさ行ったかい」

「押し入れの前で死んだごとなって寝とる」

「アハハハ。なるほど、死んどるしんどる。ウデ蛸のごとなって死んどる。酒で死ぬやつあ鰌ばっかりションガイナときた」

「トロッコの下で死ぬよりよかろ」

「お作どんの下ならなおよかろ」

「ワハハハハ」

「おい。みんな手を借せ手を借せ。はやせはやせ」

と言ううちに皆はコップを抱えたお作の周囲をドヤドヤと取り巻いた。そうしてかつて、ウドン屋でお作を囃した時のとおりに、手拍子を拍って納屋節を唄い出した。

白い湯もじを島田に結わせェ
赤いゆもじを買わせたやつはァ
どこのドンジョの何奴かァ
ドンヤツドンヤツどんやつかァ
ウワア――アアア――

「ようし……」

とお作は唄が終わるか終わらぬうちにコップの冷や酒をグイと飲み干して立ち上がった。

「そんげにわたしば冷やかしなさるなら、わたしもイッチョ若うなりまっしょ」

と言ううちにそこに落ちていた誰かの手拭いを拾って姉さん冠りにした。それから手早く前褄を取って問題の赤ゆもじを高々とマクリ出したので、皆一斉に鯨波を上げて喝采した。

「……道行き道行き……」

と叫んだ者が二、三人あったが、その連中を睨みまわしながらお作は白い腕を伸ばしてランプの芯を煤の出るほど大きくした。

「源次さん。仕繰りの源次さん……アラ……源次さんはどこい行きなさったとかいな」

その声が終わるか終わらないかにモウ一度、割れんばかりの喝采が納屋を揺るがしたが、今度はたちまち打ち切ったようにピッタリと静まり返った。

皆はこの時お作が饂飩屋時代に得意にしていた道行踊りを踊ろうとしていることをアラカタ察しているにはいた。しかしまさかに問題の黒星になっている源次を相手にして踊ろうとは思わなかったのであった。皮肉と言おうか。大胆と言おうか。一度は思わず喝采をしたものの、さすがの荒くれ男どももこうしたお作のズバリとした思いつきにスッカリ荒胆を奪られてしまって、その次の瞬間には水を打ったようにシンとしてしまったのであった。今にも血の雨が降りそうなハッとした予感に打たれて……。

しかしお作は平気の平左であった。その中央に突っ立って明々としたランプの光にトロンとした眼を据えながら、ウソウソと隅の方の暗い所を覗きまわった。

「源次さん。出て来なさらんか。まんざらわたしと他人じゃなかろうが」

皆はイヨイヨ固唾を飲んで静まり返った。その中で誰か一人クスリと笑った者があったが、それがかえって室の中の静けさをいっそうモノスゴク冴え返らせた。

「……イヤラッサなあ。タッタ今そこいござったとじゃが。小便に行かっしゃったとじゃろか」

とつぶやきながらお作はチョイト表の方の暗がりを振り返った。すると皆も釣り込まれたようにお作と一緒の方向を見たが、外の方には源次らしい咳払いすら聞こえなかった。

仕繰夫の源次はそうした皆の視線と反対の方向に小さくなって隠れていたのであった。室の奥の押し入れの前に立てた新聞貼りの枕屏風の陰にコッソリとかがまり込みながら、眼の前で苦しそうに肩で呼吸している福太郎の顔を一心に凝視していた。ツイ今先刻(さっき)までまっ赤になっていたその顔が、ランプの片明かりの中でしだいしだいに青ざめて、眼を見開いた死人のように気味悪い、物凄(ものすご)い表情に変わって行くのを、驚き怪しみながら見とれているのであった。

（下）

福太郎は最前から押し入れの前に横たおしになったまま頭を抱えて凝然(じっ)としていた。思わず飲まされ過ぎた直し酒にスッカリ参ってしまってしばらくの間は呼吸ができないくらい胸が苦しくなっていた。耳の付け根を通る太い血管の鳴る音がズキンズキンと剃刀(かみそり)で削るように聞こえて、眠ろうにも眠られず、起きようにも身動きできないタマラナイ苦しさのうちに、眼をシッカリと閉じて横になっていたのであった。

ところがその悪酔いがしだいに醒(さ)めかかって呼吸が楽になってくるにつれて福太郎は、自分の眼の球の奥底にある脳味噌(のうみそ)の中心が、カラカラに干乾(ひから)びていくような痛みを感じ始めた。それと同時に何となく瞼(まぶた)が重たくなったような……背筋がゾクゾクするような気持ちになってきたので、われともなくウスウスと眼を開いていると、その眼の球の五寸ばかり前に座っている誰かの背中の薄暗がりを透かして、半分麻痺(まひ)している自分の脳髄が、何とも形容のできない気味のわるいハッキリとした幻影を描き現し始めた。そうしてその幻影が一続きのフィルムのように、次から次へヒッソリと音もなく移りかわって行くのを、福太郎はまだ酔いから醒め切れないままに、夢ともつかず現実ともつかない奇妙な気持ちのままジイッと凝視させられているのであった。

……その幻影が最初に見え出したのは、赤茶けた安全燈の光に照らし出された岩壁の一部分であった。

それは最前斜坑の入り口で福太郎が遭難するチョイト前に立ち止まって見ていたとおりの物凄い岩壁の凸凹を、半分麻痺した福太郎の脳髄が今一度アリアリと描き現したところの、深刻な記憶の再現にほかならなかった。さながらに痩せこけた源次の死面のように、ジット眼を閉じて、歯をくいしめたまま永遠に凝固している無念の形相であった……が……しかしその一文字に結んでいる唇の間から洩れ出す黒い血のような水滴のシタタリ落ちる速度は現実世界のソレとは全く違っていた。

それはやはり、福太郎の麻痺した脳髄の作用に支配されているらしく、高速度活動写真機で撮った銃弾の動きと同様にユックリユックリした、何ともいえない、モノスゴイ滴り方であった。

最初その黒い水滴が横一文字の岩の唇の片隅からムックリとふくれ上がると、その膨れた表面がすぐに、福太郎の手に提げている安全燈の光をとらえて、キラキラと黄金色に反射した。そうして、虫のはうよりもモット、ユックリと……ほとんど止まっているか動いているかわからないくらいの速度で唇の下の方へはい降りて行く。そうして唇の下縁の深い、痛々しい陰影の前まで来るとそこでちょっと停滞して、しだいしだいにマン円い水滴の形にふくれ上がっていくと同時に、仄暗い安全燈の光を白々と小さく鋭く反射し始める。そうして完全なマン円い水滴の形になるとさながら、空中に浮いた満月のようにゆるやかに回転しながら、垂直の空間をしずかにしずかに下へ下へと降り始める。その速度がしだいに早くなって、やがて坑道の左右に掘った浅い溝の陰影の中に、ひときわ強い七色光を放ちながら、依然として満月のように回転しつつ、ゆっくりゆっくりと沈み込んで行く……と思うとそのあとから追っかけるように、またも一粒のまっ黒い、マン円い水滴が岩の唇を離れて、しずかに輝きながら空間にかかっている。

そのモノスゴサ……気味わるさ……。

福太郎の両眼は、いつの間にかまっ白になるほど剥き出されていた。その唇はダラリと垂れ開いて、その奥にグルリと巻き上がった舌の先端には、腸の底から湧き上がってくる不可思議な戦慄が、微かに戦きふるえていた。

その時にお作がアノヨの吉と一緒に踊り出した。道行を喝采するドヨメキが納屋の中一パイに爆発した。

それを聞くと源次は思わずハッとしたように屏風の陰から部屋の中をさし覗いたが、そのまままたも引き付けられるように福太郎の顔を振り向いて半身を傾けた。赤黄色いランプの片明かりの中に刻一刻と蒼白く、物凄く引きつっていく福太郎の顔面表情を、息を殺して、胸をドキドキさせながら凝視していた。

「こいつはホントウに死によるのじゃないかしらん……頭の疵が案外深いのを医者が見損のうとるのじゃないかしらん……死んでくれるとええが……」

と思い続けながら……。

しかし福太郎はむろん、源次のそうした思惑に気づくはずはなかった。否、そんな気持ちで緊張し切っている源次の顔がツィ鼻の先にノシかかっていることすら知らないまなおも自分の脳髄が作る眼の前の暗黒の核心を凝視しつつ、底知れぬ戦慄を我慢しいしい全身を固ばらせているのであった。

その福太郎の眼の前にはややしばらくの間おなじ暗黒の光景が連続していた。しかしその暗黒の中に時々、安全燈の網目を洩れる金茶色の光がゆるやかに映したり、また静かに消え失せたりするところをみると、それは福太郎が斜坑の上り口から三十度の斜面へ歩み出した時の記憶の一片が再現したものに違いなかった。その仄かな光線に照らし出された岩の角々は皆、福太郎の見慣れたものばかりであったから……。

けれども、やがてその金茶色の光が全く消え失せてまた、もとの暗黒に変わったと思うと間もなく、その暗黒のはるかはるか向こうに、赤い光がチラリと見えた。

それは福太郎が炭車と落盤の間に挟まれる前に、チラリと見た赤い光の印象が再現したものであった。しかもその時は坑口に沈む夕日の光ではないかと思っただけで、ホントウは何の光かわからないまま、忘れてしまっていたのであったが、現在眼の前にその刹那の印象が繰り返して現れてきたのを見ると、その光の正体がわかりすぎるくらいアリアリとわかったのであった。

それは連絡を失った四函の炭車の車輪が、一台八百斤ずつの重量と、千五百尺の長距離と三十度近くの急傾斜に駈り立てられて逆行しつつ、三十マイル内外の急速度で軌条を摩擦してくる火花の光にほかならなかった。しかもその車輪の回転して来る速度は、依然として福太郎の半分麻痺した脳髄の作用に影響されていて、高速度映画と同様に、ノロノロした虫のはうような緩やかな速度に変化していたために、それを凝視している福太郎に対して何ともいえないモノスゴイ恐怖感と圧迫感とを与えつつ接近して来るのであった。

その炭車の左右十六個の車輪の一つ一つには軌条から湧き出す無数の火花が、赤い蛇のように撚じれ波打ちつつ巻きついていた。そうして炭車の左右に迫っている岩壁の襞を走馬燈のようにユラユラと照らしあらわしつつ、厳かに回転して来るのであったが、やがてその火の車の行列が次から次に福太郎の眼の前の曲線の継ぎ目の上に乗りかかって来ると、第一の炭車が波打った軌条に押し上げられて心持ち速度を緩めつつ半分傾きながら通過した。するとその後から押しかかって来た第二の炭車が先頭の炭車に押し戻されて、空を探る蚕のように頭を持ち上げたが、そのまま前後の炭車と一緒にユラユラと空中に浮き上がって、低い天井と向こう側の岩壁を突き崩し福太郎に迫り近づいて来た。そうして中腰になったまま固くなっている福太郎の胸の上に、ぬれた粉炭の堆積をドッサリと投げかけてひとたまりもなく尻餅を突かせると、その眼の高さの空間を、歪み曲がった四ツの炭車が繋がり合ったまま魔法の箱のようにフワリフワリと一周して、やがて不等辺三角形に折れ曲がった一つの空間を作りつつ福太郎の身体を保護するかのように、しずしずと地面へ降りて来た。それにつれて半分粉炭に埋もれた福太郎の安全燈の光がポツリポツリと青い光を放ちつつ、消えもやらずに揺らめいたのであった。

けれどもその安全燈の光は、やがてまた、赤い煤っぽい色に変わるうちに、しだいしだいにまっ暗になって消え失せてしまったかと思われた。それはこの時福太郎の頭の上からおびただしい石の粉が黒い綿雪のようにダンダラ模様に重なり合ってフワリフワリと降り始めたからであった。そうしてその黒い綿雪が、福太郎の腰の近くまで降り積もってくるうちに、いつの間にか小降りになって、やがてヒッソリと降り止んだと思うと、今度はその後から天井裏に隠れていた何千貫かわからない巨大な硬炭の盤が、鉄工場の器械のようにジワジワと天降って来て、しだいしだいに速度を増しつつ福太郎の頭の上に近づいて来るのが見えた。そうしてやがてその硬炭の平面が福太郎の前後を取り巻く三つの炭車に乗りかかると、分厚い朝鮮松の板をジワリジワリと折り砕きながらピッタリと停止した……と思うとそのあとからまたもおびただしい土の滝が炭車の外側に流れ落ちてきたのであろう。山形に浮き上がった車台の下から濛々とした土煙りがゆるゆると渦巻きながらはい込み始めて、安全燈の光をスッカリ見えなくしてしまったのであった。

その時に福太郎はチョット気絶して眼を閉じたように思った。けれどもそれは現実世界でいう一瞬間とほとんど同じ程度に感じられた一瞬間で、その次に意識を回復した時に福太郎はヒリヒリと痛む眼を一パイに見開いて、唇をアーンと開いたまま、落盤に蓋(ふた)をされた炭車の空隙(くうげき)に、消えもやらぬ安全燈の光に照らし出されている自分自身を発見したのであった。同時にその今までになく明るく見える安全燈の光明(ひかり)越しに、自分の左右の肩の上から、睫(まつげ)を伝ってはい降りて来る深紅の血の紐(ひも)をウットリと透かして見たのであったが、それが福太郎の眼には何ともいえない美しい、ありがたい気持ちのものに見えた。しかもその真紅の紐が、無数のゴミを含んでブルブルと震えながら固まりかけているところを見ると、福太郎が気絶したと思った一瞬間は、その実かなり長い時間であったに相違ないが、それでもまだ救いの手は炭車の周囲に近づいていなかったらしく、そこいらじゅうが森閑として息の通わない死の世界のように見えていた。そうしてその中に封じこめられている福太郎は自分自身がさながらに生きた彫刻か木乃伊(ミイラ)にでもなったような気持ちで、何らの感情も神経も動かし得ないまま、いつまでもいつまでも眼を瞠(みは)り、顎(あご)を固ばらせているばかりであった。

　ところがそうした福太郎の眼の前の死んだような空間が、しだいに黄色く明るくなったり、また青白く、薄暗くなったりしつつ無限の時空をヒッソリと押し流して行ったと思うころ、一方の車輪を空に浮かした右手の炭車の下から、何やら黒い陰影が二つばかりモゾリモゾリと動き出して来るのが見えた。そうして、それがやがて蟹(かに)のように醜い、シャチコばった人間の両手に見えてくると、その次にはその両手の間から塵埃(ごみ)だらけになった五分刈りの頭が、黒い太陽のように静かにゆるぎ現れてくるのであった。

その両手と頭は炭車の下で静かに左右に移動しながら一所懸命にもがいているようであった。そうしてようようのことで青い筋の入った軍隊のシャツの袖口と┐サの印を入れた半纏の背中が半分ばかり現れると、そのままソロソロと伸び上がるようにして反り返りながら、半分土に埋もれた福太郎の鼻の先に顔をさしつけたのであった。

それは源次の引きつり歪んだ顔であった。汗と土にまみれた……。

福太郎はしかし身動きはおろか、眼の球一つ動かすことができなかった。自分が死んでいるのか生きているのかすら判断できないような超自然的な恐怖に閉じこめられつつ、全身が氷のようにギリギリと引き締まってくるのを感じているばかりであった。

その福太郎の凝固した瞳を、源次はジィッと見入りながらしばらくの間、福太郎と同様に眉一つ動かさずにいた。それからその汗と泥にまみれた赤黒い顔じゅうに老人のような皺をジワジワと浮き上がらせて、泣くような笑うような表情を続けていたが、やがて歪んだ薄い唇の間から黄色い歯を一パイに剝き出すと、たまらなく気持ちよさそうなニヤニヤした笑いを顔一面に引き広げていった。そうしてサモ憎々しそうに……同時にいかにも愉快そうに顎を突き出しながら何か言い出したのであった。

その言葉は全く声のない言葉であったばかりでなく、非常にユックリした速度で唇が波打ったために全然意味を成さない顔面の動きとしか見えなかった。それでも、福太郎にはその言葉の意味が不思議にハッキリと読めたのであった。

「……わかったか……おれは……源次ぞ……わかったか……アハ……アハ……アハ……」

福太郎はそのときにちょっとうなずきたいような気持ちになった。しかし依然として全身が硬直しているために、瞬き一つできなかった。

「……アハ……アハ……わかったか……貴様は……おれに恥かかせた……ろうが……おれがどげな……人間か知らずに……アハ……」

「…………」

「……それじゃけに……それじゃけに……」

と言いさして源次は眼をまっ白く剝き出したままユックリと口をかんで、獣のようにみっともなく流れ出る涎をゴックリと飲み込んだ。それを見ると福太郎も真似をするかのように唾液を飲み込みかけたが、下顎が石のように固ばっていて、舌の先端を動かすことすらできなかった。

「……それじゃけに……それじゃけに……」

と源次はまたも喘ぐように唇を動かした。

「それじゃけに……引導をば……渡いてくれたとぞ……貴様を……殺いたのは……このオレサマぞ……アハ……アハ……」

「…………」

「……お作は……モウ……おれの物ぞ……あの世から見とれ……おれがお作を……ドウ

するか……」

「………………」

「……ああハアハア……ザマを……見い……」

そういううちに源次は今一度唇をムックリと閉じた。それから白眼を魚のようにギラギラ光らせると、左右の頬をプーッと風船ゴムのように膨らまして、炭の粉まじりの灰色の痰を舌の先端でネットリと唇の前に押し出した。そうしてプーッと吹き散る唾液の霧と一緒に、福太郎の顔の真正面から吹きつけた。

その刹那に福太郎は思わず瞬きを一つした……ように思ったが……それにつれて全身がにわかにたまらなくゾクゾクし始めて、頭の痛みが割れんばかりに高まってきたので、またも両眼を力一パイ見開きながらモウ一度鼻の先にある源次の顔をグッと睨みつけた。するとまた、それとほとんど同時に福太郎は、自分を凝視している源次のイガ栗頭の背景となっていた岩の凸凹があとかたもなく消え失せて、ランプにアカアカと照らされた自分の家の新しい松板天井に変わっているのに気がついた。そうしてその憎しみにみちみちた源次の顔の上下左右から、ランプの逆光線を同じように受けた男女の顔がいくつもいくつも重なり現れて心配そうに自分の顔を見守っている視線をハッキリと認めたのであった。

……その瞬間であった。

ただならぬ人声のドヨメキが自分の周囲に起こったので福太郎はハッとわれに返った。

見ると眼の前には「サの半纏を着た源次が俯伏せになっていて、ザクロのように打ち破られたイガ栗頭の横腹からシミジミと泌み出す鮮血の流れが、ランプの光を吸い取りながらズンズンと畳の上にはい広がっているのであった。

左右を見回すと近くにいた連中は皆、八方へ飛び退いた姿勢のまままっ青な顔を引きつらして福太郎の顔を見上げていたが、中には二、三人、顔や手足に血飛沫を浴びている者もいた。

福太郎は茫然となったまま、ややしばらくの間そんな光景を見回していたが、やがてその源次の枕元に立ちはだかっている自分自身の姿を不思議そうに振り返った。

見ると両腕はもとより、白い浴衣の胸から肩へかけてベットリと返り血を浴びていて、顔にも一面に飛沫が掛かっているらしい気持ちがした。そうしてその右手にはいつの間に取り出したものか背後の押し入れの大工道具の中でも一番大切にしている「山吉」製の大鉄鎚をシッカリと握り締めていたが、その青黒い鉄の先端からは黒い血の雫が二、三本、海藻のようにブラ下がっているのであった。

そんな光景を見るともなく見まわしているうちに、福太郎はヤット自分が仕出かした事がわかったように思った。そうして何のためにコンナことをしたのか考えようとこころみたが、どうしても前後を思い出すことができないので、今一度部屋の中をキョロキョロと見まわした。その時にランプの向こう側からバタバタと走り出て来たお作が、ほとんど福太郎にぶつかるようにピッタリすがりついたと思うと、酔いも何も醒め果てた乱れ髪を撫で上げながら、半泣きの声を振り絞った。

「……アンターッ……どうしたとかいなアーットー……」

するとそれに誘い出されたように五、六人の男がドカドカと福太郎の周囲に駈け寄って来て、手に手に腕や肩を捉えた。

「どうしたんかッ」

「どうしたんかッ」

「どうしたんかッ」

しかし福太郎は返事ができなかった。現在眼の前にブッ倒れている源次の頭でさえも、自分が砕いたものかどうか、ハッキリと考え得なかった。そうしてその代わりにタッタ今まで感じていた割れるような頭の痛みと、タマラない全身の悪寒戦慄があとかたもなく消え失せてしまって、何ともいえない気持ちのいい浮き浮きした酒の酔い心地が、モウ一度ムンムンと全身に蘇ってくるのを感じたので、われ知らずウットリとなって、血だらけの鉄鎚を畳の上に取り落とした。汚れた両手でお作を引き寄せながら天井を仰いだ。

「……ハハハ……どうもしとらん……アハハハハハ……」

幽霊と推進機（スクリユウ）

元の日活会社長S・M氏といったら、その方面の古い関係者はたいてい知っているであろう。娑婆(しゃば)の波風の中でも一番荒い処を渡って来た人で、現在は香港(ホンコン)に居住して日本人の父M翁と呼ばれている。

左記は同氏が筆者に書いてくれないかといって話した怪談の体験である。かなり古い出来事ではあるが純然たる実際家肌の同氏が真剣になって話す態度を見ていると事実としか思えない。細かい部分は筆者から質問したものであるが、多少の記憶の誤りがあるかもしれない。謹んで翁の是正を乞(こ)うておく。

明治十九年の夏、七月二十五日朝五時半に、ピニエス・ペンドルという南洋通いの荷物汽船(カーゴボート)が香港を出てシンガポールに向かった。トン数は二千五百、船長は背の高い、色の黒い、チョットフランス人に見える英国人であった。経歴はよくわからないが何となくスゴイ感じのする無口な男で、海員クラブでも相当押しが利いていた。

一等運転手は若いハイカラなヤンキー、客船(メインボート)出身だけに淡水と、襟と、ワイシャツの最大浪費者だと聞いた。二等運転手はユダヤ系の鷲鼻を持った小男で人種はよくわからない。世界じゅうの言葉を使ってクルクルと働きまわる男、機関長は理屈っぽいコルシカ人と聞いたがなるほど、憂鬱そうな風付きがどこやらナポレオンに似ていた。それから水夫長は純粋のジョンブル式ビール樽で、船長よりも風采が堂々としていた。おまけに腕力が絶倫ときているので、頭の上がらないのは古くからいる船長だけ……気に入らないと運転手にでもメリケンをくわせるというのだから船の中のヌシみたような男に違いない。水夫でもウッカリ反抗したら最後、足を捉まえて海に放り込むという評判を、まだ陸にいるうちに海員仲間から聞いた。ツイこの間も香港に着く前にチョットした口論から船医をノシてしまったので、出帆間際まで船医が帰って来なかった。だからトウトウ待ち切れないで船を出したという話を船に乗るとすぐにボーイに聞かされたくらいである。

　私はソンナ内幕を聞いているうちにコイツは物騒な船に乗ったもんだと思った。しかし実を言うと私は、その水夫長の世話でこの船へ便乗してボルネオに密航するつもりだったので今更驚いても追っつかなかった。

　もっともソウいう私もまだ若かった。最近にヤンキーのインチキ野郎を一人半殺しにしたのがやかましくなって、領事の顔を立てるために香港を飛び出したくらいの荒武者だったから普通人ほどにビクつきはしなかった。ことに強欲な水夫長はシコタマつかまされている関係上、私を特別の親友扱いにして、やたらにチヤホヤしてくれたのであった。だがそれでも私は陸の上と海の上とかってが非常に違うことを知っていたので、停泊中の二、三日ばかりはすこぶる神妙にして、水夫長の室に小さくなっていた。

香港を出てから二日の間コレダケの人間が皆そろって食堂に出た。つまり私を入れた都合六人の上級船員が一番先に食事をするのであったが、阿片を積む船だけに相当美味い物が食えた。

食堂は水夫長の室の前にあった。別に広くもなく、綺麗というほどでもなかったが、通風の工合がよかった上に、ばかに贅沢で安全な石油ランプが一個、中央にブラ下がっていたから、その下で六人が夜遅くまで酒を飲みながらトランプをやった。むろん手剛い相手は一人もいなかったが新顔の私が交じっているので皆スバラシク気が乗っていた。おまけにワイシャツの背中にまで札束を落とし込んでいた私は、できるだけ景気よく負けたり勝ったりしてやったのでスッカリ英雄扱いにされてしまった。

ところが三日目の昼の食事が始まると間もなく、給仕の黒ん坊が眼の球をクルクルまわしながら重大な報告をした。水夫の中で二人病人ができた、熱が非常に高くて苦悶しているというのであった。

船長は静かにナイフを置きながら二人の水夫の名前を聞いた。それから左右に並ぶ五人の顔をズラリと見渡して、

「香港土産のチブスだ。助かるまいナ」

とつぶやいた。同時に……船医がいない……という当惑の色をアリアリと顔にあらわ

しながら、水夫長の顔をジロリと見た。

皆はシンと静まり返ってしまった。私もナイフとフォークを置いてナプキンで口を拭(ふ)いた。

水夫長は非常に感情を害したらしかった。大きな灰色の眼を剝(む)き出してまっ蒼(さお)になりながら、船長を見下すようにソロソロと立ち上がったが、それを見上げた船長はイヨイヨ平気な顔になって冷笑を含んだ。

「……フフ……消毒もできんからなあ……フフ……」

そんな場面に慣れていた私は、今にもナイフか皿が飛ぶものと思ってコッソリ椅子を浮かしていた。しかし水夫長はジッと我慢した。毛ムクジャラの両の拳(こぶし)をワナワナと震わして禿(は)げ上がった額の左右に太い青筋をモリモリと浮き上がらせていたが、突然にクルリとビール樽を回転さしたと思うと、モウ水夫部屋に通ずる入り口の扉(ドア)に手をかけていた。

その幅広い背中を船長はピタリと睨(にら)んだ。

「……オイ……どこへ行くんだ」

「……消毒しに行くんだ……」

と水夫長は見向きもせずに怒鳴った。ガチャガチャと把手(ノッブ)を捻(ひね)った。

「……馬鹿ッ……」

と、底力のある声で船長が言った。腕を高やかに組みながら……、

「……おれの部下を海に投り込むような真似をしやがったら……貴様もだぞ……」

　扉の内側に半分隠れかけていた水夫長の巨大な尻がピタリと動かなくなった。そのまま背後向きにソロソロと引っ返して来ると、火の出るような一瞥を船長にくれた……と思ううちにツカツカと自分の室に入って轟然と扉を閉めた。

　そのあとから二等運転手と機関長が勢いよく駈け込んで行ったがこれは水夫長を慰撫するためだということがすぐにわかった。だから私もそのアトから静かに入って運転手と機関長の背中越しにジッとようすを聞いてみると、そのチブスに罹った水夫というのは船長が最近にシンガポールで拾い上げて水夫長に押しつけたものであった。むろん腕は立って温柔しくもあったが給金が法外に高かったから結局、おれ（水夫長）の顔を潰したことになる……ツイこの間も香港の奥の支那人酒場で二人が飲んでいるのを発見けたから、大勢のマン中で罵倒して恥をかかしてやったことがあるが、それでも二人は手向かいもしなければ船を降りもしなかった……ノメノメと船長のポケットにブラ下がって帰って来やがった……アンナやつは船乗り仲間の面よごしでこの船の穢れになるばかりだ……船長もヤキが回ったらしいからこの船もオシマイだろう……おれがオン出るか船長をタタキ出すか二つに一つだろう……今に見ろ……ドウスルカ……と言ったようなことを喘ぎ喘ぎ言いながら水夫長は、寝台の上に引っくり返ってブランデーをガブガブと喇叭飲みにしていた。

　そうした事情がアラカタわかると私はソッと室を辷り出た。この仲裁は場違いだと思ったから。

船長はまだ食堂に残っていた。自分の椅子に反りかえってマドロスを吹かしながら天井のランプを仰いでいたが、私が傍を通っても眉一つ動かさなかった。もしかすると病人の処置を考えていたのかもしれないが、とにかく薄気味の悪い人間だと思いながらソッと甲板に出た……と……同時に素人ながら、これはと気が付いた。

一時間ばかり前までカラカラに晴れ渡っていた空が、いつの間にか蒸し暑く曇ってきて、油を流したように光る大ウネリが水平線の処まで重なり合っている。ハイカラの一等運転手がその舳に突っ立って、高い鼻を上向けながらお天気を嗅ぐような格好をしていたが、私が近づいて行く靴音を聞くと、急に振り返って片手を揚げた。

「……ヤッ……すみませんが……大急ぎで水夫長を呼んで来てくれませんか」

言葉つきは丁寧であったが顔色はかなり緊張していた。

「……それからですね……今大きなスコールが来かけていますから、そいつが通過するまで君は甲板に出ないで下さいね」

……はたして……と思うと、暴風に慣れない私は少々ドキンとした。そのまま大急ぎで船室に引っ返したが、水夫長はモウ別の階段から出て行ったらしく、船室の扉が開け放しになっていた。

夕食はむろん食わなかった。

私は船酔いの薬を混ぜたウィスキーを一息に嚥み下しながら寝台に頭を突っ込んだ。

南支那海の三角波というのはチョウド風呂敷を下から突き上げるような格好に動くものだそうで船首に落ちかかる波の頭だけでも大きいのは十トンぐらいの力がある。イクラ馬力をかけても船が進まないどころか逆戻りしていることさえあるという。世界を股にかけた船員でも真剣になってその格好の恐ろしさを説明するくらいであるが、二昼夜の間角瓶を抱いてヘベレケになっていた私は、トウトウその珍しい波を見ないでしまった。

舷側のボートを一艘犠牲に供して、船が再び明るい太陽の下に出ると、腹を減らしていた連中が期せずして食堂に集まった。むろん船はまだ大揺れに揺れていたから皆素足のままで、室の中に張り回した綱に捉まって、青い顔を見合わせただけであったが、その時に二等運転手がフト気づいたらしく皆の顔を見まわして、

「チブスのやつらはドウしたろう。チャンコロ部屋に隔離さしておいたんだが、死にゃしめえな……マサカ……」

皆は愕然となった。

すると何を考えたのか水夫長が大急ぎで自分の部屋に飛び込んで行ったので皆はまたハッとさせられた……ところが間もなくその水夫長が片手に小さなランタンをブラ下げて出て来たので、ホッとした連中は訳もなくアトからゾロゾロとクッついて行った。だから私も何の気なしに先を争って行ったが、アトでよせばよかったと思った。

チャンコロ部屋というのは船尾の最下層に近い部屋で、ズット以前に支那人の奴隷を積んだ寝床の取り崩し残りを、荒板で無造作に囲んだものであった。そのまっ暗な蚕棚式の寝床の間を突き当たりまで行った処で、ランタンの赤い光が停止している。それを目標にしてタマラナイ異臭がムンムンと蒸れかえる中を、手探りして行くと、そのうちにヤット眼が慣れてきた。

一人の水夫は上半身裸体の胴体を寝床の手摺りに結びつけたまま床の方へ横筋違いにブラ下がっていたが、左手の関節が脱臼するか折れるかしたらしくブラブラになって揺れていた。それから今一人は、これも半裸体のまま床の上に転がり落ちて蚕棚の下を吐き続けながらズット向こうの船底の降り口の所まで旅行していたが、どこかに猛烈にぶつかったものと見えて鼻の横に大きな穴が開いて、そこからはい出した黒い血の塊が頰から髪の毛の中にはい上がっていた。それをユラユラと動くランタンの光越しに覗いていると何だか嬉しそうに笑っているかのように見えた。皆はシインとなった。息苦しいほど暑かった。

「……ウ――ム……ムム……」

とその時に水夫長が唸り出した。白いハンカチで何度も何度も禿げ上がった額を拭いているうちにランタンの火がブルブルと震え出した。

「……オ……おいらの……せいじゃ……ねえんだぞ……いいか……いいか……」

私は水夫長の声がいつもとまるで違っているのに気がついた。響きの大きい胴間声が、難破船のようにきれぎれにシャガレていて、死んだ水夫の声じゃないかしらんと思われたくらいであった。

その声を聞くと皆はモウ一度ゾッとさせられたらしい。足を踏み直す音が二、三度ゾロゾロとしたと思うとまたシインとなった。

そのうちに誰だかわからない、二、三人が私を押し除けながら板囲いの外へ出ようとした。だから私も押されながら狭い棚の間を食堂の方へ引っ返した。トタンにたまらない鬼気にゾクゾクと襲われかかったが、これは大暴風のアトの空腹と疲労でヒョロヒョロになっていた神経が感じた幻覚だったかもしれない。もっともこうした状態は私ばかりではなかった。水夫長もおんなじように気が弱っていたものに違いなかったが、しかし場合が場合なので誰一人ソンナ事に気づいてはいないらしかった。

それから一時間と経たないうちに、いい加減に薄められた石炭酸だの、昇汞だの、石炭水だのがドシドシ運びおろされて、チャンコロ部屋一面にブチまかれた。するとどうした都合か、その猛悪な刺激性の臭いが、アノ忘れられない死臭や嘔吐臭を誘いながら食堂の中一パイにセリ上がってきたので、綱にブラ下がりながら受け取ったパンと水が咽喉に通らなくなってしまった。

皆いまいましそうにペッペッと唾液を吐きながらパンをかじって水を飲んだ。

その中に交じった黒ん坊の給仕も、生石炭で火傷をした手の甲の包帯を巻き直しながら不平そうに涙ぐんでいた。

船長も片手で綱をつかみながら、その黒ん坊が給仕する生ぬるい水を二、三杯、立て続けに飲んだがヨッポド胸が悪かったのであろう。そうしてコップの中をジイッと透かして見ていたが間もなく低い声で、

「……ボン……」

と叫んだと思うと、飲み残しの水をパッと床の上に投げ棄てながら、皆の顔を見まわして冷笑した。

皆はまっ青になった。何かしら薄気味悪い、暗い気持ちに船全体が包まれている事実を、船長とおんなじように感じているらしかった。

そのせいか二人の死骸は、極力念入りに包装された。そうして大揺れの下甲板に粛々と担ぎ上げられると、午後の正四時に船長がヒューウと吹き出した口笛を合図にして、厳かな敬礼に見送られつつ水葬された。

その黒長い二つの袋が、船よりもズット大きい波の中に泡の尾を引いて吸い込まれて行くと間もなく、私たちの背後からケタタマシイ爆音が起こったので皆ビックリして振り向いた。それは、どこから探して来たものか水夫長が、支那製の爆竹に点火して二人の霊に手向けたものであったが、その花火筒のアクドイ色彩を両手にブラ下げて、起重機の陰から舷側によろめき出た水夫長のうしろ姿が、不思議なほどゲッソリして見えた。

その夕方の夕焼けのスバラシサは、今でもハッキリと眼に残っている。あらん限りの

綺麗な絵の具に火を放けて、大空一面にブチまいたようで、どんなパノラマ描きでもアンな絵は書けなかったろう。眼が眩んで息が詰まるくらいドエライものスゴイものであった。

私は潮飛沫を浴びながら甲板の突端につかまって、揺れ上がったり揺れ下がったりしいしい暗くなっていくまっ青な海の向こう側をボンヤリと見惚れていた。するとその肩をダシヌケに叩いた者がいたのでビックリして振り返ってみると、それは小男の二等運転手であった。

その顔を見た瞬間に……また暴風だな……と直覚した私は、空っぽになったウイスキーの瓶を頭の中で、クルクルと回転させた。

運転手は鉤鼻をコスリコスリ下手な日本語で言った。

「水夫長ドコ行キマシタ」

「さっき頭が痛いと言って降りて行ったようですが？」

「困リマス、バロメーの水銀ナクナリマス」

「……驚いたなあ……また時化るんですか」

運転手は返事せずに、階段の方向へ駈け出した。同時に下から不安な顔をさし出した一等運転手と肩を並べて降りて行った。私も何かしら不安な気持ちに逐われながら下甲板伝いに食堂へ降りて行ったがたちまち……アッ……と叫んで立ち止まった。

船室の扉が半開きになっている陰から水夫長の巨大な身体がウツムケに投げ出されて

いる。シャツの上のズボン釣りを片っ方外して、右手は扉の下の角を、左手は真鍮(しんちゅう)張りの敷居をシッカリとつかみながらビクビクともがいているようである。ランプが点(つ)いていないせいか顔と手の色が土のように青黒い。

私より先に立っていた二人の運転手が同時にタジタジとよろめいた。船が揺れたせいではなかった。同時に水夫長がウーンと唸った。

私はイキナリ駈け寄って抱き起こそうとしたが、まだ水夫長の身体に触れないうちに、思いがけない二人の人間が、水夫長の足の処に立っているのを発見したのでビックリしながら手を引いた。その二人の背後からは夕燦(ゆうばえ)の窓明かりがカーッとさし込んでいたが、それでも二人の服装が、細かい処まで青白くハッキリと見えたから不思議であった。

それはツイ一時間ばかり前に二重の麻袋(ドンゴロス)に入れて、松脂(チャン)やタールでコチンコチンに塗り固めて、大きな銑鉄の扉をつけて確かに海の底へ沈めたはずの二人の水夫に違いなかった。

青い夏服をキチンと着た二人の姿は、消毒された時と一分一厘違ってはいなかった。向かって右側に立っている水夫の鼻の横にできている疵口(きずぐち)が、白くフヤケた一寸四方ばかりの口を開いている向こうから奥歯が二、三本チラチラと光っていた。その疵口は水夫長が手ずから強いアルコールで拭(ふ)き浄(きよ)めてやったものであった。

その水夫は私の顔を見ると、二つの口を歪(ゆが)めてニヤリと笑った。そうして明瞭(めいりょう)な英語で、

「……水夫長を連れて行きますよ」

と言った。その声は二人の運転手も一緒に聞いたのだから間違いない。口の横に大怪我をしている人間とは思えない、ハッキリした、静かな口調であった。

……轟然一発……。

私は自分の頭が破裂したのかと思った。振り返ってみると、それは一等運転手が私の背中越しに二人の水夫を目がけてピストルを発射したのであった。給仕、水夫、コック、船長などがその音を聞きつけたらしい。

「ドウシタ。ドウシタ」

「……どうしたんだ……いったい……」

と口々に叫びかけながら走り込んで来た。その中には私たち三人を幽霊じゃないかと疑った慌て者もいたそうであるが、これは考えてみると無理もなかった。本物の幽霊はピストルの煙と一緒に消え失せてしまってアトにはウンウンもがいている水夫長の肉体だけが残っていたのだから説明のしようがなくなった三人が、三人とも、思い切った珍妙な顔をしていたのは当然である。

その水夫長の額や手足は、火のように熱くなっていた。取り巻いた連中は皆、チブスに違いないと言いながら処置に困った顔をしていたが、そういううちにも水夫長は真鍮張りの敷居に必死としがみついた。

「勘弁してくれ。勘弁してくれ」

と叫び続けた。

後から入って来た船長が、そうした水夫長の姿をジッと見下ろしていたが、やがて、咳払(せきばら)いを一つした。

「……三人が飲んだというアノ支那人の酒場が怪しいんだナ……おれはソウ思う。……厄病神がドッカの隅に隠れてやがったんだ」

と食堂のマン中に引っ返しながら断言した。すると、その左右から二人の運転手が近づいて、私と一緒に見たとおりの幽霊の姿を報告し始めたので皆眼を光らして聞いていたが、しかし船長は苦り切ったまま眼を閉じて、腕を組んで棒立ちに突っ立っているキリであった。そうして二人の言葉が終わってもしばらくの間、おなじような状態を続けていたが、やがて青い眼をパッチリと開くと、天井の一角を睨(にら)みながら、薄笑いをした。

「……フフン……恩を仇(あだ)にしやがって。……連れて行くなら行ってみろだ。水夫長は死んでもシンガポールまで持って行ってくれるからな。アームストロングの推進機(スクリユウ)と貴様らの力とドッチが強いかだ……フフン……」

二人の運転手が同時に肩をユスリ上げた。申し合わせたように青白いタメ息を吐いた。

船長はその場で命令を下して水夫長の身体を、下甲板にある船長室のスグ横の行李(こうり)部屋兼化粧室に移させた。あとの消毒と水夫長の介抱は私が引き受けたが、これは皆から強いられぬ先に申し出たものであった。

スッカリ片づいた時は日が暮れていたが、同時に嵐の前兆もイヨイヨはっきりとなっていた。デッキを駈けまわる足音が時々きこえてくる。

小さな丸窓から時々、音のない波頭が白く見えるのはどこかに月が出ているせいであろう。

さすがに無鉄砲な私も、そうした光景をジッと見ているうちに、言い知れぬ運命の転変をゾッとするほど感じさせられたものであった。同時に何とも知れない恐ろしいものが、室の中にみちみちて来るような感じがしたので、私は思わず身ぶるいをしてポケットの五連発を押さえた。それから水夫長の焼けるような額に手を当ててみた。

その瞬間に入り口の扉が、ひとりでに開いてまっ黒な烈風がドッと吹き込んだ。

私は慌てて扉を押さえながらシッカリと閉め直したが、その片手間に室内を振り返ってみると……ギョッとした。

腰が抜けるとはあんな状態を言うのであろう。扉の把手を後ろ手につかんでヤッと身体の重量を支えた。

二人の水夫がまた来ている。ほの赤いランタンの光の中に菜ッ葉色の作業服がハッキリと浮き出している。何もかも先刻のとおりの姿で、しかも一人の水夫の片腕がブランブランになっているのが幽霊以上の恐ろしいものに見えた。

五連発を取り出す間もなく二、三歩進み出た私は、何やら狂気のように大喝した。すると二人は、無言のまま私の左右を通り抜けて扉の方に行った。それと同時に私は無我夢中で室の奥に突進して、今まで二人が立っていた寝台の前に来た。

入り口に並んだ二人は、私の顔にマトモな冷たい一瞥を与えた。それから頬に傷をした水夫が最前のとおりに妙な、笑顔ともつかない笑顔を見せながら静かな声で言った。

「この船はモゥ沈みます。船長が馬鹿だったのです」

私はその言葉の意味を考えたが、そのうちに二人は今閉めたばかりの扉を音もなく開いて出て行った。

私も続いて出た。氷嚢をつかんで悶え狂う水夫長を手早く閉め込んで鍵をかけた。氷のような汗がパラパラと手の甲に滴り落ちた。

しかし私はへこたれなかった。なおも二人の跡を逐うて船首の方へ行こうとすると、出会い頭に二等運転手が船橋から駈け降りて来た。見るとこれも眼の色を変えている。

「……今君の室へ……例の二人が……来たでしょう」

私は黙って二人が立ち去った舳の方向を指した。

今から考えてみるとこの時に船はスピードをグッと落としていたらしい。風に巻き落とされた煙が下甲板一パイに漲っていたが、その中で二等運転手が突然に鋭い呼子笛を吹くと待ち構えていたらしい人影がそこここから煙を押し分けるようにして出て来た。

船長、一等運転手、賄長、屈強の水夫、火夫、等々、ただ機関長だけはいなかったようである。皆、手に手にピストルだのロープの切れ端だのを持っていた。その十四、五人が逆風と潮飛沫の中をよろめきながら船首まで行ったのは私が扉に鍵をかけてから三十秒と経たないうちであった。

風が千切れるほど、吹き募っていた。きれぎれに渦巻き飛ぶ雲の間から、片割れ月が時々洩れ出した。その光で船首に近い海の上に二つの死骸の袋がポッカリと並んで浮いているのが見えた。

皆はあらん限りの弾丸を撃ちかけた。そうして、とうとう二つの袋が波の間に沈んで見えなくなると、皆ホッとして顔を見合わせた。

言い知れぬ恐怖が船全体にみちみちた。

眼のまわるほど忙しいのをソッチ除けにして、あらん限りの火薬を集めて、あらん限りの爆竹が作られた。船員の中で出られる限りの者は皆、船首に集まって手に手に爆竹を鳴らしながら二人の霊を慰めた。

潮飛沫にぬれたのはそのまま海に投げ込んだ。空砲も打った。短銃も放った。

その音は轟々と吹く風に吹き散らされ、撞々と崩れる波に入り乱れて物凄い限りを極めた。

けれども結局この船についたけちを払い除けることはできなかったらしい。

出帆してから一週間目に来たその大時化の最高潮に、マストも、舵も、ボートも皆やられた丸坊主のピニエス・ペンドル号は、毅然としている船長と、瀕死の水夫長と、狼狽している船員を載せたまま、グングンと吹き流され始めた。そうして一日一夜の後に、どこともわからない海岸に吹きつけられて難破してしまった。

私は水夫長の救命胴着を身に着けてまっ暗な舷側から身を躍らせた。

それからしばらくの間暗黒の海上を、陸地らしい方向へ一所懸命に泳いでいるつもりであったが、やがて、腕に火がついたような感じがしたのでビックリして眼を開いてみると、意外にも私は一等船室らしい見事なベッドの中にリンネルの寝間着に包まれて寝かされている。その二の腕にできた原因不明の擦過傷を、黒いアゴヒゲを生やした医者らしい男が、

「……静かに……静かに……」

と言いながら丁寧に拭き浄めているのであった。

その男が使うドイツナマリの英語は実にわかりにくくて弱った。しかし大体の要点だけはしばらく話しているうちにヤッと呑み込めた。

この男はこの船の船医でブーレーというミュンヘン出のドクトルであった。船は昨日香港を出て来たばかりのクライデウォルフ号という七千トン級のドイツ汽船で、長崎から横浜へまわる客船であったが、今朝早く私を助け上げてみると、宝石や札束を詰めた自転車のチューブを胴体一面に巻きつけていたので皆ビックリさせられた。しかし相当の身なりをしていたし領事の名刺や手紙等を持っていたのでしかるべき身分の者と思われたらしく、何もかも大切に……スコットランド製のコルク・チョッキまでも一緒にして事務長の手に保管してあるから、安心して養生なさい……と言うのであった。

私はそれから急に元気づいた。

ブーレー博士が質問するまにまにポツポツと遭難談を始めたものであるが、話が二人の水夫の幽霊のところまで来るとブーレー博士はいっそう熱心になって鼻眼鏡をかけ直しかけ直し謹聴してくれた。そうして話が終わると、ボーイが持って来た美味(うま)い玉子酒をすすめながらコンナことを言い出した。

「……ヤ……お疲れでしたろう……ところで私はこうして船医を専門にする片手間に、海上の迷信を研究している者ですが……既に二、三の著書も刊行しているようなしだいですが……その中でも、あなたのような体験は実に珍しい実例であると信じます。その幻覚と、現実との重なり合いが劇的にシックリしているばかりでなく、いろいろな印象が細かい処まで非常にハッキリしている点が、特におもしろい参考材料であると思います。……もちろん……その幽霊の正体なるものは、学理的立場から見ますと、きわめて簡単明瞭(めいりょう)なものにすぎないのですが……」

「……エッ……簡単明瞭……」

と私は思わず叫び出した。さすがはドイツの学者だけあると感心しながら……。

ブーレー博士は厳かにうなずいた。

「……そうです。きわめて簡単明瞭な現象にすぎないのです。お話のような幽霊現象は、遭難海員がしばしば体験するところですが、実はその遭難当時に感得した一種の幻覚錯覚にほかならないのです」

「……というとドンナことになるのですか」

「……という理由はほかでもありません。あなたはこの船に救い上げられる前後に、しばらくの間失神状態に陥っておられたでしょう。現にこのベッドの上に寝られてから今までの間でも、既に九時間以上を経過しておられるのですがね」

「九時間……」

「そうです。……ですから……その間にあなたの脳髄が描き出した夢が、あなたの現実の記憶と交錯したまま、あなたの記憶の中に重なり合って焼きつけられてしまったのです。もちろんそれは極度の疲労と衰弱の結果であることが、学理的に証明できるのですが……」

「……プッ……バ……ばかなッ……」

と叫びながら私は起き上がろうとした。トタンに口の中の玉子酒にむせ返りながらモウ一度、枕の上に引っくり返ってしまった。

「……ゲヘゲヘ……ゲヘンゲヘン……そ……そんなばかな話が……あるものか……アレが夢なら何もかも……夢だ……」

「静かに……静かに……」

「……ぼ……僕と一緒に助かった者はおりませんか……一緒に幽霊を見た……現実の証人が……」

私は黄色い吸い呑みを抱えながらキョロキョロとそこいらを見まわした。この室には寝台が一つしかないのを知っていながら……。ブーレー博士は鼻眼鏡を外した。微笑しいしい両手の指を組み合わせた。

「……イヤ……助かったのはあなたお一人なのです。ほかには船具の破片すら見つからなかったのです」

爆弾太平記

……ああ……酔うた、酔うた。

……どうだ斎木……モ一つ行こう。脊髄癆(カリエス)ぐらい酒を飲めば癒(なお)るよ。ちょっとも酔わんじゃないか君は……。

ナニ……恐ろしい暴風雨(しけ)だ？

ウン。近来珍しい二百二十日だよ。夜半(よなか)過ぎたら風速四十メートルを越すかもしれん。……おまけにここは朝鮮最南端の絶影島(まきのしま)だ。玄界灘(げんかいなだ)と釜山(ふざん)の港内を七分三分に見下ろした巌角(いわかど)の上の一軒家ときているんだからね。いっそう風当たりがヒドイわけだよ。……世界の涯(はて)に来たような気がする……ハハハ。しかしこの家なら大丈夫だよ。その覚悟で建てた赤煉瓦(あかれんが)のオンドル式だからね。はばかりながら酒樽(さかだる)と米だけは、ちゃんとストックしてあるんだ。十日や十五日シケ続きだって驚かないよ。ハハハ。

イヤ。よく来てくれた。吾輩(わがはい)の竹馬の友といったら、今では君一人なんだからね。もう一人いた福岡県知事の佐々木が、ツイこの間死んでしまったからね……ウン。太っ腹ないい男だったが、可哀そうなことをしたよ。何でも視察旅行の途中で、自動車もろとも、谷へ落ちたというんだが、人間、何で死ぬか知れたもんじゃないね。……しかも、そのあとに残ったタッタ一人の君が二十年ぶりに、貴重な静養休暇を利用して、この天涯の素浪人、轟雷雄の隠れ家を叩きに来ようとは思わなかったよ。

イヤ……実に意外だった。君の顔を見た瞬間に、故郷の禿山が彷彿として眼前に浮かんだね……アハハハ。イヤ。禿げているから言うんじゃない……アハハハ。今夜はこの風を肴に飲み明かそうじゃないか。お互いに「頭禿げてもお酒はやまぬ」組だったじゃないか。ハッハッハッ。風が凪いだら一つ東莱温泉へ案内しよう。あすこでモウ一度俗腸を洗って、大いに天下国家を……。

ナニ……吾輩が首になった原因を話せと言うのか……。

ハハハハ。そりゃあ話してもええ。吾輩としては俯仰天地に愧じない事件で首を飛ばされたんだから、イクラ話してもかまわんにはかまわんが、しかしだ。君はホントウに吾輩の言うことを事実と信じて聞いてくれるかね。エエ……?……。

イヤ。失敬失敬。それはわかっとる。重々わかっとる。君が吾輩を信じてくれることはトコトンまで疑わんが、しかしそれでも吾輩の休職の裡面に潜む事件の真相なるものがとうてい、常識では信ぜられんくらい悽愴、惨憺、醜怪、非道を極めたものがあるから、特に念を押すわけだよ。

手早い話が、吾輩の首をフッ飛ばした事件の真相を突っ込んで行くと一つのスバラシイ復讐事件にブツカッてくるんだ。しかもその事件の主人公というのは、吹けば飛ぶような貧乏老爺にすぎないのに、その相手というと×××××の検事、判事、警察署長、その他の有力者六十余名というのだから容易じゃないだろう。……のみならず、その復讐事件の真相なるものをモウ一つ奥の方へ手繰って行くと、現在、内地朝鮮の官界、政界、実業界に根強い勢力を張り回している巨頭株の首を数珠繋ぎにしなければならぬという、日本空前の大疑獄が持ち上がってくること請け合いだ。……しかもソイツがまた、全国の爆薬取り締まりに関する重大秘密から、社会主義者、×××人の策動に引っかかっていく。もしくは張作霖、段祺瑞を中心とする満州、支那政局の根本動力にまで影響するかもしれんという……実に売国奴以上に戦慄すべき彼ら、巨頭株連中の非国家的行為が、真正面から蜂の巣を突っついたように、暴露してくるかもしれないんだが……それでもかまわんか……君は……。

もちろんこれは吾輩一流の酔ったまぎれの大風呂敷じゃないんだぜ、相手が普通の人間ならともかく、農商務大臣と製鉄所長官の首を一度に絞めて、前内閣を引っくり返した堅田検事総長から、懐刀と頼まれている斎木検事正のお耳に、この話が入ったとなると問題だろう。メッタにお聞き棄てにならんことを、知って知り抜いてしゃべりよるのじゃがええか。

アッハッハッハッハッ。イヤ。けっしてオベッカじゃないよ。持ち上げよるでも何でもない。シラ真剣の打ち明け話だ。……ウンウン。ソンナことじゃろうと思うてワザワザ訪ねて来た……ウンウン。さすがは商売人だけある。アハハハ。イヤ。ばかにしとるわけじゃない、そんならなおのこと、話しがいがあるんだ。……実は吾輩もこの問題については千秋の遺恨を含んでいるんだからね。今言った朝野の巨頭連は、馬鹿正直な吾輩一人を蹴落として、自分らの不正事実を蔽い隠そうと試みているのだ。吾輩の事業の隠れたる後援者であった山内正俊閣下が、去年の十一月に物故されて以来、吾輩が木から落ちた猿同然、手も足も出なくなっていることを、あいつらはチャンと知っていやがるんだ。きゃつらの肉を裂き、骨をしゃぶっても飽き足りない思いを抱きながら、この釜山港口、絶影島の一角に隠れて、自分の食う魚を釣っていたんだ。

ナニ……君の今度の旅行は、そのための秘密調査が目的だ……？　温泉巡りとはまっ赤な偽り……脊髄カリエスの静養休暇は検事総長と打ち合わせた芝居にすぎん……？

……エエッ……何と言う。ホントウかいそりゃあ。ヘエーッ……。

こいつは一番、驚いたね。いくら何でも、チイッと炯眼すぎやせんか……それは……。

何を隠そう吾輩は現在、この事件に関する詳細な報告書をあの机の上に書きかけとるんだ。しかしこれほどの怪事件はチョットほかに類例がないし、問題がまたドエラク大きいもんだから、あの報告書が出来上がっても、どこへ出したらええかチョット見当がつかんで困っておったところだが……まさかソコを探知して受け取りに来たんじゃあるまいな……君は……。

フウン。そうだろう。そこまでは知らなかったはずだ。

……フウン……しかし奇怪な投書が検事総長の処へ来ている……ヘエ。どんな投書だ……。

何だ。持って来ているのか。ドレドレ見せたまえ……。

……ヤッ……これは血書じゃないか。しかもりっぱな美濃紙（みのがみ）が十枚以上ある。大変な努力だぞ。これは……投函（とうかん）局が佐賀県の呼子（よぶこ）か……おかしいな。あすこにも吾輩の乾児（こぶん）がいるにはいるが……大正九年八月十五日……憂国の一青年より……堅田検事総長閣下……フーン。むろん、吾輩が書いたんじゃないよ。書体を見ればわかる。……ウーン……

……と……。

「私ハ貴官ノ正シイ御心ヲ信ジテコノ手紙ヲ書キマス。

水産翁、轟雷雄先生ガ免職ニナリマシタ裡面ニハ、国家ノタメニナラヌ重大秘密ガアリマス。大正八年十月十四日ノ午後一時カラ二時ノ間ニ、××デ警察署長ガ三人ト、判事ヤ検事ガ四人ト、松島見番ノ芸妓（げいぎ）二名ガ殺サレタ事件ノ原因ヲ調ベテ下サイ。貴官ノホカニ、コノ真相ヲ調ベ切ル人ハアリマセン。

貴官ガコノ事件ヲ、本気デ調査サレタ事ガワカリマシタラ、私ガ貴官ノ御宅ニ出頭シテ、真相ヲオ話シシマス。何トナレバ右ノ九人ノ人間ガ死ンダ事件ノ裏面ニ潜ム恐ロシイ爆弾売買ノ真相ヲオ話シデキルモノハ、私一人シカオリマセンカラ。

モシ貴官ガ今年一パイ、コノ問題ヲ調ベズニ打チ棄テテオカレタナラバ、貴官モ爆弾売リノ仲間ト認メマス。ソウシテ私ハ別ノ手段デ、モットモット皆サンニ、思イ知ラセマス。ドウゾドウゾ国家ノタメニオ調ベヲ願イマス」

ウーン。検事総長を威嚇したわけだな。

……なるほど……この投書は二十歳内外の不規則な学問をした青年が、字引きひきひき一所懸命に書いたものらしいという見込みだね。ウン、「芸者」とか「爆弾」とかいう難しい文字が特に、活字のとおりに正しく書いてあるので推定した……なるほどなあ。感心なものだな。ウーン……それからタッタ一語だけ使ってある「調べ切る」という言葉が「調べ得る」という意味で使った九州北部の方言であるところから察すると、この青年は国家問題に昂奮し易い福岡県下の出身かもしれぬと言うんだね。……賛成だ。吾輩双手を挙げて賛成するね。お互いに福岡生まれだから、こうした青年の気持ちがよくわかるんだよ。とにかく生命がけのスゴイやつに違いない。そこでこの投書を信用して、君が出張して来たというわけか、吾輩の心当たりを探るべく……。

……何……まだ話がある……。ハハア……書いたやつの詮索は後回しか。事実の有無が何より先に問題だと言うんだね。いかにも、いかにも……そこで×××へ公文書で問い合わせた。なるほど……そういった司法官や芸妓が同月、同日のほとんど同時刻に死傷するほどの事件ならば、総督府でも知らないはずはないからな。おもしろいおもしろい……そうしたらドンな回答が来た……。ナニ……。

「管轄違いだ。返答の限りに非ず」

と突っ放して来た。けしからんじゃないか。……回答したやつは何者だ。フウン。わからんというのか。ただ×××の太鼓判がベッタリ捺してあるだけだ。……いよいよもってけしからんじゃないか。

ハハア。その手が例の「△△モンロー主義」だと言うのか。ハッハッ。「△△モンロー主義」はよかったね。……フーン……△△のやつらはそんなに威張るのかなあ。灯台下暗しで知らなかった。……フーン……内地の官庁から△△に入って来たものは、いつもこの式で、書類でも人間でもピンピン撥ねつける。事務上の連絡が全く取れないが、×××が独立した官制になっているのだから、ドウにも手のつけようがない……ヘエー……そうかなあ。吾輩なんかは絶対にソンナ方針じゃなかったよ。内地から来たものは特に優遇する方針だったから、チットモ気がつかなかったがね……だから首になったんだ……なるほど。そうかもしれん。ハッハッハッ……。

そりゃあ君らとしちゃ癪に触ったろう。特に司法関係の仕事は内鮮とまたがった問題が多いんだからね。一々その手で撥ねられちゃやりきれないだろうよ。なるほど……債券や紙幣の偽造が、朝鮮に逃げ込むと捕まらなくなるのはそのためだ。遺恨骨髄に徹している……なるほど。そりゃあそうだろう。

そこでこっちもグーッときたから、

「内地における銃砲火薬類取り締まり上、調査の必要あり。至急回答ありたし」

と当てズッポーで威かしてやったら、今度は方向を違えた×××△△△から報告が来た。……ハハア……×××のやつ、物騒と見て取って責任を回避しおったな。卑怯なやつだ。……その報告書がコレか……なるほど。×××あての内容のものを、そのままコッピーにして送って来たわけだな。ウンウン。朱線を引いた処が要点か。

「……いかなる方面より風聞せられしものなるや判明せざれど、右類似の事件は当署管内において確かに発生せしことこれあり……」

……いかにも、コイツは多少名文らしいね。チョット絡んできたところが気に入ったよ。

「さる大正八年十月十四日、午後一時ごろ、××公会堂において、轟×××技師の『爆弾漁業』に関する講演中、同技師が見本として提出したる二個の漁業用爆弾が過って炸裂(さくれつ)し、傍聴者たりし判検事、署長等（氏名を略す）七名の死者を出したる事件あり。（芸妓二名の死傷は訛伝(かでん)也）……」

プッ……ばかな。××官吏の低能ときたら底が知れない。コンナことでお茶が濁せたらお慰みだ。警察の発表なら誰でも信用すると思っているんだから恐ろしい。そこで……と……。

「……右は前記轟技師の不注意より起こりしものなりしと同時に、当局の威信に関する事故なりしをもって、秘密裡(ひみつり)に善後の処置をなし、轟技師の休職をもって万事の落着を見たり。……右御回答申し上げ候」

アッハッハッハッハッ。イヤ巧んだりこしらえたり。インチキ、ペテン、ヨタもまた、甚だしい。××官吏の腐敗堕落が、ここまで甚だしかろうとは……ナニ。そんな事情もアラカタ察していた。なるほど……×××が、△△署と慣れ合いで事実を隠蔽(いんぺい)すると同時に、責任を回避しているものと睨んだ……したがってこの事件は、×××にもコタエル程度の重大事件だったに相違ない……そのとおりそのとおり。命中率、まさに百二十パーセントだよ。△△モンロー主義をギューと言わせることこの一挙にありか。ハハハハ。愉快愉快。そうこなくちゃおもしろくない。

そこですぐに部下を△△に密行さした。ウンウン。その部下が△△に着くと、何よりも先に松島遊廓に上がって散財した。ハハハハ。ナカナカ洒落とるじゃないか……なるほど。それからその翌る日、帰りしなに、コッソリ公会堂に立ち寄って、内部の様子を一眼見ると、その朝の連絡船で東京に引っ返して、△△△の報告はインチキに相違なしという復命をした……ヘエッ……こいつは驚いた。どうしてわかったんだ。タッタそれだけの仕事で……。

ハハア。その男の調査によると松島見番で二人の芸妓が変死したのは事実だった……まさにそのとおりだ。それを警察が強制して、失踪届を出させている。葬式も法事も許さない。芸妓屋と親元は泣きの涙で怨んでいるが、泣く児と地頭に勝たれない。ソレッキリの千秋楽になっている……ソイツもまさにそのとおりだ。……のみならず問題の公会堂を覗いてみると、建った時のまんま修理した形跡がない。十人近くの人間が爆死するくらいなら建物の損害が出ないはずはなかろう……と言うのか。

……ウン。エライッ……。

豪いもんだなあ。そんなにも頭が違うものかなあ、内地の役人は……そこで検事総長と打ち合わせた結果、極秘密裡に君がやって来て、直接、吾輩の口から真相を聴く段取りになった……ウンッ、ありがたいっ。痛快だっ。イヤ多謝……多謝……とりあえず一杯いこう。

君の着眼はまさに金的だったよ。

△△モンロー主義……売国巨頭株の一掃……手に唾(つば)してまつべしだ。とりあえず前祝いに太白(たいはく)を挙げるんだ。

ナニ……その売国巨頭株の姓名を具体的に言ってくれ……よし言おう。ビックリするな。

×××議員、正四位、勲三等、子爵、赤沢事嗣(ことつぐ)……これが金毛九尾(きんもうきゅうび)の古狐で、今度の事件の一番奥から糸を操っている黒頭巾(くろずきん)だ。君らがよく取り逃がす呑舟(どんしゅう)の魚というやつだ。……ハッハッ知らなかったろう。きゃつの若い時は例の郡司大尉の隠れたる後援者で、東津切っての漁業通だということを、誰にも感づかせないように、極力警戒しているんだからね。北洋工船、黒潮漁業の両会社はあいつの臍繰(へそく)り金で動いていると言っていいくらいだ。……その次が現在大阪で底曳(そこびき)大尽と謳(うた)われている荒巻珍蔵……発動機船底曳網の総元締だ。知っているだろう。それから××の雞林(けいりん)朝報社長、林逞策(ていさく)。あれで巨万の富豪なんだよ。代議士恋塚佐六郎……三保の松原に宏大(こうだい)な別荘を構えている……アレだ。お次は大連の貿易商で満鉄の大株主股旅(またたび)由高。それから最後の大物が、現民友会の幹事長、兼、弗箱と呼ばれている釜松秀五郎。逓信次官、雲田融……と……まあザットこれくらいにしておこう。どうだい。驚いたか……。

こいつらの仕事の正体かね。むろん、話すとも。話さなくてどうするもんか。君は吾輩唯一の竹馬の友だ。廃物同様の吾輩の話が、君らの仕事の参考になるのは、吾輩の無上の光栄とし、かつ欣快とするところだ。いわんや君の手によって、極度の乱脈に陥っている現下の鉄砲火薬取り締まりが廓清されると、同時に、今言った連中にこの遺恨を報ずることができたとすれば、吾輩の本懐、何をかこれに加えんだ。吾輩の一身なんかドウなったってかまわない。

ウンウン。実におあつらえむきのところに来てくれたよ。注文したってない大暴風雨に取り巻かれた一軒屋だ。聴いている者は飯たきの林だけだ。ウンあの若い朝鮮人だよ、あいつなら聴いても差し支えないどころか、吾輩の話のタッタ一人の証人なんだ。吾輩が死んでも、あいつの報告を聞けば一目瞭然なんだ。年は若いが、生やさしいやつじゃないんだよ、あいつは……おいおいわかるかね……ウン。

ところでドウダイ。モウ一パイ……ウン話すから飲め。脊髄癆なんてヨタを飛ばした罰だ。落ちついてくれなくちゃ話ができん。

「酒を酌んで君に与う君自ら寛せよ
　人情の反覆波瀾に似たり」

だろう……お得意の詩吟はどうしたい。ハハハハ。お互いに水産講習所時代はおもしろかったナア……。

ウンおもしろかった。

しかし君は途中で法律畑へ転じたもんだから、吾輩がタッタ一人、頑張って水産界へ深入りした。……少々脱線するようだがここから話さないと筋道が通らないからね……しかも内地の近海漁業は二千五百年来発達し過ぎるぐらい発達して、極度の人口過剰に陥っている。残っている仕事はお互い同士の漁場の争奪以外にないというのが、維新後の水産界の状態だった。

しかるにこれに反して△△はどうだ。××××の到る処が処女漁場で取り巻かれているじゃないか。いわんや露領沿海州においておやだ。……これに進出しないでドウなるものか。日本内地三千万の人口過剰を如何せん……というのが吾輩の在学当時からの持論だったが……ウン。君もさんざん聞かされた……そこで卒業と同時に、火の玉のようになって日本を飛び出して××に渡ったのが、ちょうど水産調査所官制が公布された明治二十六年の春だったが、その時の吾輩の資本というのが、牛乳配達をして貯蓄した十二円なにがしと、千金丹二百枚の油紙包みときているんだから、まさに押川春浪の冒険小説だろう。

……ウン……そこでモウ一つ脱線するが、そのころの××人が千金丹を珍重することといったら非常なものだった。君は千金丹を記憶しているだろう。甘草に、肉桂粉に薄荷といったようなものを二寸四方ぐらいの板に煉り固めて、縦横十文字に切り型を入れて金粉や銀粉がタタキつけてある。無害無効の清涼剤だが、その一枚を三十か四十かに割った三角の一片を出せば、かなりの富家が三拝九拝して一晩泊めてくれる。一枚の三分の一でもくれようもんなら、そのころの郡守といって、県知事以上の権威を持った大名役人が逆立ちをしながら沿岸を案内してくれるというのだから、まるでお伽話だろう。おまけに吾輩は内地の騎兵軍曹の古服を着て山高帽に長靴、赤毛布に仕込み杖……笑っちゃいけない。ちょうどそのころ、先輩の××社連が、△△をやっつけるべく、烏帽子、直垂で驢馬に乗って、××に乗り込んでいるんだぜ。……その吾輩が長髯を扱きながら、名刺を突き出すと、ハガキぐらいの金縁を取った厚紙に、日本帝国政府視察官、医典博士、勲三等、轟雷雄……と一号活字で印刷してある。意訳すると豪胆、勇壮、この上なしの偉人という名前なんだから、たいていのやつが眼をまわしたね。最少限、華族ぐらいには、到る処で買いかぶられたもんだ。

この勢いで北は×××の鮭から、南は対州の鰤に到るまで、透きとおるように調べ上げること十年間……今度は内地に帰って、水産講習所長の紹介状を一本、大上段に振りかぶりながら、沿海の各県庁、水産試験場、著名の漁場漁港を巡回し、三寸不爛の舌頭をもって△△出漁を絶叫することまた、十二年間……おりしもあれ△△合併の事成るや、大河の決するがごとき勢いをもって××に移住する漁民だけが、前後を通じて五十万という盛況を見つつ今日に及んだ。歴代の統監、総督の中でも山内正俊大将閣下は、特に吾輩の功績を認めて、一躍、×××の技師に抜擢し、大佐相当官の礼遇を賜うことになった。いやしくも事、××の産業に関する限り、米原物産伯爵、浦上水産翁といえども、一応は必ず、吾輩、轟技師に伺いを立てなければ、物を言うことができないという……吾輩の得意、想うべしだったね。

ところでここまではよかった。ここまではトントン拍子に事が運んだが、これから先が大変なことになった。引くに引かれぬ鞘当てから、日本全国を潜行する無量無辺の不正ダイナマイトを正面に回して、アアリャジャンジャンと斬り結ぶことになった。しかもソイツが結局、吾輩タッタ一人の死に物狂い的白熱戦になってきたんだからやりきれない。

あるいは吾輩一流の野性が祟ったのかもしれないがね。

そのソモソモの馴れ初めというのは、実につまらないキッカケからだった。

今も言うとおり吾輩は、△△府のお役人になってしまった。一介の漁師としてはまさに位、人臣を極める処まで舞い上がってきたわけだが、サテ、そうなってみるとドウモ調子がおもしろくない。××縅しの金モール燦然たる飴売り服や、四角八面のフロックコートを一着に及んで、さようしからばの勲何等風を吹かせるのが、どう考えても吾輩の性に合わなかったんだね。正真正銘のところ山内閣下から轟……轟といって可愛がられるよりも、五十万の荒くれ漁夫どもから「おやじ、おやじ」と呼びつけられる方が、ドレくらい嬉しいかわからない。この心境は知る人ぞ知るだ。トウトウ思い切ってこうした心事を、山内さんの前で露骨に白状したら、山内さんあのビリケン頭に汗を掻いておったがね。

大笑したよ。……あんなに笑ったのを見たことがないと、同席の藁塚産業課長が言って

その結果、現官のままの吾輩を中心にした東洋水産組合というものが認可されて、本拠を△△の魚市場に近い岩角の上に置いた。費用は五十万の漁民から一戸当り毎年二十銭ずつ、各道の官庁から切ってもらって、半官半民的に漁民の指導保護、福利増進に資する。同時に北は××沿海州から、西は大連沖、支那海まで進出してよろしいという鼻息を、××から内々で吹き込まれた……と言うと実に素晴らしい、堂々たる事業に相違ない。吾輩の生命の棄て処ができたというので、躍り上がって喜んだものだが、サテ実際に仕事を始めてみると、何よりも先に驚かされたのは、組合費が集まらないことだった。

カタジケナイ話だが、タッタ二十銭とはいうものの、税金と違って罰則がない。おまけにやりっ放しの海上生活者が相手なんだから徴収困難は最初から覚悟していたが、半分以下に見て七千円の予算が、そのまた半分もおぼつかない。吾輩の本俸手当を全部タタキ込んでも建物の家賃と、タッタ一人の事務員の月給と、小使いの給料に足りないのだからへこたれたよ……実際……。

ところが一方に吾輩が△△府を飛び出して、水産組合を作ったという評判は、たちまちのうちに××へ伝わったらしいんだね。到る処から「おやじ、おやじ」の引っ張り凧だ。……行ってみると漁場の争奪、漁師の喧嘩、発動機船底曳網の横暴取り締まり、魚

市場の揉（も）め事、税金の陳情なぞ、あらん限りのイザコザを持ちかけて来る上に、ついでだからというので子供の名づけ親から、嫁取り、婿取りの相談、養子の橋渡し、船の命名進水式、金比羅（こんぴら）様、恵比須（えびす）様の勧請（かんじょう）に到るまで、押すな押すなで殺到して来る。その忙（せわ）しいことといったらお話にならない。

しかし吾輩は嬉しかった。何を言うにも内地からはるばるの海上を吾輩が自身に水先案内（パイロテージ）して、それぞれの漁場にいつかせてやった、わが児（こ）同然の荒くれ漁師どもだ。その可愛さといったら何とも言えない。経費なんかはどうでもなれという気になって、東奔西走しているうちに妙なものだね。到る処の漁村の背後に青々渺茫（びょうぼう）たる水田が広がって行った。同時に漁獲がメキメキと増加して、総督府の統計に上る鯖（さば）だけでも、年額七百万円を超過するという勢いだ。そのまた一方に組合費の納入成績はグングン下落して、何とも言いもしないのに、タッタ一人の事務員が尻（しり）に帆をかけるという奇現象を呈することになったが、それでも吾輩喜んだね。××漁業の充実期して待つべし……更に金鞭（きんべん）を挙げて×××に向かうべし……というので太白を挙げて万歳を三唱している処へ、思いもかけないドエライ騒動が持ち上がってきた。ウッカリするとせっかく、根を張りかけた××の漁業をドン底までタタキつけられるかもしれない大暴風（おおあらし）が北九州の一角から吹き始めたもんだ。

……と言うのはほかでもない。海上の大秘密……爆弾漁業の横行だった。

ところでまた一つ脱線するが、ここいらでいわゆる、漁業界の魔王、爆弾漁業の正体と、その横行の真原因を明らかにしておかないと困るのだ。世間に知れてない事実だが、実は今夜の話の興味の全部を裏書きする重大問題だからね。

何だ……大いにやってくれ。非常に参考になる……ウンやるよ。徹底的にやるよ。君なんかむろん初耳だろうが、実に戦慄（せんりつ）すべき国家問題だからね。

由来海上の仕事には神秘とか、秘密とかいうやつが、めっぽうやたらに多いものだが、その中でもこの爆弾漁業というやつは、超特急のスゴモノなんだ。なぜかというと一般社会ではこの爆弾漁業横行の原因を、利益が大きいから……とか何とかいう単純な、唯物的な理由でもってアッサリ片づけているようだが、永年、漁夫の中を転がりまわって、しらみを分け合った吾輩の眼から見ると、その奥にモウ一つ深い理由があるのだ。すなわち一言（いちげん）にしておおうと、この爆弾漁業なるものこそ、わが日本の国民性に最適合した漁業法……けしからんと言ったって事実なんだから仕方がない。イザ戦争となるとすぐに肉弾をブッつける。海では水雷艇の突撃戦に血を湧かしたがる。油断すると爆薬を積んで飛行機を敵艦にブッつけようかという、万事、極端まで行かなければ虫がおさまらないのを、大和魂（やまとだましい）の精髄と心得ている日本人だ。……最初は九州の炭坑地方の河川で、ごく内々でやっていたやつが、こいつはおもしろいというので玄海（げんかい）洋（なだ）に乗り出すと、みるみる非常な勢いで氾濫（はんらん）し始めた。

君らは気がつかなかったかもしれんが、明治四十年前後まで、関西の市場に大勢力を占めていた対州鰤（つしまぶり）というやつがあった。魚市場（せりば）へ行ってみると、黒い背甲をすりむいて赤身を露したやつがズラリと並んで、飛ぶように売れて行ったものだが、これは春先から対州の沿岸を洗い始める暖流に乗って来た鰤の大群が、沿岸一面に盛り上がるほど、押し合いヘシ合いしたためにできたコスリ傷だ。いわば対州鰤の一つの特徴になっていたくらい盛んなものだった。

ところが、それほど盛大を極めていた鰤の周遊が、爆弾漁業の進出以来、五、六年のうちに絶滅してしまった。もちろん、対州の官憲が、在住漁民と協力して極力取り締まりを励行したものだが、何を言うにも相手が爆弾を持っているんだから厄介だ。まごまごすると鰤の代わりに、こっちの胴体が飛ばされてしまう。殉職した警官や、藻屑になった漁民が何人あるかわからない……といった状態で、アレヨアレヨと言ううちに、対州鰤をアトカタもなくタタキつけた連中が、今度は鋒先を転じて、南△沿海の鯖を逐いまわし始めた。

きゃつらが乗っている船は、どれもこれも申し合わせたように一丈かそこらの木ッ葉船だ。一梃の櫓と一枚か二枚の継ぎはぎ帆で、自由自在に三十六灘を突破しながら「絶海遙かにめぐる赤間関」とくる。そこで眼ざす鯖の群れが青海原に見えて来ると、一人は艫にまわって潮銹のついた一梃櫓を押す。一人は手製の爆弾と巻き線香を持って舳先に立ち上がるのだ。このバッテリーの呼吸がうまく合わないと、生命がけのファインプレイができないのだ。

手製の爆弾というのは何でもない。炭坑夫が使うダイナマイト……俗にハッパというやつだ。ビンツケみたいにネバネバしたやつを二、三本握り固めて、×××××××××××らいの大きさになった上から、××××××ギリギリギリギリと石のように巻き固めたら、それで出来上がりだ。そいつを左手に持ちながら立ち上がって、波の下に渦巻く魚群を見い見い導火線を切る。この導火線の寸法がまた、きゃつらの永年の熟練からきているので、魚群の巨大さや深さによってとっさの間に見計らいをつけるのだからナカナカ難しい。……その導火線を差し込んだ爆薬を右手に持ち換えて……左利きのやつも時々いるそうだが……片手に火をつけた巻き線香を持ちながら、両方の切り口を唇に近づける。背後を振り返って、

「ソロソロ漕げ……ソロソロ……ソロソロ……」

と呼吸を計っているうちに、導火線の切り口と線香の火をクッつけて……フッ……と吹く。……シュッシュッ……ときたやつをモウ一度、見計らって一気に投げる。はるかの水面に落ちて泡を引きながらグングン沈む。水面下に大渦を巻いている鯖の大群の中心に来たと思うころ、ビシイインという震動が船に来て、波の間から電光形の潮飛沫がほとばしる。……ソレッ……というので漕ぎつけるとサア浮くわ浮くわ。何しろ何十万ともわからない魚群の中心で破裂するんだからタマラない。五、六間四方ぐらいは背骨が切れる。臓腑が吹き出す。十四、五間四方ぐらいは急激脳震盪を起こして引っくり返る。その外側の二十間四方ぐらいのやつは眼をまわして、あとからあとから海面がまっ白になるほど浮き上がる。その中を漕ぎまわる。掬う。漕ぐ。掬う。瞬くうちに船一パ

イになったら、残余はソレキリ打っちゃらかしだ。もったいないが惜しいことはない。タカダカ三円か五円ソコラの一発だからね。マゴマゴして巡邏（じゅんら）船にでも見つかったらめんどうだ。

そりゃあ危険なことといったら日本一だろう。その導火線を切り損ねて、手足や頭を飛ばしたやつがまた、何百何千いるか知れないんだが、そんなのは公々然と治療もできなければ葬式も出せない。十中八、九は水葬礼だが、これとても惜しい生命じゃないらしい。

論より証拠……春鯖から秋鯖の時季にかけて、南△△の津々浦々をまわって見たまえ。到る処に白首（しろくび）の店が、押すな押すなで軒を並べて、弦歌の声、湧くがごとしだ。男も女も、老爺（じじい）も若造も、手拍子をそろえて歌っているんだ。

「百円紙幣（さつ）がア　浮いて来たア
百円紙幣がア　浮いて来たア
ドオンと一発　つかみ取りイ
浮いたア浮いたア　エッサッサア
浮いたア浮いたア　エッサッサア
お前が抱かれて　くれるならア
片手や片足　何のそのオー

首でも胴でも　スットコトン
明日の生命が　スットコトン
スットコスットコ　スットコトン・

浮いたア浮いたア　エッサッサア
百円紙幣がア　浮いて来たア……」

とくるんだ。どうだい……コイツがやめられるかどうか考えてみたまえ。

こうして財布の底までハタイてしまうと、明日はまた、「一葉の扁舟、万里の風」だ。「海上の明月、潮と共に生ず」だ。彼らの鴨緑江節（おうりょっこうぶし）を聞きたまえ……。

「朝鮮とオ――
内地ざかいのアノ日本海イ――
揚げたア――片帆がア――アノよけれエ――ど――もオ――。ヨイショ……
月は涯（は）てし――も――ヨッコラ波枕ヨオ――いつかまたア――女郎衆のオ――膝枕（ひざまくら）ア――」

とくるんだからやりきれないだろう。海国男児の真骨頂だね。

そのうちにまた、ドオンと来る。五千、一万の鯖（さば）が船一パイに盛り上がる。コイツを発動機船の沖買いが一尾二、三銭か四、五銭ぐらいの現金（ナマ）で引き取って、持って来る処が下関の彦島か六連島(むつれ)あたりだ。そこで一尾七、八銭当たりで上陸して、汽車に乗って大阪へ着くと、ドンナに安くても十四、五銭以下では泳がない。君らは二十銭以下の大鯖を食ったことがあるかい。ないだろう。どのくらい儲(もう)かるかは、この一事をもって推して知るべしだよ。

　ところでサア……こうなるといわゆる、資本家連中が棄てておかない。今でも××の海岸にズラリと軒を並べている「友(かねとも)とか○金とかいう網元へ船を漕ぎつけた漁師が、仕事をさしてくれと頼むかね……そうすると店の番頭か手代みたようなやつが、物陰へ引っぱり込んで、片手で投げるような真似をしながら「やるか」ときく。そこで手を振って、「とんでもない、そんなことは……」とか何とか言おうもんなら、文句なしに追っ払いだ。誰一人雇い手がないというんだから凄(すご)いだろう

　そればかりじゃない。そうした各地の網元の背景には皆それぞれの金権、政権が動いているのだ。その頭株が最初に言ったような連中だが、その配下(てあい)に到っては数限りもない。みんなこの爆薬の密売買だの爆弾漁業だので産を成した輩ばかりだ。しかも彼らが爆弾漁業者……略して「ドン」というが、そのドン連中に渡すダイナマイトというのが、一本残らず××の××××から出たものだ。×や×や、×、×、×の刻印を打ったパリパリなんだから舌を巻くだろう。

　どこから手にいれるかって君、聞くだけ野暮だよ。あながちにこの△△ばかりとは言わない。全国各地の炭山、金山、鉱山の中に、本気で試掘を出願しているのがドレくら

いあると思う。すくなくとも半分以上は、この「ドン」欲しさの試掘願いだと言っても過言じゃない。しかもその願書の裏を手繰っていくとまた、一つ残らず、最初に言った巨頭連中の中の、どれかに引っかかっていくことは、吾輩(わがはい)が首を賭(か)けて保証していいのだ。……同時に彼ら巨頭連が、こうした非合法手段で巨万の富を作りつつ、一方に極力、不正漁業を奨励して天与の産業を破壊していることその事が、いかに赤い主義者や、×××の凶悪運動を庇護(ひご)、助長しているか。日本民族の将来の発展に対して、いかに甚だしい障害を与えているか……という事実は、吾輩が改めて説明するまでもないだろう。

　ところが今言った巨頭連中は、そんなことなんかテンデ問題にしていないのだ。……○令……△△令、糞(くそ)を食らえだ。いよいよ団結を固くして、ますます大資本を集中しつつ、全国的に鋭敏な爆薬取り引き網を作っていく。それが現在、ドレくらいの大きさと深さを持っているかはあの報告書を引っぱり出すまでもない。吾輩の話だけでもアラカタ見当がつくだろう。

　そこで、こんなふうに爆弾漁業が大仕掛けになって横行し始めると、何よりも先にタマラないのは、言うまでもなく△△沿岸五十万の普通漁民だ。

しかも絶滅していくのは鯖ばかりじゃない。全然爆薬の音を聞かされたことのない、ほかの魚群までもが、テンキリ岸に寄りつかないから、事、重大だろう。

……ウン……そりゃあ実際、不思議な現象なんだ。専門の漁師に聞いたって、この重大現象の理由はわからない。魚同士が沖で知らせ合うんだろう……ぐらいの説明で片づけている……いわば海洋の神秘作用といってもいい怪現象なんだが、コイツを科学的に研究してみると何でもない。すこぶる簡単な理由なんだ。

そもそも鯖とか、鰯とかいう回遊魚類が、沿岸に寄って来る理由はタッタ一つ……その沿岸の水中一面に発生するプランクトンといって、寒冷紗の目にヤット引っかかる程度の原生虫、幼虫、緑草、珪草、虫藻なぞいう微生物を食いに来るのが目的なんだ。だからその寄って来る魚群を温柔しく網で引いて取れば、プランクトンはいつまでも、いつまでも居残って、あとからあとから魚群を迎えることになる。発動機船の底曳き網でも、かなり徹底的に、沿岸の魚獲を引っさらって行くには行くが、それでもプランクトンだけは確実に残して行くのだ。

ところが爆弾とくると正反対だ。あっちでもズドン、こっちでもビシンと爆発して、生き残った魚群の神経に猛烈な印象をタタキ込むばかりでない。そこいらの水とおんなじぐらいに微弱なプランクトンの一粒一粒を、そのショックの伝わる限り、ステキに遠い処までも一ペンに死滅させて行くんだからタマラない。……対州が何よりのお手本だ。……餌のない海に用はないというので、魚群は年々、陸地から遠ざかって行くばかり……朝鮮海峡をサッサと素通りするようになる。年額七百万円の鯖が五百万、二百万とみるみるうちにタタキ下げられていく。税金が納められないどころの騒ぎじゃない。小網元の倒産が踵を接して陸続する。吾輩が植えつけた五十万の漁民が、眼の前でバタバタと飢え死にしていくのだ。

ここにおいて吾輩は猛然として立ち上がった。実際、臓腑のドン底から慄え上がってしまったのだ。……爆弾漁業、殲滅すべし。鮮海五十万の漁民を救わざるべからず……というので、第一着に総督府の了解を得て、各道の司法当局に檄を飛ばした。続いて東京の各省の了解の下に、北九州、山陰山陽の各県水産試験場、南鮮の各重要諸港で、十二ノット以上の発動機船を準備してもらったやつに、武装警官を乗り組ませて、ドン船と見たら容赦なく銃口を向けさせる。これは対州の警察がなめさせられた苦い経験から割り出した最後手段だ。一方にそのころまだ鎮海湾にいた水雷艇隊を動かしてもらって、南鮮沿岸を櫛の歯で梳くように一掃してもらうことになった。……というのは吾輩が、司令官の武重中将を膝詰め談判で動かした結果だったがね。

とにかくコンナ調子で、爆弾漁業を本気で掃蕩し始めたのはこの時が最初だったものだから、その騒動といったらなかったよ。南鮮沿岸は煮えくり返るような評判だった。

ところがここに、お恥ずかしいことには、吾輩、元来、漁師向きに生まれついただけあって、頭が単純にできているんだね。そんなふうに吾輩の弁力あらん限りを動員して、爆弾漁業と青眼に切り結んだところはりっぱだったが、その当の相手の爆弾業者の背景に、どんな大きな力が隠れているか……彼らが何ゆえに×××の「花スタンプ」つきの爆薬を使っているか……なぞいうことを、そのころまで夢にも念頭に置いていなかったんだから何にもならない……。要するに単純な、無鉄砲な漁師どものアバズレ仕事とばかり思い込んでいたものだから、一気に片づけるつもりで追いまわしてみると、どうしてどうして、水雷艇や巡邏船が百艘や二百艘かかったってビクともしない相手であることが、一、二年経つうちにだんだんとわかってきたもんだ。

第一に驚かされたのはきゃつらの船の数だった。石川や浜の真砂どころではない。△南、△北沿海の警察の留置場が満員するほど引っ捕えても、どこをドウしたかわからないくらいおびただしい船が、抜けつ潜りつ荒しまわる。朝鮮名物の蠅と同様、南×沿海に鉄条網でも張り回さなければ防ぎ切れそうに見えないのだ。

それから第二に手を焼いたのは、その密漁手段の巧妙なことだ。「ドーン」という音を聞きつけた見張りの水雷艇が、テッキリあの舟だというので乗りつけてみると、はたせるかなピチピチした鯖を満載している。そこで「この鯖をドウして獲ったか」と詰問すると澄ましたものだ。古ぼけた一本釣りの道具を出して「ちょうど大群に行き当たりましたので……」という。「しかしタッタ今聞こえたのは確かに爆薬の音だ。ほかに船がいないから貴様たちに違いあるまい」と睨みつけると頭をかいてセセラ笑いながら「そんなら船を陸に着けますから、一つ調べておくんなさい」とくる。そこで言うとおりにしてみるとなるほど巻き線香のカケラも見当たらないから……ナアーンダイ……というので釈放する。実に張り合いのない話だが、しかし考えてみると無理もないだろう。水兵や警官は漁師じゃないんだからね。密漁船の連中が持っている一本釣りの道具が、本物かそれともごまかし用の役に立たないものかといったような鑑別が一眼でできようはずがない。とりあえず糸を引っ切ってみれば、タッタ今まで使ったものかどうかはわれわれの眼に一目瞭然なんだが……密漁船になくてはならぬ巻き線香だって、イザという時に海に投げ込めばアトカタもない。もっとも生命から二番目のダイナマイトはなかなか手離さないが、その隠匿しどころがまた、実に、驚くべく巧妙なものなんだ。帆柱を立てる腕木をくり抜いたり、船の底から丈夫な糸で吊るしたり、沢庵漬けの肉をえぐって詰め込んだり、飯櫃の底を二重にしていたりする。そのほか、狭い舟の中でアラユル巧妙な細工をしている上に、万一あぶないとなれば鼻の先で手を洗う振りをしながらソッと水の中に落とし込む。その大胆巧妙さといったら実に舌を巻くばかりで、天勝の手品以上の手練を持っているんだからトテモ生やさしいことで捕まるものでない。何しろきゃつらは対州鰤時代に手厳しい体験を潜って来ているんだからね。……そこで吾輩はモウ一度、引っ返して、各道の判検事や警察官に、爆弾船の検挙、裁判方法を講演してまわるという狼狽のしかただ。泥棒を見て縄をなうのじゃない。追っかけながら藁を打つんだから、およそ醜態といってもコレくらいの醜態はなかったね。

　ところがここでまた一つ……一番最後に驚かされたのは、吾輩のそうした講演を聞きに来ている××官や、××事連中の態度だ。先生がお役目半分に、しぶしぶ聞きに来ている態度はまあいいとして、その大部分が本当に気乗りがしていないばかりじゃない。何となく吾輩の演説を冷笑的な気分で聞いていることが、最初から吾輩の頭にピインときたもんだ。これは演壇に慣れた人間に特有の直感だがね。……のみならず中には反抗的な態度や、嘲笑的な語気でもって質問を浴びせてくるやつがいる。しかもその質問というのが十人が十人紋切り型だ。

「一体、爆弾漁業というものは違法なものでしょうか。……巾着網よりも底曳き網の方が有利だ……底曳き網よりも爆弾漁業の方が多量の収穫を挙げる……というだけの話で、要するに比較的収益が多いというだけのものじゃないですか。……だからこれを犯罪とせずに正当の漁業として認可したらかえって国益になりはしまいか。これを禁止するのは炭坑夫にダイナマイトを使うな……と言うのと、おなじ意味になるのじゃないですか」

と言うのだ。……どうも法律屋の議論というものは吾輩は苦手なんでね。われわれみたいな粗雑っぽい頭では、どこに虚構があるか見当がつかないんだ。そこでやむをえず受け太刀にまわって、△△沿海の漁民五十万の死活に関する所以を懇々と説明すると、

「それならばその普通漁民も、ほかの方法で鯖を漁る方針にしたらいいでしょう。△△沿海に魚がいなくなったら、露領へでも南洋にでも進出したらいいじゃないですか」

と漁業通を通り越したような無茶を言い出す。ドウセ無責任と無知をサラケ出した逃げ口上だがね。そこで吾輩がやっきとなって、

「それでも銃砲火薬類の取り締まり上、由々しき問題ではないか」

と逆襲すると、

「それは内地の司法当局の仕事でわれわれに責任はありません」

と逃げる。実に腸が煮えくり返るようだが、何を言うにもソウいう相手にお願いしなければ取り締まりができないのだからやむをえない。情けなく、泣く泣く頭を下げて、

「とにかくソンナ事情ですから、せっかく定着しかけた五十万の内地漁民を助けると思って、何分の御声援を……」

と頼み入ると、彼らは冷然たるもので、

「それはまあ、×××の命令ならやってみましょうが、何しろわれわれは陸上の仕事だけでも手が足りないのですからね」

といったような棄て科白でサッサと引き上げてしまう。けしからんといったって、コレくらいけしからん話はない。無念……残念……と思いながらきゃつらの退場する背後姿を、壇上から睨みつけたことが何度あったかわからないが、思えばこの時の吾輩こそ、大馬鹿の大馬鹿三太郎だったのだね。

こんな事実がたび重なるうちに……吾輩ヤット気がついたもんだ。君だってここまで聞いてくればたいてい、感づいているだろう。……ウンウン。そのとおりなんだ。明言したってかまわない。爆弾密売買の元締め連中の手が××の司法関係にまで行きまわっているんだ。何しろその当時の××の官吏ときたら、△××の官制が発布されたばかりの植民地気分のホヤホヤ時代だからね。月給の高いのを目標に集まって来たような連中ばかりだから、内地の官吏よりもズット素質が落ちていたのはやむをえないだろう。…

…それと気がついた吾輩は、それこそ地団太を踏んで口惜しがったものだ。地団太の踏み方がチットばかり遅かったが仕方がない。

そこでボンヤリながらもそうと気がつくと同時に吾輩は、ピッタリと講演をやめてしまって、爆弾漁業の本拠探りに没頭したもんだ。まず手ごろの人間で吾輩のスパイになってくれる者はいないか……としきりに近まわりの人間を物色してみたが、それにしてもウッカリしたやつにこの大事は明かせない。何しろ五十万人の死活問題を背負って立つだけの器量と、覚悟を持ったやつでなければならない上に、ドンの背景となっている連中がまた、ドレくらいの大物なのか見当がつかないのだから、とりあえず佐倉宗五郎以上の鉄石心が必要だ。もちろん組合の費用は全部、費消ってもかまわない覚悟はきめていたわけだがそれでも多寡は知れている。それを承知で活躍する人間といったら、当然、吾輩以上の道楽気がなくちゃならんだろう……ハテ……そんな素晴らしい変わり者が、この世界にいるかしらんと、眼を皿のようにして見回しているところへ、天なるかな、命なるかな。思いもかけない風来坊が吾輩の懐中へ転がり込んで来る段取りになった。

……ところでドウダイもう一パイ……相手をしてくれんと吾輩が飲めん。飲まんと舌がもつれるというアル中患者だからやむをえんだろう……取り調べの一手にソンナのがありゃせんか……アッハッハッ……。

ナニ。この三杯酢かい。こいつは大丈夫だよ。林青年の手料理だが、新鮮無類の「北枕」……一名ナメラという一番スゴイ鰒の赤肝だ。御覧のとおり雁皮みたいに薄切りしたやつを、二時間以上も谷川の水でサラシた斯界極上の珍味なんだ。コイツを味わわなければ共に鰒を語るに足らずという……どうだい……ステキだろう。ハハハ……酒の味が違ってくるだろう。

いよいよこれから吾輩が、林の親仁を使って爆弾漁業退治に取りかかる一幕だ。サア返盃……。

ナニ。林のおやじ……？　ウン。あの若い朝鮮人……林の親父だよ。まだ話さなかったっけな……アハハハ。少々酔ったと見えて話が先走ったわい。

何を隠そうあの林という青年は朝鮮人じゃないんだ。林友吉という爆弾漁業者の一人息子で友太郎というりっぱな日本人だ。あいつの一身上の事を話すと、優に一編の哀史が出来上がるんだが、要するにあいつのおやじの林友吉というのは筑後柳河の漁師だったところが、若いうちに、自分の嬶とその間男をした界隈きっての無頼漢を叩き切って、八つになる友太郎を一人引っ抱えたまま着のみ着のままで故郷を飛び出して爆弾漁業者の群れに飛び込んだという熱血漢だ。

ところがこの友吉という親仁が、持って生まれた利かぬ気の上に、一種の鋭い直感力を持っていたらしいんだね。いつの間にか爆薬密売買の手筋を呑み込んでしまって、独力で格安な品物を仕入れては仲間に売る。彼ら仲間で言う「抜け玉」とか「コボレ」とかいうやつだ。そうかと思うと沖買いの呼吸を握り込んで「売るなら買おう」「買うなら売るぞ」「捕るなら腕で来い」といったスゴイ調子で、南鮮沿海を荒らしまわること五年間……悴の友太郎も十歳の年から櫓柄につかまって玄海の荒浪を押し切った。……親父と一緒に料理屋へも上がった……というんだから相当のシロモノだろう。

しかるにコイツが、ほかの爆弾連中の気に入らなかった……と言うよりも、彼らの背後から統制している巨頭連の眼障りになってきた……と言った方が適切だろう。

忘れもしない明治四十五年の九月の五日だった。吾輩がこの絶影島の裏手の方へ、タッタ一人で一本釣りに出た帰り途にフト見ると、遙かの海岸の浪に包まれた岩の上に、打ち上げられたような人間が一人横たわっている。その上に十二、三ぐらいの子供が取りすがって泣いている様子だから、おかしいと思い思い、危険を冒して近寄ってみると、倒れているのは痩せコケタ中年男だが、全身紫色になった血まみれ姿だ。そこでいよいよ驚きながら、何はともあれ子供と一緒に舟へ収容して、シクシク泣いているやつに様子を聞いてみると、こんな話だ。

「……ウチの父さんが昨日、この向こうでドンをやっていたらどこからか望遠鏡で覗いていた水雷艇に捕まって、××の警察に引っぱって行かれた。……その時にウチはメチャクチャに泣き出して、父さんの頸にカジリついて、イクラ叱られても離れなかった。……そうしたら警察の奥の方から出て来た紋付袴のりっぱな人が、ウチたちをジロジロ見て、警部さんに許してやれと言うたので、タッタ一晩警察に寝かされただけで、きょうの正午過ぎに釈放された上に、舟まで返してもらった。父さんはたいそう喜んで、お前の手柄だと言って賞めてくれた。

……そうしたらまた……××の南浜から船に乗って、××島を回ると間もなく、荒くれ男を大勢載せた、正体のわからない発動機船が一艘、どこからか出て来て、父さんを捉まえて踏んだり蹴ったりしたから、ウチもその中の一人の向こう脛にかみついてやったら、一気に海へ蹴込まれてしもうた。……ウチの父さんは、平常から小型な、鱶捕りの短導火線弾を四ッ五ッと、舶来の機械マッチを準備していた。これさえあれば発動機船の一艘二艘、物は言わせんと言うとったのに、××の警察で取り上げられてしもうたおかげで負けてしまった。それが残念で残念でしようがない。

……そのうちに発動機船は、父さんの身体を海に投げ込んでウチたちの舟を曳いたままどこかへ行ってしまった。その時に波の間を泳いでいたウチはすぐに父さんの身体に取りついて、頭を抱えながら仰向き泳ぎをして、一所懸命であの岩の上まで来たけれど、向こうが絶壁で登りようがない。そのうちに汐がさして来て、岩の上が狭くなったから、どこかへ泳いで行くつもりで、父さんの耳に口を当て『待っておいで……讐敵を取ってやるから』と言っていた。そうしたら先生が来て助けてくれた。……ウチは今年十二になる。ドンは怖くない。おもしろい……」

というのだ。ウンとてもシッカリしたやつなんだ。第一そう言う面魂が尋常じゃなかったよ。お乳母日傘でハトポッポーなんていったやつとは育ちが違うんだからね……。

……ウンウン。そうなんだ。つまり彼ら仲間のいわゆる「私刑」に処せられたわけだ。

その紋付袴の男が誰だったか、今だに調べてもいないが、むろん調べるまでもない。林友吉の頭脳と仕事ぶりを警戒していた、××の有力者の一人に相違ないのだ。そいつが友吉親子の顔を見知っていたので、それとなくもらい下げて追い放したやつを、外海で待ち伏せていたものに違いないね。……もっとも友吉おやじがその筋の手にかかったのはこの時が皮切りだったから、あるいは余計な事でもしゃべられては困る……という算段だったかもしれないがね……。

とにかく、そんなわけで舟を漕ぎ漕ぎ友太郎の話を聞いていくうちに、アラカタの事情がわかると吾輩大いに考えたよ。……待て待て……この子供を育て上げて、この復讐心を利用しながら爆薬漁業の裏道を探らせたら、存外おもしろく成績が上がるかもしらん。かなり気の永い話だが五年や十年で絶滅する不正爆薬ではあるまいし、急がば回れということもある。それにはこの死骸を極秘密裡に片づけて、悴を日陰者にしないようにしなければならぬ。普通の墓地に葬って墓を建ててやらねばならぬが、何とか名案はないものか……といろいろ考えまわしているうちに××港に入った。そこで夕暗に紛れて本町一丁目の魚市場の陰に舟を寄せると、吾輩の麦稈帽を眉深に冠せた友吉の死体を西洋手拭いで頬冠りした吾輩の背中に帯でくくりつけた。片手に友太郎の手をひいて、ほど近い渡船場際の医者の家へたどりついたものだが、その苦心といったらなかったよ。夕方になると市が立って、××人がゾロゾロ出て来る処だからね。

ところでまた、その医者というのが吾輩の親友で、鶴髪、童顔、白髯というりっぱな風采の先生だったが、トテモしょうのない泥酔漢の貧乏老爺なんだ。そいつが吾輩と同様独身者の晩酌で、羽化登仙しかけている処へ、友吉の死体を担ぎ込んで、何でもいいから黙って死亡診断書を書いてくれと言うと、鶴髪童顔先生、フラフラの大ニコニコで念入りに診察していたが、そのうちに大声で笑い出したものだ。

「……アッハッハッハッ。せっかく持って来なすったが、これは死亡診断を書くわけにいかんわい。まだ脈があるようじゃ。アッハッハッハッハッ……」

という御託宣だ。……ばかばかしい。何を吐かす……とは思ったが、悴が飛び上がって喜ぶし、呑兵衛ドクトルも、

「……拙者が請け合って預かろう。行くか行かんか注射をしてみたい……」

と言うから、どうでもなれと思ってかってにさしておいたら……ドウダイ。二日目の朝になったら、眼を開いて口を利くようになった。

傷口も処々乾いて来た。熱ももう引き加減……という報告じゃないか。呑兵衛先生、案外の名医だったんだね。おまけに悴の友太郎がまた、古今無双の親孝行者で、二晩の間ツラリともしない介抱ぶりには、さすがのワシも泣かされた……という老医師の涙語りだ。

そこで吾輩もヤット安心して、組合の仕事に没頭しているうちに、忘れるともなく忘れていると、二、三週間経つうちにそれまでチョイチョイ吾輩の処へ飲みに来ていた老医師がパッタリと来なくなった。……ハテ、おかしい……もしや患者の容態が変わった

のじゃないかしらん。それとも呑兵衛先生御自身が、中気にでもかかったのじゃないかしらん……と考えているうちに、急に心配になってきたから、チットばかりの金を懐中に入れて、医院の門口から覗き込んでみると、開いた口が三十分ばかり塞がらなかった。鬚だらけの脱獄囚みたいな友吉おやじと、鶴髪、童顔、長髯の神仙じみた老ドクトルが、グラグラ煮立った味噌汁と虎鰒の鉢をまん中に、片肌脱ぎか何かの差し向かいで、熱燗のコップを交換しているじゃないか。おまけに酌をしている悴の友太郎を捕まえて、

「……野郎。この事を轟の親方に告げ口しやがったらタラバ蟹の中へタタキ込むぞ」

と怒鳴っているのには腰を抜かしたよ。医者が医者なら病人も病人だ。世の中にはドンナ豪傑がいるか知れたものじゃない。……むろん吾輩の方から低頭平身して仲間に入れてもらったが、その席上で友吉おやじは吾輩の前に両手をついて涙を流した。

「……もうもうドン商売は思い切りました。これを御縁にあなたの乾児にして、小使いでも何でもいい、一生を飼い殺しにして下さい。悴を一人前の人間に仕立てて下さい。給金なんぞは思いも寄らぬ。生命でも何でも差し出します」

という誠意満面の頼みだ。

吾輩が、そこで大呑み込みに呑み込んだのは言うまでもない。

そこで今まで使っていた鮮人に暇を出して、鬚だらけの友吉おやじを追い使うことになったが、そのうちに機会を見て、吾輩の胸中を打ち明けてみると、友吉おやじ驚くかと思いのほか平気の平左でアザ笑ったもんだ。

「……へへへ……そのお話なら私がスパイになるまでもございません。とりあえず私が存じておりますだけしゃべってみましょう。それで足りなければ探ってもみましょうが……」

と言うのでペラペラやり出したのを聞いているうちに、吾輩ふるえ上がってしまったよ。この貧乏な瘠せおやじが、天下無双の爆薬密売買とドン漁業通の上に、いわゆる、千里眼、順風耳の所有者だということを、この時まで知らなかったんだからね。

とりあえず匕首を咽喉元に突きつけられたような気がしたのは××から△×にわたるドン漁業の十数年来の根拠地が、吾輩の足元の××××だという事実だった。

「……それが虚構だと言わっしゃるなら、この窓の処へ来て見さっせえ。あの向こうに見える××島のズット右手にりっぱな西洋館が建っておりましょう。あのお屋敷は、先生の御親友で××一番の乾物問屋の親方さんのお屋敷と思いますが、あの西洋館の地下室に詰まっている乾物の中味をお調べになったことがありますかね」

ときたもんだ。

燈台下暗しにも何にも、吾輩はその親友と前の晩に千芳閣で痛飲したばかりのところだったから、言葉も出ずに赤面させられてしまった。

「……お気に障ったらごめんなさいですが、林友吉はけっしてお座なりは申しまっせん。日本内地から爆薬を、一番安く踏み倒して買うのが、あのお屋敷なんです。アラカタ一本七十五銭平均ぐらいにしか当たりますまい。お顔と財産が利いている上に現金払いですから、安全なことはこの上なしですがね。

爆弾の出先は何といっても××の炭坑(やま)が第一です。一本十銭か十五銭ぐらいで坑夫に売るのですが、その本数を事務所でごまかして一本三十銭から五十銭で売り出す……ズット以前の取り引きですと、手ごろの柳行李(やなぎごうり)に一パイ詰めたやつを、どこかの横露地で、顔のわからない夕方に出会った鳥打ち帽子のインバネス同士が右から左に無言(だんまり)で現金と引き換える……だから揚げられても相手の顔はわからんわからんで突っ張り通したものですが、今ではソンナ苦労はしません。電車や汽車の中で大ビラに鞄(かばん)を交換するのです。……売るやつはたいてい炭坑関係かその地方の人間で、買うやつは専門の仲買いか各地の網元の手先です。そんな連中の鞄の持ち方は、仲間に入ってみると、すぐにわかりますからね。以心伝心で、傍に寄って来て鞄を並べて置いてから、平気な顔で煙草の火を借りる。一緒に食堂に行って話をきめる。途中の廊下で金を渡して、駅に着いてから相手の鞄を片手に……さようなら……とくるのが紋切り型です。三等車でやってもおなじことですが、けっして間違いはありません。一度でもインチキをやったやつは、永い日の目を見た例(ためし)がありませんからね。

……そんな仲買い連中は若松や福岡にもポツリポツリいるにはおります。しかしそんな爆薬のホントウに集まる根城というのが、四国の××海岸だという事は、いかな轟先生でも御存じなかったでしょう。今の××の議員になってござる赤沢という華族様の生まれ故郷と申し上げたら、おわかりになりましょうが、昔から爆弾村(ドンむら)と言われた処で、今の赤沢様が、その総元締めをしてござるのです。そのまた、総元締めの配下になってござる大元締めというのが、やはり日本でも指折りの豪い人たちばっかりですが、その人たちの手から爆弾村へ集まって来た爆薬が、チッポケな帆前に乗って宇和島をまわって、周防灘から関門海峡をノホホンで通り抜けます。昨日の朝の西南風ならまず六連沖へ出て、日本海にマギレ込みましょう。それから今朝の北東風に片尻をかけて、ちょうど今時分、××沖へかかる順序ですが……ホーラ御覧なさい。あの馬山通いの背後から一艘、二艘……そのアトから追いついて来る足の速いのも……アノ三艘の片帆の中で、どれでもええからつかまえて、船頭と話してごらんなさい。四国訛りじゃったら、船の中に一梱や二梱の爆薬は請け合います。松魚の荷に作ってあるかもしれませんが、あの乾物屋さんにあてた送り状なら税関でも大ビラでしょう。荷物をつけてみたら一ペンにわかることです。

……そのほかに爆薬の出る処は、大連と上海ですが、上海のは大きい代わりにめったに出ません。おまけにイギリスかフランス製の上等品で、高価い上に使い勝手が違うのが疵です。大連のはやはり日本の×印か×印ですが、これは大連から逆戻りして来る分量よりも、奥地へ入る分量の方がヨッポド大きい。……どこへ落ち着くのか用がないから探ってもみませんが、××、××から、〇〇の奥地へ入る爆薬は大変なものです。その中の一箱か二箱がタマに抜け出して××へ来るので、ドウカすると内地のものより安いことがあります。これは××の兵隊か役人が盗んで来たものだそうですが、それだけに油断もできません。ひどいやつになると玉蜀黍(とうもろこし)の食い殻に油を浸したやつを、柳行李一パイ百円ぐらいでつかまされたことがあるそうです。

……ところでイヨイヨ、××内地に来ますと、ソンナ爆薬の集まる処が、この××のほかに二、三か所あります。

……○北の××浦は何といっても××の次でしょう。もっとも××に来た爆薬は、あのお屋敷の地下室に入るだけですが、××浦の方はチット乱暴で、人里離れた海岸の砂の中に埋めてあるのです。私が今度、こんな目に会いましたのも、多分、この案内を嗅(か)ぎつけたことを知って、××の方へ手(ズキ)をまわしたのでしょう。

……それから××浦の次は×項と×口で、ここは将来有力な爆薬の根拠地(たまり)になる見込みがあります。この三か所は××と違って、○○か、○○○ぐらいが駐在している処ですから、丸め込むにしても大した手数はかからんでしょう。○○○の連中でも、みんなうまいことをしておりますので、その地方地方での一番の有力者が皆、爆薬の元締(ドン)めになっているのですから世話が焼けません。……そのほか四、五月ごろの××島、五、六、七月ごろの○○島、××村、九、十、十一月の××、××津、○浦、九××、××、○山方面へ行ってごらんなさい。先生のように爆弾漁業を不正漁業なんて言っている者は一人もおりませんよ。ドン大明神様々というので、×××でも一身代作っている×人がいるくらいです。尋常に巾着(きんちゃく)網や、長瀬網を引いているやつは、馬鹿みたようなもんで……ヘエ……。

……そのほかに爆薬の出て来る処はないか……とおっしゃるのですか。ヘエ。そりゃあるという噂は確かに聞いておりますが、本当か虚構かは私も保証できません。つまりそこ、ここの火薬庫の主任が、一生一代の大きなサバを読んで渡すことがあるそうで、××や、××の火薬庫の爆発は、その帳尻をごまかすためにやったものだともいいます。そのほか大勢で火薬庫を襲撃した事件もあると申しますが、ドンナものでしょうか。新聞には出ていたそうですが……。

……そんな大物の捌け口が、ドン方面ばっかりでないことは保証できます。ロシアや、支那に売り込んで行く様子も、この眼で見たんですからいつでも現場に御案内致しますが、しかし値段のところはちょっと見当がつきかねます。何でも××から〇〇を越えると爆弾の値段が二倍になる。×××境の××江を渡ると四倍になるんだそうですが、これは拳銃でも何でも、禁制品はミンナ同じことでしょう。売国行為だか何だか存じませんが、儲かることは請け合いで……エヘヘヘヘヘ……」

黙って聞いていた吾輩は、この笑い声を聞くと同時に、横ッ腹からゾーッとしてきたよ。話の内容がアンマリ凄いのと、思い切りヒネクレた友吉おやじの平気な話ぶりに、打たれたんだね。吾輩はその時にドッカリと椅子にヘタバリ込んだ。腕を組んで瞑目沈思したもんだ。気を落ち着けようとしたが、武者振るいが出てしまうがなかったもんだ。

しかしそのうちに机を一つドカンと敲いて決心を据えると吾輩は、友吉親子を連れてコッソリと××を脱け出した。何よりも先に対岸の福岡県に馳けつけて、旧友の佐々木

○○を説き伏せて、できたばっかりの警備船、神港丸を試運転の名目で借り出した。速力十六ノットという優秀な密漁船の追跡用だったが、まだ乗組員も何も定まっていなかった。こいつに油と食糧を積み込んで、友吉親子に操縦法を仕込みながら、西は大連営口から南は巨済島、巨文島、北は元山、清津、豆満江から、露領沿海州に到るまで要所要所を視察してまわること半年余り……いかな太っ腹の佐々木○○も内心大いに心配していたというが、それはそのはずだ。電報一本、葉書一枚行く先から出さないんだからね。大いに謝罪ってガチャガチャになった船を返すと、その足で××に引っ返して、友吉親子もろ共に山内閣下にお目にかかった。むろん官邸の一室で、十時過ぎに勝手口から案内されたもんだが、思いもかけない藁塚産業課長が同席して、吾輩と友吉おやじの視察談を、夜通しがかりに聞き取ってくれたのは、感謝したよ。友吉親子一代の光栄だね。

その結果、藁塚産業課長が急遽上京して、内務省、司法省、農商務省、陸海軍省と重要な打ち合わせをする。その結果、×××道の警察、裁判所に厳重な達示が回って、鉄砲火薬類取り締まりの粛正、不正漁業徹底殲滅の指令が下る。しかも××府から指導のために出張した検事正や、警視連の指す処が一々不思議なほど図星にあたる。各地の有力者が続々と検挙される。その留守宅の床下や地下室、所有漁場の海岸の砂ッ原、岩穴の奥、または妾宅の天井裏や泉水の底なぞから、続々証拠物件が引き上げられるという、実に疾風迅雷式の手配りだ。ここいらが山内式のスゴ味だったかもしれないがね。

そりゃあ嬉しかったとも……吹けば飛ぶようなわれわれの報告が物を言い過ぎるくらい、言ったんだからね……。

しかしソンナことはオクビにも出せない。むろん×××の方でも御同様だったに違いないが、その代わりに今後、爆薬漁業の取り締まりについては、万事、漁業組合長、轟技師の指導を受くべし……といったような命令が、各道の官庁にまわったらしい。吾輩の講演を依頼する向きがソレ以来激増してきたのには面くらった。一時は、お座敷がブツカリ合ってやりくりがつかないほどの盛況をたくましゅうしたもんだ。さすがのドン様ドン様連中も、もはやイケナイと覚悟したらしいんだね。実に現金な、あさはかな話だとは思ったが、しかし悪い気持ちはしなかったよ。とにもかくにもソンナ調子で南鮮沿海からドンの声が消え失せてしまった。それにつれて沿岸から遠ざかっていた鯖の回遊がダンダンと海岸線へ接近し始めたので、漁師連中は喜ぶまいことか……轟様、轟様……というので後光がさすような持て方だ。

吾輩の得意、想うべしだね。「ソレ見ろ」というので友吉おやじと赤い舌を出し合ったが、これというのも要するに、あの呑兵衛老医師のおかげだというので、三人が寄ると触ると、太白を挙げて万歳を三唱したものだ。

ハッハッ……そのとおりそのとおり。どうも吾輩の癖でね。じきに太白を挙げたくなるから困るんだ。汝元来一本槍に生まれついているんだから仕方がない。スッカリ良い気持ちになって、到る処にメートルを上げていたのがいけなかった。思いもかけぬ間違いから自分の首をフッ飛ばすような大惨劇にぶつかることになった。ドン漁業に対する吾輩の認識不足が、骨髄に徹して立証されることになったのだ。

……どうしてって君、わからんかね……と言いたいところだが、そういう吾輩も実を言うと気がつかなかった。××沿海からドンの音が一掃されたので、もはや大願成就……金比羅様に願ほどきをしてもよかろう……と思ったのがあにはからんやの油断大敵だった。ドンの音は絶えても、内地の爆弾取り締まりは依然たる穴だらけだろう。ちっとも取り締まった形跡がないのだ。藁塚産業課長の膝詰め談判が、今度は「内地モンロー主義」にぶつかっていた事実を、ドンドコドンまで気づかずにいたのだ。

その証拠というのはほかでもない。山内さんが内地へ引き上げて内閣を組織されるようになった大正五年以後、せっかく、引き締まっていた各×の箍がグングン弛んできたものらしい。それから間もない大正八年の春先になると、いったん、終息していた爆弾漁業がモリモリと台頭してきた。……一度逐いまくられた鯖の群れが、岸に寄って来るにつれて、内地から一直線に△△や×××道へ抜けていた爆薬が、モウ一度××沿海でドカンドカンと物を言い出すのは当然の帰結だからね。おまけに今度は全体のやり口が、以前よりもズット合理的になってきたらしく、友吉おやじの千里眼、順風耳をもってしてもナカナカ見当がつけにくい。……これは後から判明した話だが、きゃつらは一時××の孤島、△△島の燈台守を買収してここを爆弾の溜まりにしていたことがある。しかも燈台の上から高度の望遠鏡で、水雷艇や巡邏船を監視して、いろいろな信号を発していた……というのだから、いかにその仕事が統制的で、大仕掛けであったかが想像されるだろう。

しかるに、ソンナ程度にまでドン漁業が深刻化しつつ、台頭して来ていることを、夢にも知らなかった吾輩はアタマから呑んでかかったものだ。……懲り性もない鼠賊どもめ……おれがいるのを知らないか。来るなら来い。タッタ一ヒネリだぞ……というので、腕によりをかけて××一帯の当局連中を鞭撻にかかったもんだが、その手初めとしてとりあえず×××道の××、△△、○○当局四十余名を△△公会堂に召集して、爆弾漁業殲滅の大講演会を開くことになった。これに各地方の有力者二十余名、臨時傍聴者三百余名を加えた有力この上もない聴衆を向こうに回した吾輩が、連続二日間の爆弾演説をこころみる……というのだから、吾輩の意気、まさに衝天の概があったね。

大正八年……昨年の十月十四日……そうだ。山内さんが死なれる前の月の出来事だ。その第一日の午前十時から「爆弾漁業の弊害」という題下に、堂々三時間にわたった概論を終わると、満場、割るるがごとき大喝采だ。そのアトから各地の有力者のうちでも代表的な五、六名が、吾輩の休憩室に押し掛けて来てすこぶる非常つきの持ち上げ方だ。「……イヤ感佩致しました。聴衆の感動は非常なものです。先生の御熱誠の力でしょう。三時間もの大演説がホンノちょっとの間にしか感じられませんでした。当局連中もスッカリ感激してしまって、今更のように切歯扼腕しているような次第で……私どもも一度はドンに年貢を納めさせられた前科者ばかりですが、今日の御演説を承りまして初めて眼が醒めました。何でもカンでも轟先生が××にござる間は悪い事はできんなア……とタッタ今も話しながらこっちへ参りましたようなことで……アハハ……イヤ、恐れ入ります。……ところでここに一つ無理な御相談がありますが御承諾願えますまいか、……というのは、ほかでもありません。本日集まっている当局連中の中には、先生の御講演を一度以上拝聴している者が多いのです。……ですから取り締まり方法なぞも詳しく、承っているにはいるのですが、しかし遺憾ながら、爆弾漁業なるもののやり方を実際に見た者があいにく一人もいないのです。そのために先生の御高説を拝聴しましても、何となく机上の空論といったような感じに陥り易い。……何とかしてそのやり方を実地に見せていただきながら御高演を承ることができたら……ちょうど先生が海の上で、水産学校の卒業生を捉まえて御指導になるような塩梅式にですね……お願いできたら、それこそ本格にピッタリとくるだろう。将来どれくらい、実地の参考になるか知れん……という注文を受けましたものですから、まことに道理千万と思いまして、実は御相談に伺った次第ですが……いかがでしょうか。ちょうど申し分のない凪ぎ続きですし、明日の上天気も万に一つはずれませんし……乗船は御承知の××通いで甲板の広い慶北丸が、船渠を出たばかりで遊んでおりますから、万一お許しが願えましたら、私どもが引き受けて万般の準備を整えたい考えでおります。……それから実演をする人間ですが、これはただ今、△△署に四人ばかり現行犯がブチ込んでありますから、あの連中にやれと言ったら、やらんとは申しますまい……その方が聴き手の方でも身が入りはしますまいか」

という辞令の妙をつくした懇談だ。

ところで吾輩もこの相談にはチョッコン面くらったね。コンナ計画が違法か、違法でないかは、希望者が司法官連中ときているんだから、まずまず別問題としても、そうした思いつきの奇抜さ加減にはとりあえず度肝を抜かれたよ。殺人犯を捕える参考のために、人殺しの実演をやらせるようなもんだからね。……しかし何を言うにもこの談判委員を承った連中というのが、人を丸めることにかけては専門の一流ぞろいときているんだ。いかにも研究熱の旺盛なあまりに出たらしい脂ぎった口調で、柔らかく、固く持ちかけてきたもんだから吾輩ウッカリ乗せられてしまった。……少々演説が利き過ぎたかな……ぐらいの自惚れ半分で、文句なしに頭を縦に振らせられてしまったが……しかし……というので吾輩の方からも一つの条件を持ち出したもんだ。

「……というのは、ほかの問題でもない。その爆弾漁業の実演者についてこっちにも一つ心当たりがあるのだ。その人間はズット以前にドンをやっていた経験のある人間だが、当局の諸君はもちろんのこと、一般の漁業関係の諸君が、その人間の過去を絶対に問わない約束をするなら、その生命がけの仕事に推薦してみよう。現在ではスッカリ改心して、実直な仕事をしているばかりでなく、すてきもない爆弾漁業通だから将来ともに、君らのお役に立つ人間じゃないかと思うが……」

と切り出してみた。これはかねてから日陰者でいた林友吉を、どうかして大手を振って歩けるようにしてやりたいと思っていた矢先だったから、絶好の機会（チャンス）と思って提案したわけだったがね。

するとこの計略が図に当たって、たちまちのうちに○○、××連の了解を得た。……それは一体どんな人間だ……と好奇の眼を光らせる連中もいるという調子だったから、吾輩、手を揉（も）み合わせて喜んだね。さっそく横ッ飛びに本町の事務室に帰って来て、小使い部屋を覗（のぞ）いてみると、友吉おやじは悴と差し向かいでヘボ将棋を指している。そいつを捕まえてこの事を相談すると、喜ぶかと思いのほか、案外極まる不機嫌な面を膨らましたもんだ。

「それはドウモ困ります。私は日陰者でたくさんなので、先生のために生命を棄てるよりほかに何の望みもない人間です。あんなヘッポコ役人の御機嫌を取って、罪を赦（ゆる）してもらうくらいなら、モウ一度、玄海灘で褌（ふんどし）の洗濯をします。まあ御免こうむりまっしょう」

というにべもない挨拶（あいさつ）だ。将棋盤から顔も上げようとしない。このおやじがコンナ調子になったら梃（てこ）でも動かない前例があるから弱ったよ。

「しかしおれが承知したんだからやってくれなくちゃ困るじゃないか。今更、そんな人間はいなかったとは言えんじゃないか」

とハラハラしながら高飛車をかけてみると、おやじはイヨイヨ面を膨らました。

「それだから先生は困るというのです。アノ飲み助のお医者さんも言いござった。先生は演説病に取りつかれてござるから世間の事ばチョットもわからん。しかしあの病気ばっかりは薬の盛りようがないと言うてござったがマッタクじゃ。……一体先生は、アイツらが本気で爆薬実演を見たがっていると思うていなさるのですか」

　と手駒を放り出して突っかかって来た。イヤ、受け太刀にもなにも吾輩、返事に詰まってしまったよ。実を言うと二日間の講演をタッタ三時間に値切られてしまった不平が、まだどこかにコビリついていたんだからね。こう言われると頭が妙に混線してしまった。そのまま眼をパチパチさせていると、おやじはイヨイヨ勢い込んで突っかかって来る。

「……先生はだめだよ。演説バッカリ上手で、カンが働かんからダメだ。その役人連中の言い草一つで、チャンと向こうの腹が見え透いているじゃありませんか。……ツイこの間も言うたでしょう。今度、始まった爆弾漁業(ドン)の仕事ぶりが、どうも私の腑(ふ)に落ちん処がある。この前のドン退治の時と違って検挙の数がまことに少ないし、評判もサッパリ立たん。そのくせに、下関から上がる鯖(さば)の模様を船頭連中に問うてみるとトテモ大層なものじゃ……昔の何層倍に当たるかわからんと言う。値段も五、六年前の半分か、三分の一というから生やさしい景気じゃない。不思議な事もあればあるもの……理屈がサッパリわからんと思うとったが、わからんも道理じゃ。きゃつらはこの前に懲りて用心に用心を踏んで仕事に掛かってケツカル。××じゅうの役所という役所の当たり当たりにスッカリ手を回して、仲間外れの抜け漁業(ドン)ばっかりを検挙させせよるから、われわれの眼に止まらんです。……今来ているそこここの有力者というのは一人残らずそのドン仲間の親分株で、役人連中は皆、薬のまわっとるテレンキューばっかりに違いありません。そいつらが、先生に睨まれんように、わざと頬冠りをして聞きに来とるに違いないのです。それじゃケン、先生の演説が聞きとれないバッカリに、そげな桁外れな注文を出しよったのです。……それが先生にはわかりませんか……」

と眼の色を変えて腕を巻くったもんだ。

今から考えるとこの時に、このおやじの言うことを聞いていたら、コンナ眼にも会わずにすんだんだね。……このおやじの千里眼順風耳のモノスゴサを今となって身ぶるいするほど思い知らされたものだが、しかしこの時にはいわゆる、騎虎の勢いというやつだった。そう言う友吉おやじを頭から笑殺してしまったもんだ。

「アハハハ、ばかな。それは貴様一流の曲がり根性というものだ。お前は役人とか金持ちとかいうと、すぐに白い眼で見る癖があるからいかん。……よしんば貴様の言うのが事実としてもなおさらのことじゃないか。知らん顔をして注文どおりにしてやった方が、こっちの腹を見透かされんで、ええじゃないか。……アトはまたアトの考えだ。……とにかく今度の仕事はおれに任せて言うことをきけ。承知しろ承知しろ……」

と詭弁まじりに押しつけたが、そうなるとまた、無学おやじだけに吾輩よりも単純だ。言うことを言ってしまった形でショボリとなって、

「そりゃ先生がぜひにという命令ならやらんとは言いません。腕におぼえもありますか

ら……」

と承知した。するとその時に二十歳になっていた悴の友太郎も、親父が行くならというので艫櫓を受け持ってくれたから吾輩、ホッと安心したよ。友太郎はその時分まで、南浜鉄工所に出て、発動機の修繕工をやるかたわら、大学の講義録を取って勉強していたもんだが、それでも櫓柄を握らしたらそこいらの船頭はかなわなかった。よく吾輩の釣りのお供を申しつけて見せびらかしていたくらいだったからね。

そこでこの二人を連れて、××公会堂に引っ返して、××や〇〇連に紹介したが見覚えている者は一人もいなかった。……断っておくが友吉おやじは、再生以来スッカリ天窓が禿げ上がってムクムク肥っていた上に、ゴマ塩の山羊髯を生やしていたものだから、昔の面影はアトカタもなかったのだ。また悴の友太郎も十二の年から八年も経っていたのだから××署で泣いた顔なぞ記憶しているやつがいようはずはない。そこで××署に押収しておった不正ダイナマイトを十本ばかり受け取った友吉親子はさっそく準備に取りかかる。吾輩も、午後の講演をやめて明日の実地講演の腹案にかかった。……まずドンを実演させて、捕った魚の被害状態をそれぞれ程度分けにして見せる。これは魚市場から間接にドン犯人を検挙するために必要欠くべからざる知識なんだ。それから爆薬製作の実地見学という、つまり逆の順序プログラムだったが、実を言うと吾輩もドン漁業の実際を見るのは、生まれて初めてだったから、細かいプログラムは作れない。臨機応変でやっつける方針にきめていた。

一方に各地の有志連は慶北丸をチャーターして万般の準備を整える。一方に吾輩を千芳閣に招待して御機嫌を取ったりしているうちに、その日は注文どおりの静かな金茶色に暮れてしまった。

ところが翌る朝になってみるとまた、驚いた。もちろん、新聞記事には一行も書いてなかったが、向こうの本桟橋の突端に横づけしている慶北丸が新しい万国旗で満艦飾をしている。五百トン足らずのチッポケな船だったが、まるで見違えてしまっている上に、デッキの上はまるで宴会場だ。手すりからマストまで紅白の布で巻き立てて、毛氈や絨氈を敷き詰めた上に、珍味佳肴が山積してある。それに乗り込んだ一行五十余名と一緒に、地元の××は言うに及ばず、××、××から狩り集めた、芸妓、お酌、仲居の類が十四、五名入り交じって足の踏む処もない……皆、船に強いやつばかりを選りすぐったものらしく、十時の出帆前から弦歌の声、湧くがごとしだ。

友吉親子が漕いで行く小舟に乗って、近づいて行った吾輩は、この体態を見て一種の義憤を感じたよ。……何とも知れないばかにされたような気持ちになったもんだが、しかし今更、後へ引くわけにはいかない。不承不承にタラップへ乗りつけるとたちまち歓呼の声湧くがごとき歓迎ぶりだ。すぐに甲板へ引っぱり上げられてまず一杯、まず一杯と盃責めにされる。モトヨリ内兜を見せる吾輩ではなかったので、引きつぎ引きつぎ傾けているうちに、忘れるともなく友吉親子のことを忘れていた。

そのうちに慶北丸はソロリソロリと沖合いに出る。みごとな日本晴れの朝凪ぎで、さしもの□□灘が内海か外海かわからない。絶影島を中心に左右へ引きはえる山影、岩角は宛然たる名画の屏風だ。十月だから朝風は相当冷たかったが、船の中はモウ十二分に酒がまわって、処々乱痴気騒ぎが始まっている。吾輩の講演なんかどこへ飛んで行ったか訳がわからない状態だ。……そのうちに吾輩はフト思い出して……一体、友吉親子はドウしているだろうと船尾へまわってみると、船の艫から出した長い綱に引かれた小舟の上に、チョコナンと向かい合った親子が、揺られながらついて来る。何か二人で議論をしているようにも見えたが、吾輩が、

「オーイ。酒をやろうかア……」

と怒鳴ると友吉おやじが振り返って手を振った。

「……要りませえん。不要不要。それよりもこっちへおいでなさあアイ」

と手招きをしている。その態度がナカナカ熱心で、親子とも両手をあげて招くのだ。

「いかんいかん。こっちはなァ……お前たちの仕事を見ながら、講演をしなくちゃならん」

と怒鳴ったが、コイツがわからなかったらしい悴の友太郎がグングン綱を手繰って船を近寄せると、推進機の飛沫の中から吾輩を振り仰いで怒鳴った。

「……先生……先生……講演なんかおやめなさい。おやめなさい。あんなやつらに講演したって利き目はありません。それよりも御一緒に鯖を捕って△△へ帰りましょう。黙

ってこの綱を解けば、いつ離れたかわかりませんから……」

というその態度がヤハリ尋常じゃなかったが、しかし遺憾ながら、その時の吾輩には気づかれなかった。

「イヤ。ソンナことはできん。向こうに誠意がなくとも、こっちには責任があるからなァ。……ところで仕事はまだ沖の方でやるのか」

「ええもうじきです。しかししばらく機械の音を止めてからでないと鯖は浮きません。どっちみち船から見えんくらい遠くに離れて仕事をするんですから、こっちへいらっしゃい。大切な御相談があるのです……どうぞ……先生……お願いですから……」

「ばかなことを言うな。行けんと言うたら行けん。それよりもなるべく船の近くでやるようにしろ。機械の方はいつでも止めさせるから……」

「機械はコチラから止めさせます。どうぞ先生……」

と言う声を聞き捨てて吾輩はまた、甲板に引っ返して行ったが、この時の友太郎の異様な熱誠ぶりを、知らん顔をしてソッポを向いていた友吉おやじの態度を怪しまなかったのが、吾輩一期の失策だった。あるいはイクラカお神酒がまわっていたせいかもしれないがね。

ところで甲板に引っ返してみると船はもう十四海里も西へ回っていて、絶影島は山の陰になってしまっている。そのうちに機械の音がピッタリと止まったから、さてはここから始めるのかな……と思って立ち上がると、飲んでいる連中も気がついたと見えて、我勝ちに上甲板や下甲板の舷へ雪崩れかかって来た。

「どこだどこだ。どこに鯖がいるんだ」

とキョロキョロする者もいれば、眼の前の山々に猥雑な名前をつけながら活弁マガイの潰れ声で説明するヒョーキン者もいる。中には芸者を舷へ押しつけてキャアキャア言わしている者もいた。

その鼻の先の海面へ、友吉おやじの禿げ頭が、悴に艫櫓を押させながら、悠々と回って来た。見ると赤ん坊の頭ぐらいの爆弾と、火を点けた巻き線香を両手に持って、船橋に立っている吾輩の顔を見い見い、何かしら意味ありげにニヤニヤ笑っている。悴の方は向こうむきになっていたので良くわからなかったが、吾輩が見下ろしているうちに二度ばかり袖口で顔を拭いた。泣いているようにも見えたが、多分、潮飛沫でもかかったんだろうと思って、気にも止めずにいたもんだ。

……しかし……そのせいでもあるまいが、吾輩はこの時にヤット友吉おやじの態度を、おかしいと思い始めたものだ。

第一……前にも言ったとおり吾輩はドンの実地作業を生まれて始めて見るのだから、詳しい手順はわからなかったが、それでも友吉おやじの持っている爆弾が、かつて実見した押収品のドンよりもズット大きいように感じられた。……のみならず、まだ魚群も見えないのに巻き線香に火を点けているのが、腑に落ちないと思ったが、しかし何しろ始めて見る仕事だから、ハッキリした疑いの起こしようがない。これが友吉おやじ一流のやり方かな……ぐらいに考えて一心に看守っているだけのことであった。

一方、甲板の上では「シッカリやれエ」という酔っ払いの怒号や、ハンカチを振りながらキーキー声で声援する芸妓連中の声が入り乱れて、トテモ煮えくり返るような景気だ。そのうちに慶北丸の惰力がダンダンと弛んできて、小船の方が先に出かかると、友吉おやじは悴に命じて櫓を止めさせた。……と思ううちに、その舳先に仁王立ちになった向こう鉢巻の友吉おやじが、巻き線香と爆弾を高々と差し上げながら、何やらしゃべり始めた。

船の中がたちまちピッタリと静かになった。吾輩も、友吉おやじが吾輩の代わりになって講演を始めるのかと思って、ちょっと度肝を抜かれたが、間もなく非常な興味をもって、皆と一緒に傾聴した。

友吉おやじの塩辛声は、少々上ずっていたが、よく通った。ことに頭から日光を浴びたその顔色はすこぶる平然たるもので、むしろ勇気凜々たるものがあった。

「……皆さん……聞いておくんなさい。私はこの爆弾を投げて、生命がけの芸当をやっつける前に、ちょっと演説の真似方をやらしてもらいます。白状しますが私は今から十四年ほど前に、柳河で嬶と嬶の間男をブチ斬ってズラカッタ林友吉というお尋ね者です。……それから後五年ばかりというものこのドン商売に紛れ込みまして、海の上を逃げまわっておりましたが、その間×××とか、×××とか、津々浦々の有志とか、お金持ちとかいう人たちが、われわれに生命がけの仕事をさせながら、どんなにうまい汁を吸うてござるかという証拠をピンからキリまで見てまわりました。爆弾の隠匿し処などもアラカタ残らず、探り出してしまったものです。……それが恐ろしかったのでござんしょう。××と、×××と、有志の人たちが棒組んで、この私を袋ダタキにして絶影島の裏海岸に捨てて下さった御恩バッカリは今でも忘れておりません。そう言うたら思い当たんなさる人が皆さんの中にも一人や二人はござるはずですが。へへへへへへへへへへ……」

　この笑い声を聞くと同時に、船の中で「キャーッ」という弱々しい叫びが起こって、一人の仲居が引っくり返った。その拍子に近まわりの者が、ちょっとザワついたように見えたがまたもピッタリと静かになった、……友吉の気魄に呑まれた……とでも形容しようか……。相手が恐ろしい爆弾を持っているので、蛇に魅入られた蛙みたような心理状態に陥っていたのかもしれない。

　友吉おやじの顔色は、その悲鳴と一緒に、ますます冷然と冴え返ってきた。

「……アンタ方は、ええ気色な人たちだ。罪人を捕まえて生命がけの仕事をさせながら、芸者を揚げて、酒を飲んで、高見の見物をしているなんて……お役人が聞いて呆れる。私は轟先生の御命令じゃから不承不承にここまで来るには来てみたが、モウモウ堪忍袋の緒が切れた。持って生まれたカンシャク玉が承知せん。……アンタ方は日本の役人の面よごしだ。……ええかね。……これはアンタ方に絞られたドン仲間の恩返しだよ。コイツを食らってクタバッてしまえ……」

と言ううちに爆弾の導火線を悠々と巻き線香にクッつけて、タッタ一吹きフッと吹くとシューシュー言うやつを片手に、

「へへへ……」

と笑いながら船首の吃水線下に投げつけた。……トタンに轟然たる振動と、芸者連中の悲鳴が耳も潰れるほど空気をつんざいた。それを見上げた友吉おやじはまたも、

「へへへへへへ……」

と笑いながら、今一つの爆弾を揚げ板の下から取り出して導火線に火を点けた。それを頭の上に差し上げて、

「……コン外道サレッ……」

と大喝しながら投げ出したと思ったが、その時遅くかの時早く、シューシュと火を噴く黒い爆弾が、おやじの手から三尺ばかりも離れたと見るうちに、眼も眩むような黄色い閃光がサッと流れた。同時に灰色の煙がムックリと小舟の全体を引っ包んだ中から、友吉おやじの手か、足か、顔か、それとも、舷か、板子か、何だかわからない黒いものが八方に飛び散ってボチャンボチャンと海へ落ちた。そうしてその煙が消え失せた時には、半分水船になった血まみれの小舟が、肉片のへバリついた艫櫓を引きずったまま、のた打ちまわる波紋の中に漂っていた。

不思議なことに吾輩は、その間じゅう何をしていたか全く記憶していない。危険いと

も、恐ろしいとも何とも感じないまま船橋の上から見下ろしていたもんだ。おそらく側に立っていた船長も同様であったろうと思う。……友吉おやじの演説をハッキリと聞いて、二つの爆弾が炸裂するのを眼の前に見ていながら、一種の催眠術にかかったような気持ちで、両手をポケットに突っ込んだなりに、棒のように硬直していたように思う。ただ、その石のように握り締めた両手の拳の間から、生温い汗がタラタラとほとばしり流れるのを、ハッキリと意識していたものだが「手に汗を握る」という形容はアンナ状態を指したものかもしれん。

船の甲板は、むろん一瞬間に修羅場と化していた。今の今まで、抱き合ったり、吸いつき合ったりしていた男や女が、先を争って舷側に駈けつけた。そこへ誰だかわからないが非常汽笛を鳴らした者がいたので、いっそう騒ぎが深刻化してしまった。

船体はいつの間にか十度ばかり左舷に傾いて、まだまだ傾きそうな動揺を見せていたが、そのために酔った連中の足元がイヨイヨ定まらなくなったらしい。折り重なって辷り倒れる。その上から狼藉していた杯盤がガラガラと雪崩れかかる。その中を押し合い、へシ合い、突き飛ばし合いながら両舷のボートに乗り移ろうとする。上から上からはいかかり乗りかかる。けがをする。血を流す。嘔吐く。気絶する。その上から踏み躙る。××も△△も有志も芸妓もあったものじゃない。皆血相の変わった引き歪んだ顔ばかりで、醜態、狼狽、叫喚、大叫喚の活き地獄だ。その上から非常汽笛がまっ白く、モノスゴク、途切れ途切れに鳴り響くのだ。

左右の舷側に吊るした四隻のカッターボートは、セイゼイ二十人も乗れるくらいのものであったろうか。一艘ごとに素早い船員が飛び乗って、声をからして制止しているが耳に入れる者なんか一人もいない。我勝ちに飛び乗る。すがりつく。オールを振り回すという状態で、あぶなくて操作ができない。そのうちに左舷の船尾から猛烈な悲鳴が湧き起こったから、振り返ってみると、今しも人間を山盛りにして降りかけたボートが、操作を誤って片っ方の吊綱だけ弛めたために、逆釣りになってブラ下がった。同時に満載していた人間がドブンドブンと海へ落ちてしまったのだ。海の深さはそこいらで十五、六尋もあったろうか……。

それを見た瞬間に吾輩はヤット我に返った……これはおれの責任……といったような感じにヒドグ打たれたように思う。

傍を見ると船長が吾輩と同じ格好でボンヤリと突っ立っている。肩をたたいてみたが、唖然として吾輩を振り返るばかりだ。船橋の下の光景に気を呑まれていたんだろう。

吾輩はその横で背広服を脱いで、メリヤスのシャツとズボン下だけになった。メリヤスを一枚着ているとたいていな冷たい海でも凌げることを体験していたからね。それから船橋の前にブラ下げてあった浮袋を一個引っ抱えて、上甲板へ駈け降りた。船尾から落ちた連中を救けて、水舟に取りつかせてやるつもりだった。それからボートの前の連中を整理して狼狽させないようにしようと思い思いモウ一つ下甲板へ駈け降りると、その階段の昇り口の暗い処でバッタリとこの船の運転手に行き会った。よく吾輩の処へ議論を吹っかけに来る江戸ッ子の若造で、友吉とも心安い、来島という柔道家だったが、これも猿股一つになって、まっ黒な腕に浮袋を抱え込んでいた。

「……あっ……轟先生ちょうどいい。一緒に来て下さい」

と言ううちに吾輩を引っぱって、客室の横の階段から廊下伝いに混雑を避けながら、誰もいない船首へ出た。その時に非常汽笛がパッタリと鳴りやんだので、急に淋しく、モノスゴクなったような気がしたが、そこで改めて来島の顔を見ると、眼に涙を一パイ溜めた青い顔をしている。友太郎のことを考えているのだろうと思ったが。しかし二人とも口には出さなかった。来島は落ち着いて言った。

「……轟先生……損害は軽いんです。汽笛なんか鳴らしたからいけなかったんです。……傾いた原因はまだわかりませんが、船底の銅板と、木板の境目二尺に五尺ばかりグザグザにやられただけなんです。都合よく反対に傾いだおかげで、モウ水面に出かかっているんですから、外から仕事をした方が早いと思うんです。すみませんが先生、この道具袋を持って飛び込んでくれませんか。水夫も火夫もみんなポンプに掛かり切っていて手が足りないんですから……浮袋を離してはいけませんよ。仕事ができませんから……いいですか……」

吾輩は一も二もなくこの若造の命令に従って海に飛び込んだ。イザとなると覚悟のいいやつにはかなわないね。

ところが、それから引き続いた来島の働きぶりには吾輩イヨイヨ舌を巻かされたもんだよ。溺(おぼ)れている人間なんか見向きもしない。一所懸命で、上からブラ下げた綱にすがりながら、船の横っ腹に取りついて、穴の周囲にポンポンと釘(くぎ)を打ち並べると、八番ぐらいの銅線を縦横十文字に引っかけまわした。その上から帆布(キャンバス)を当てがって、片っ方から順々に大釘で止めていく……最後に残った一尺四方ばかりの穴から猛烈に走り込む水を、針金に押し当てがった帆布で巧みにアシライながら遮り止めてしまった。その上からモウ二枚帆布を当てがって、周囲をピッシリ釘づけにして、その上からモウ一つ流れていた櫂(オール)を三本並べながら、鎹釘(かすがい)で頑丈にタタキつけてしまった。どこで研究したものか知らないが、百人ばかりの生命の親様だ。思わず頭が下がったよ。

　そのわれわれが仕事をしている二、三間向こうには、ボートの釣り綱が二本、中途から引っ切れたままブラ下がっていた。切れ落ちたボートは人間を満載したまま一度デングリ返しを打ったやつが、十間ばかり離れた処に漂流していたが、その周囲には人間の手が、干大根を並べたようにビッシリと取りついている。……にもかかわらず、その二本の綱には上から上から取りついてブラ下がって来る人間が、重なり重なり繋(つな)がり合っているのだ。芸者、紳士、××、お酌、△△、××、等々といった順序に重なり合った珍妙極まる人間の数珠玉(じゅずだま)なんだ。しかもその一つ一つが「助けてくれ、助けてくれ」と五色の悲鳴をあげているのだから、平生なら抱腹絶倒の奇観なんだが、この時はドウシテ……その一人一人が絶体絶命の真剣なんだからやりきれない。△△の握り拳の上に芸者のお尻がノシかかってくる。○○の股倉が有志の肩に馬乗りになる。「降りちゃいかん、降りちゃいかん」と下から怒鳴っているんだからたまらない。ズラリズラリと下がって来るうちに、みるみる綱が詰まってきてポチャンポチャンと海へ陥ち込む。そのまま、

「……アアッ……ああッ」

ともがき狂いながら、ブクブクブクと沈んで行く。その表情のムゴタラシサ……それを上から見い見いブラ下がっている連中の悲鳴のモノスゴサといったらなかったよ。そんな光景を見殺しにしながら仕事をしていた吾輩は、仕事が済むとモウ矢も楯もたまらない。道具袋を海にタタキ込んで、抜き手を切って沖合いの小舟に泳ぎついた。血だらけの櫓柄を洗って、臍に引っかけると、水舟のまま漕ぎもどして、そこいらのブクブク連中をアラカタ舷の周囲に取りつかせてしまったもので、とりあえずホッとしたもんだ。

その間に来島は本船に上って、帆布で塞いだ穴の内側から、本式にピッタリと板を打ちつけた。いっそう馬力をかけて水を汲み出す一方に、あらん限りの品物を海に投げ込む。ボートの連中を艙口から収容すると、今度は船員が漕ぎながら人間を拾い集める。綱を持った水夫を飛び込ましてブカブカやっている連中を拾い集める。上がって来たやつは片っ端から二等室に担ぎ込んで水を吐かせる、摩擦する、人工呼吸を施すなどして、ヤットのことで取り止めた頭数を勘定してみると、□□、△△、○○、××を合わせて、

七名の人間が死んでいる。そのほかに芸妓二名の行方がわからない……ということが判明した。これは男連中が腕力に任せて先を争った結果で、同時に女を見殺しにした事実を雄弁に物語っているのだ。お酌と仲居が一人も飛び込まないで助かったのは、お客や姉さんらに対して遠慮がちな彼らの平生の癖が、コンナ場合にも出たんじゃないかと思うがね。イヤ、冗談じゃないんだ。危急の場合に限って平生の習慣が一番よく出るもんだからね。

ところがそのうちに西寄りの北風が吹き始めて、急に寒くなったせいでもあったろうか。二等室の広間に青い顔をして固まり合っていた、生き残りの連中が騒ぎ始めた。当てもないのに立ち上がりながら異口同音に、

「……帰ろう帰ろう。風邪を引きそうだ……」

「船長を呼べ、船長を呼べ……」

とワメキ出したのには呆れ返ったよ。イクラ現金でもアンマリ露骨過ぎる話だからね。片隅で死体の世話を焼いていた丸裸の来島も、これを聞くと顔色を変えて立ち上がったもんだ。あらん限りの醜態を見せつけられてジリジリしていたんだからね。

「……何ですって……帰るんですって……いけません、いけません。まだ仕事があるんです」

「……ナンダ……何だ貴様は……水夫か……」

「この船の運転手です。……船の修繕はもうスッカリ出来上がっているんですから、す

みませんがモウしばらく落ち着いていて下さい。これから死体の捜索にかかろうというところですからね」

「……探してわかるのか……」

「……わからなくたって仕方がありません。行方不明の死体を打っちゃらかして、日の暮れないうちに帰ったら、あなたがたの責任問題になるんじゃないですか。……モウ一度探しに来るったって、この広ッパじゃ見当がつきませんよ」

と詰め寄ったが、△△△や××連中は、何を憤っているのか、白い眼をして吾輩と来島の顔を見比べているばかりであった。するとまたそのうちに大勢の背後の方で、

「……アア寒い寒い……」

と大きな声を出しながら、四合瓶の喇叭を吹いていた一人が、ヒョロヒョロと前に出て来た。トロンとした眼を据えて、

「……何だ何だ。わからないのは芸妓だけじゃないか。芸妓なんぞドウでもいい……」

とウッカリ口を辷らしたからたまらない。隅ッコの方に固まっていた雛妓が「ワッ」と泣き出す……トタンに来島の血相がまたも一変してまっ青になった。

「何ですかあなたは……芸妓なんぞドウでもいいたあ何です」

「……バカッ……好色漢……そんなことを言うたて雛妓は惚れんぞ……」

「……惚れようが惚れまいがこっちのかってだ。フザケやがって……芸妓だって同等の人間じゃねえか。好色漢がドウしたんだ……手前らあ××のくせに……」

　と言いさしたので吾輩は……ハッ……としたが間に合わなかった。二、三人の××と△△らしい男が一人か二人、素早く立ち上がって来島と睨み合った。しかし来島は眉一つ動かさなかった。心持ち笑い顔を冴え返らしただけであった。

「……何だ……貴様は社会主義者か」

「……べらぼうめえ人道主義者だ……このまんま帰りゃあ死体遺棄罪じゃあねえか。不人情もいい加減にするがいい……手前らあタッタ今までその芸妓を……」

「黙れ黙れッ。貴様らの知ったことじゃない。われわれが命令するのだ。帰れと言ったら帰れッ……」

「……ヘン……帰らないよ。海員の義務ってやつがあるんだ。芸妓だろうが何だろうが……」

「……ばかッ……反抗するかッ……」

　と言ううちに前にいた癇癪持ちらしい××が、来島の横ッ面を一つ、平手でピシャリとハタキつけた。トタンに来島が猛然としてとびかかろうとしたから、吾輩がいち早く遮り止めて力一パイ睨みつけて鎮まらした。来島は柔道三段の腕前だったからね。うっちゃっておくと××の一人や二人絞め倒しかねないんだ。

　そのうちに来島は、吾輩の顔を見てヒョッコリと頭を一つ下げた。そのまま火の出るような眼つきで一同を見まわしていたが、突然にクルリと身を翻すと、入り口の扉をパタンと閉めて飛び出して行った。吾輩もそのアトから、何の意味もなしに飛び出して行ったが、来島の影はどこにも見えない。船橋に上がって見ると船はもう轟々と唸りながら半回転しかけていた。

その一面に白波をかみ出した曇り空の海上の一点を凝視しているうちに吾輩は、裸体のまんま石のように固くなってしまったよ。吾輩の足下に大波瀾を巻き起こして消え失せた友吉親子と、無情なく見棄てられた二人の芸妓のことを思うと、何とも言えない悽愴たる涙が、滂沱として止まるところを知らなかったのだ。

……ドウダイ……これが吾輩の首なし事件の真相だ。君らの耳にはもう、トックの昔に入っていることと思っていたんだが……秘密にすべくあまりに事件が大き過ぎるからね。

ウンウン、そのとおりそのとおり。××の内部で食い止めて内地へ伝わらないように必死的の運動をしたものに相違ないね。司法官連中にも弱い尻があるからな。旅費日当をもらって聴きに来た講演をサボって、芸者を揚げて舟遊山をした……その酒の肴に前科者を雇って、生命がけの不正漁業を実演させたとなったら事が穏やかでないからな。

ナニ。吾輩に対する嫌疑かい。

そりゃあむろんかかったとも。……かかったにも何にも、お話にならないヒドイ嫌疑だ。人間の運命が傾き始めると意外な事ばかり続くものらしいね。

その翌る朝のことだ。善後の処置について御相談したいことがあるからというので、

△△△△△舎の応接間に呼びつけられてみると、どうだい、昨日の事件は吾輩と、友吉おやじと、慶北丸の運転手来島とが腹を合わせた何かの威嚇手段じゃないか。その背後には在×五十万の漁民の社会主義的、思想運動の力が動いているのじゃないかというので、根掘り葉掘り尋問されたもんだ。どこから考えついたものかわからんが、ばかばかしすぎて返事もできない。よっぽど面くらって、血迷っていたんだね。……しかもその入れ代わり立ち代わり尋問する連中の中心に立った人間というのが誰でもない。昨日、イの一番に芸妓を突き飛ばして船尾のボートにかじりついた△△の××と×××と、××の三人組ときているんだ。あるいは一種の責任問題から、この三人が先鋒に立たされたのかもしれないがね。……その背後には×北、全△あたりの×××が五、六名、容易ならぬ眼色を光らしている。表面は事件の善後策に関する相談と称しながら、事実は純然たる秘密尋問に相違なかったのだ。

　吾輩はもちろん、癪に障ったから、都合のいい返事を一つもしてやらなかった。当たり前なら法律と算盤の前には頭を下げることにきめている吾輩だったが、あの時には、前の日に死んだ友吉おやじのヒネクレ根性が、爆薬のニオイとゴッチャになって、吾輩の鼻の穴から臓腑へ染み渡っていたらしいね。

「吾輩の講演を忌避して、船遊山を思い立ったのは誰でしたっけね」

　と空っトボケてやったもんだ。

　すると誰だか知らない△△か××みたような男が背後の方から、

「それでも友吉親子を推薦したのは貴下ではなかったか」

と突っ込んで来たから、わざとその男の顔を見い見い冷笑してやった。

「……ハハハ……そのことならアンマリ突っ込まれん方が良くはないですか。実は昨晩、弁護士に調べさせてみますと、友吉の前科はズット以前に時効にかかっていたものだそうです。私は法律を知らないのですが……それでなくとも拘留中の現行犯人を引き出して、犯罪の実演をさせるよりは無難だろうと思って、実は、あの男を推薦した次第でしたが……それでもあなたがたの法律眼から御覧になると、現行犯を使った方が合理的な意味になりますかな……」

と乙に絡んで捻じ返してくれた。われながら感心するくらい頭がヒネクレてきたもんだからね……ところがさすがは商売柄だ。これくらいの逆襲には凹まなかった。

「そんなことを議論しているのじゃない。友吉おやじに、あんな乱暴を働かした責任は当然ソッチにあるはずだ。その責任を問うているのだ」

と吾輩の一番痛い処を刺してきた。その時には吾輩、思わずカッとなりかけたもんだが……しかし、ここが大事な処と思ったから、わざと平気な顔で空をうそぶいて見せた。

「……なるほど……その責任なら当方で十分十二分に負いましょうよ。……しかし爆弾を投げさせた心理的の動機はこの限りに非ずだから、そのつもりでおってもらいたいですな。無辜の人間に生命がけの不正を働かせながら、芸妓を揚げて高見の見物をしようとした諸君の方が悪いにきまっているのだから……諸君は友吉おやじの最後の演説を記憶しておられるだろう……」

と言って満座の顔を一つ一つに見回したら、一人残らず眼を白黒させていたよ。

「……しかし……あれは元来……有志連中が計画したもので……」

と隅の方から苦しそうな弁解をした者がいたので、吾輩は思わず噴飯させられた。

「……アハハ。そうでしたか。ちっとも知りませんでした。……しかし拙者が拝見したところでは、有志の連中にはあまり酔った者はいなかったようである。実際に泥酔して乱痴気騒ぎを演じたのは、諸君ばかりのように見受けたが、違っていたかしらん。ついでにお尋ねするが一体、諸君は講演の第二日の報告を、何と書かれるつもりですか。参考のために承っておきたい。まさか公会堂で演説中に爆弾が破裂したとも書けまいし、困った問題ですなあ……これは……」

と冷やかしてやった。ところがコイツが一等コタエタらしいね。イキナリ、

「……ケ……けしからん」

ときたもんだ。眼先の見えない唐変木もあったもんだね。

「……そ……そんなことについては職務上、君らの干渉を受ける必要はない。君はただ尋問に答えておればいいのだ」

と頭ごなしに引っ被せてきた。……ところがまた、こいつを聞くと同時に、最前から捻じられるだけ捻じれていた吾輩の神経が、モウひと捻じりギリギリ決着の処まで捻じ上がってしまったからやむをえない。モウこれまでだ。談判破裂だ……と思うと、フロ

ックの腕をまくって座り直したもんだ。

「……ハハア……これは尋問ですか。おもしろい……尋問なら尋問で結構ですから、ひとつ正式の召喚状を出してもらいましょうかね。その上で……いかにも吾輩が最初から計画してやった仕事に相違ない……ということにして、洗いざらい泥水を吐き出しましょうかね。要するに諸君の首が繋がりさえすりゃあ、ほかに文句はないでしょう……」

とくらわしてやったら、連中の顔色が一度にサッと変わったよ。

「……エヘン……吾輩は多分、終身懲役か死刑になるでしょう。君らのおあつらえむきにしゃべればね……ウッカリすると社会主義者の汚名を着せられるかもしれないが、ソレもおもしろいだろう。日本民族の腸が……特に×××吏の植民地根性が、ここまで腐り抜いている以上、吾輩がタッタ一人で、いくらジタバタしたって爆弾漁業の剿滅は……」

「……黙り給えッ……司直に対して僣越だぞ……」

「何が僣越だ。令状を執行されない以上、官等は君らの上席じゃないか……」

と開き直ってくれたが、その時に横合いから×××長が、慌てて割り込んで来た。

「……そ……それじゃまるで喧嘩だ。まあまあ……」

「……喧嘩でもいいじゃないか。こっちから売ったおぼえはないが、ドウセ友吉おやじの鬱憤晴らしだ」

「……そ……そんなことを言ったらアンタの不利になる……」

「……不利は最初から覚悟の前だ。出る処へ出た方がメチャメチャになっていい……」

「……だ……だからその善後策を……」

「何が善後策だ。吾輩（わがはい）の善後策はタッタ一つ……漁民五十万の死活問題あるのみだ。お互いの首の五十や六十、惜しいことはチットモない。真相を発表するのは吾輩の自由だからね」

「そ……それでは困る。御趣旨は重々わかっているからそこをどっちにも傷のつかんように、胸襟を開いて懇談を……」

「それが既に間違っているじゃないか。死んだ人間はまだ沖に放りっ放しになっているのに何が善後策だ。その弔慰の方法も講じないまま自分たちの尻（しり）ぬぐいに取りかかるザマは何だ。いわんや自分たちの失態を蔽（おお）うために、孤立無援の吾輩をコケ威（おど）しにかけて、何とか辻褄（つじつま）を合わせようとする醜態はどうだ」

「…………」

「ソッチがそんな了見ならこっちにも覚悟がある。……はばかりながら全×五十万の漁民を植えつけてきた三十年間には、何遍、血の雨を潜ったかわからない吾輩だ。骨が舎利になるともこの真相を発表せずにはおかないから……」

「……イヤ。その御精神は重々、相わかっております。誤解されては困ります。爆弾漁業の取り締まりについて今後共にいっそうの注意を払う覚悟でおりますが、しかし、それはそれとしてとりあえず今度の事件だけについての善後策を、今日、この席上で…

……」

とか何とか言いながら上席らしい胡麻塩頭の一人が改まって頭を下げ始めた。それにつれて二、三人、頭を下げたようであったが、内心ヨッポドへこたれたらしいね。しかし吾輩はモウ欺されなかった。

「……待って下さい。その交換条件ならこっちから御免をこうむりましょう。陛下の赤子、五十万の生霊を救う爆弾漁業の取り締まりは、誰でも無条件でやらなければならぬ神聖な事業ですからね。今後、絶対に君らのお世話を受けたくない考えでいるのです。……ですがね君らの職権で、かってな報告を作って出されたらいいでしょう。……吾輩は忙しいからこれで失礼する」

「……まあまあ……そう急き込まずと……」

「いいや失敬する。安閑と君らの尻拭いを研究している隙はない。……何よりも気の毒なのは死んだ二人の芸妓だ。林友吉や、お互いの災難は一種の自業自得にすぎないが、芸妓となるとそうはいかん。何も知らないのに巻添えをくわされたばかりじゃない。めんどうくさいといって鯖の餌食にされたんだから、気の毒も可哀そうを通り越している。君らには関係のないことかもしれんが、これから行って大いに弔問してやらなくちゃならん。……もっとも今更、線香をつけてやったって成仏できまいとは思うがね。ハッハッハッハッハッ……」

といった調子で、今まで溜まっていた毒気を一度に吹っかけながら退場してくれた。

……ハハハハ。イヤ、痛快だったよ。何のことはない役人連中、蚊を突っついて藪を出した形になった。おまけにアトから聞いてみると、当日来なかった連中の中の十人ばかりが風邪を引いて、宿屋に寝ていたというのだから吾輩イヨイヨ溜飲を下げたもんだよ。

とはいうものの……白状するが吾輩は、そのアトからすぐに有志連中が調停に来るものと思って、実は手ぐすねを引いて待っていたもんだ。……来やがったらドウセ破れカブレの刷毛ついでだ。思い切り向こう脛を掻っ払ってくれようと思って、一週間ばかり心待ちに待っていたがトウトウ来ない。おかしいと思って様子を探ってみると、これも慌てて海に飛び込んだ頭株の四、五人が、ヒドイ風邪を引いて寝てしまった。しかも、その中の一人は急性肺炎……モウ一人は心臓麻痺でポックリ死んでしまったので、それでこそ……死んだ友吉の祟りだ。友吉風、友吉風というので何ともないやつまでオジ毛をふるって蒲団を引っ冠っているという……実に滑稽なお話だが、とにかくソレくらい恐ろしかったんだね。友吉たるものもって瞑すべしだろう。……もっとも一方から考えてみると有志連中は懲役に行っても職業を首にされる心配はない。だから役人連中に泣きつかれない限り調停に立つ必要もない。また、泣きつかれたにしたところが、二度と吾輩を丸め込む見込みもない……というないないの三拍子がそろっているんだから、知らん顔をして寝ていたんだろう。……ただし、新聞社には遺憾なく手を回したものとみえて、一行も書かなかった。だから結局、死んだやつが死に損ということになったわけだ。

不人情なものさね。

しかし真剣なところが「友吉風邪」ぐらいのことで癒える吾輩の腹ではなかった。芸妓や友吉は成仏しても、吾輩が成仏できない。吾輩が観念しても五十万人の怨みをいかんせんだ。……ドウするか見ろ……というので事件の翌る日から毎日事務所に立て籠もって向こう鉢巻でこの報告書を書き始めたもんだが、サテ取りかかってみるとナカナカ容易でない。演説の方なら、十時間でも一気呵成だが、文章となると考えばかりが先走って困るんだ。おまけに唯一の参考書類兼活字引とも言うべき友吉おやじがいないんだからね。ヤタラに興奮するばかりで紙数がチットも捗らない。

その間に××連中の方では如才なく事を運んだらしい。吾輩との妥協を絶望と見て取って暗々裡に事件を揉み消すと同時に、同じような手段でもって××の誰かを動かしたものと見える。吾輩の本官を首にした上に、各道で好意的に手続きをしていた組合費の徴集をピッタリと停止してしまった。実に陰険、悪辣な報復手段だ。山内さんが生きてござったらコンナことにはならないんだがね。せめてもの頼りになる、藁塚産業課長までも中風で、郷里の青森県に寝てござるんだから吾輩、陸に上がった河童も同然だった。もっとも恩給を停止されなかったのが、せめてもの拾い物だったかもしれないが……

……ハッハッ……。

そこで吾輩は断然思い切ってこの絶影島の一角にこの一軒屋を建てて自炊生活を始め

た。妻子を持たない吾輩に取っては格別の苦労じゃないからね。ここで本腰を入れて報告を書く決心をしたもんだが、書けば書くほど、×××吏の植民地根性が癪に障ってくる。同時にこの素晴らしい爆薬の取り次ぎ網を蔽うべく、内地、××の有力者連中が、いかに非国家的な黒幕を張り回しているかが、アリアリと吾輩の眼底に映じてきた。友吉おやじの言い遺した言葉が、マザマザと耳に響いてきて、ペンを持つ手がブルブルと震え出すようになった。……そうだよ。あるいは酒精中毒からきた一種の神経衰弱かもしれないがね。しまいにはボンヤリしてしまって、ワケのワカラナイ涙ばかりがボロボロ落ちてくるんだ。コンナことではいけないと思って、焦れば焦るほど筆が言うことを聞かなくなるんだ。呑兵衛老医も心配して、

「そいつはりっぱな動脈硬化じゃ。萎縮腎も一緒にきているようじゃ。漢方に書痙というやつがあるがアンタのは酒痙じゃろう。今に杯が持たれぬようになるよ。ハハハハ。とにかくしばらく書くのをやめた方がええ。そうなるとイヨイヨ気が急くのが病気の特徴じゃが、そこで無理をしよると脳髄の血管がパンクするおそれがある。そうなったら万事休すじゃ。拙者もアンマリ飲みに来んようにしよう」

といったアンバイで、気の毒そうに威かしやがるんだ。

そこで吾輩もほとんど筆を投ぜざるを得なくなった。刀折れ、矢つきた形だね。

……蒼天、蒼天……吾輩の一生もこのまんま泣き寝入りになるのか。回天の事業、独力をいかんせん……と人知れず哀号を唱えているところへまた、天なるかな、命なるか

なときた。……かの林青年……友吉の悴の友太郎が今年の盂蘭盆の十二日の晩に、ヒョッコリと帰って来たのには胆を潰したよ。ちょうどその日の正午過ぎのことだった。友吉の大好物だった虎鰒を、絶壁の下から投げ上げてくれた漁師があったからね。今の呑兵衛老医と、非番だった慶北丸の来島運転手を、その漁師に言伝けて呼び寄せると、この縁側で月を相手に一杯やりながら、心ばかりの弔意を表しているところだった。

むろん話といったらほかにない。友吉おやじで持ち切りだ。

「結局、友吉おやじは諦めるとしても、あの悴の友太郎だけは惜しかったですね」

「……ウン。吾輩も諦め切れん。あの時に櫓柄へヘバリついていた肉の一片をウッカリ洗い落としてしまったが、あれは多分、友太郎のだったかもしれない。今思い出しても涙が出るよ」

「……ハハア……それは惜しいことじゃったなあ。あの子供の親孝行には拙者も泣かされたものじゃったが……その肉を拙者がアルコール漬けにして保存しておきたかったナ。広瀬中佐の肉のアルコール漬けがどこぞに保存してあるという話じゃが……ちょうど忠孝の対照になるからなあ……」

「とんでもない。役人に見せたら忠と不忠の対照ですよ。僕を社会主義者と間違えるくらいだから……ハハハハ……」

「ウン……間違えたと言やあ思い出すが、吾輩に一つ面目ない話があるんだ。あんまり面目ないから今まで誰にも話さずにいたんだが……ホラ……吾輩と君とで慶北丸の横ッ腹を修繕してしまうと、君はすぐに綱にブラ下がってデッキに引っ返したろう。吾輩は沖の水舟を拾うべく、抜き手を切って泳ぎ出した……あの時の話なんだ。実際、この五十余年間にあの時ぐらい、ミジメな心理状態に陥ったことはなかったよ」

「……ヘエ。溺れかかったんですか」

「……ばかな……溺れかかったくらいなら、まだりっぱな話だがね……」

「……ヘエッ。どうしたんですか……」

「……その小舟に泳ぎつく途中で、何だかわからないものが水の中から、イキナリ吾輩の左足にカジリついたんだ。ピリピリと痛いくらいにね」

「……ヘエ。何ですかそれは……」

「何だかサッパリわからなかったが、ちょうどアノ辺に鱶の寄る時候だったからね。ここへ来たら大変だぞ……と泳ぎながら考えている矢先だったもんだから仰天したよ。咄嗟の間にソレだと思って狼狽したらしい。ガブリと潮水を吞まされながら、死に物狂いに蹴放して、無我夢中で舟にはい上がるとヤット落ち着いてホットしたもんだが……」

「……結局……何でしたか……そりゃあ……」

「……ウン。それから××の事務所に帰って、銭湯に飛び込むと、何かしらピリピリと足に沁みるようだから、おかしいなと思い思い、上がり框の燈火の下に来てよく見ると……どうだ。その左の足首の処に、女の髪が二、三本、くい込むようにシッカリと巻きついて、シクリシクリと痛んでいるじゃないか……しかも、そいつをつまみ取ろうとしても、肉にくい込んでいてナカナカ取れない。……吾輩、思わずゾッとして胸がドキンドキンとしたもんだよ。多分、水面下でお陀仏になりかけていた芸妓の髪の毛だったろうと思うんだが、今思い出しても妙な気持ちになる。……女というやつは元来吾輩の苦手なんだがね。ハハハ……」

と言ったような話ばかりで、しきりに悽愴がってシンミリしている鼻の先へ、庭先の月見草の中から、白い朝鮮服を着て、長い煙管を持ったやつがノッソリと現れて来たもんだ。

三人はその時にハッとさせられたようだった。しかし、そのうちに長い煙管が眼につくと、

……ナアンダ朝鮮公か……コンナ処まで浮かれて来るなんて呑気なやつもあるもんだ。アッチへ行け。何もない、何もない……。

というので手を振って見せたが動かない。そのうちに気がついて見るとそれが擬いもない友太郎だったのにはギョッとさせられたよ。噂をすれば影どころじゃない。テッキリ幽霊……と思ったらしい。三人が三人とも座り直したもんだ。

……ハハハ……ナアニ。聞いてみたら不思議でも何でもないんだ。

何よりも先に××沖の例の一件をやっつけた時の話だが……あの時には、早くも親父の顔を見て取った友太郎がハッとしたものだそうだ。そこでもしやと思って親父の図星

を指してみるとはたして「そのとおりだ。モウ勘弁ならん」と冷笑している。……これはいけない。こうなったら取り返しのつかない親父だと思うには思ったが、何ぼ何でも吾輩の一身が案じられたもんだから、一所懸命に親父の無鉄砲の諌めにかかったが……モウ駄目だった。

「……ナアニ。心配するな。轟先生は神伝流の免許取りだから、一緒に沈む気遣いはない。アトで拾い上げて大急ぎで××に帰るんだ。そのうちに先生を説き伏せて組合の巡邏船、慶林丸に食糧と油を積んで、その夜のうちにズラカッテしまう。まっすぐに露領沿海州へ抜けておれの知っている海岸で冬籠もりの準備をする。春になったら砂金採りだ。誰も寄りつけない絶壁の滝壺の中に一パイ溜まっているのを、お前と二人で見たことがあるだろう。……あそこへ行くんだ……あの瀑布の上の方を爆薬でブチ壊して閉塞いでしまえばモウこっちのもんだ。儲かるぜそりゃあ……轟先生は元来、正直過ぎるからイカン。役人のいる処はドウセイ性に合わんことを御存じないんだ。あんな人を一生貧乏さしといては相すまん。……××はモウいやじゃ、いやじゃ。シベリアが取れたら沿海州へ行くと口癖に言うてござったから、コレくらい、ええ機会はない。モウシベリアには日本軍がワイワイ入っとるから喜んでござるにきまっとる……それでもいやなら今のうちに貴様もデッキに上がっとれ。……おれが一人でやっつけてくれる。轟先生の演説ぐらいで正気づく野郎じゃない……」

というけんまくだったのでトテモ歯の立てようがなかった。しかし、それでもせっかくの先生の苦心がこれで打ち切りになるのか……親父の一代もコレきりになるのか……といったような事をいろいろ考えているうちに胸が一パイになってしまった。ところが虫が知らせたのであろう。そう思っているうちにその言葉が遺言になってしまった。自分も一緒に海へタタキ込まれてしまったが、間もなく正気に帰ってみると、水船の舷側(げんそく)にヘバリついてブカブカやっていることがわかった……ちょうど向こう側だったから甲板の上から見えなかったんだね。おまけにどこにもけが一つしたような感じがしない。

そこでコンナ処にいてはけんのんだと気がついたから、できるだけ深く水の底を潜って、慶北丸の左舷の艙口(ハッチ)から機関室に潜り込んだ。そこいらに干してあった菜ッ葉服を着込んで、原油(オイル)と粉炭を顔に塗りつけると知らん顔をしてポンプに掛かっていたが、混雑のサナカだったから誰にもわからなかった。スレ違った来島にも気づかれないで無事に××へ帰り着いた……そこでまた、吾輩の処へ帰ったら物騒だと考えたから、そのままドン仲間に紛れ込んで、海上を流浪すること十か月……。

その片手間に親の讐敵(かたき)だというので、潜行爆薬(モグリハッパ)の抜け道を探るべく、あらん限りの冒険をこころみていたが、おかげで字が読めるようになっていた上に、朝鮮語と、柳河語と、東京弁が自由自在に利いたので非常に便利なことが多かった。

するとまたそのうちに吾輩がタッタ一人で、淋(さび)しい絶影島の離れ家に引っ込んだ話を風の便りに聞いたので、これには何か仔細(わけ)がありそうだ。まだ帰るにはチット早いがソーッと様子を見てやろうと思って、一番お得意の朝鮮人に化けて帰って来てみると、なつかしい三人の声が聞こえて来る。それが一つ残らずあの世から聞いているような話ばかりなので、タマラなくなってここへ出て来ました。こうなったら、いよいよ先生と死生を共にするばかりです。朝鮮人に化けていたら一緒にいても大丈夫でしょう。親父と同様に使って下さい。ドンナことでも致しますから親父の讐仇を討たして下さい……という涙ながらの物語りだ。どうだい。今時には珍しい青年だろう。

この青年と、吾輩の半出来の報告書を一緒にして提供したら、いい加減お役に立つだろう。この二つを拠所にして君が霊腕を揮ったらドンの絶滅期してまつべしじゃないか。ウンウン。あの青年を君が引き受けてくれると言うのか。ウンウン。そいつはありがたい。東京の夜学校に通わしてくれる。……死んだ親父がドレくらい喜ぶか知れないぜ。

この密告書はアイツの筆跡に相違ないよ。ここに来て吾輩の窮状を見ると間もなく書き上げて、知り合いの船頭に頼んで、呼子から投函したものに違いないんだ。コイツが君の手にかかって物を言うとなれば、友吉おやじイヨイヨもって瞑すべしだ。コレくらい大きな復讐はないからね。

ああ愉快だ。胸が一パイになった。アハハハ。笑わないでくれ。吾輩けっして泣き上戸じゃないつもりだが……オイオイ友、友、友太郎……そこにいるか。チョット出て来い。遠慮することはない。来いと言うたらここへ来い。アトを閉めて……サア来た……どうだい、りっぱな若者だろう。今では吾輩の倅みたようなもんだ。御挨拶しろ。御挨拶を……。この人が吾輩の親友……有名な斎木検事正だ。ハハハハ。驚いたか。貴様の血で書いた手紙がお役に立ったんだ。そのためにわざわざ斎木君が来てくれたんだ。貴様の親父の仇敵を討ちに……。

……何だ何だ。泣くやつがあるか……ばか……いくつになるんだ。……サア。こっちへ来てお酌をしろ。笑ってお酌をしろといったら。貴様も日本男児じゃないか……アハハハ……。

斎木君……一杯受けてくれたまえ……吾輩も飲むよ。風速実に四十メートル……愉快だ。実に愉快だ。飲んで飲んで飲み死んでも遺憾はないよ。

今日、君を送る、すべからく酔いを尽くすべしイ……明朝、相憶うも、路、漫々たりイ……じゃないか。アハハハハ……。

冥土行進曲

一

昭和×年四月二十七日午後八時半……。

下関発上り一二等特急、富士号、二等寝台車の上段の帷をピッタリと鎖して、シャツに猿股一つのまま枕元の豆電燈を灯けた。ノウノウと手足を伸ばした序に、枕元に掛けた紺背広の内ポケットから匕首拵の短刀を取出して仰向になったまま鞘を払ってみた。

切先から鍔元まで八寸八分……一点の曇もない。正宗相伝の銀河に擬う大濤に、火焔鋩子の返りが切先長く垂れて水気が滴るよう……中心に「建武五年。於肥州平戸作之。盛広」と銘打った家伝の宝刀である。近いうちにこの切先が、私の手の内で何人かの血を吸うであろう……と思うと一道の凄気が惻々として身に迫って来る。

私は短刀をピッタリと鞘に納めて、枕元に突込んだ。

電燈を消して静かに眼を閉じてみると、今朝からの出来事が、アリアリと眼の前に浮み上って来る。

今朝……四月二十七日の午前十一時頃の事、雨の音も静かなQ大医学部、大寺内科、第十一号病室の扉を静かに開いて、私の異母弟、友石友次郎が這入って来た。死人のような青い顔をして、私の寝台の前に突立った彼は、私の顔を真正面に見得ないらしく、ガックリと頭を低れた。間もなく長い房々した髪毛の蔭からポタポタと涙を滴らし初めた。

……妙な奴だ。私は寝台の中から半身を起した。

私とは正反対のスラリとした痩型の弟である。永い間、私の月給に縋って、ついこの頃銀時計の医学士になって、このQ大学のレントゲン室に出勤している者であるが、タッタ一人の骨肉の兄である私の貧乏に遠慮して、今だに背広服を作り得ずに、金釦の学生服のままで勤務している純情の弟……恋愛小説の挿画みたような美青年の癖に、カフェエなんか見向きもしない糞真面目な弟……そいつが何か悪い事でもしたかのように私の前にうなだれてメソメソ泣いているから、おかしい。

私は又、その弟と正反対に小さい時から頑丈な体格で頭が頗る悪い。早稲田文学士の肩書を持ちながら柔道五段の免状を拾っているお蔭で、辛うじてこのQ大の柔道教師の職に喰い下っている武骨者であるが、ツイこの頃軽い胃潰瘍の疑いで、Q大附属のこの病室に入院した。ところが、その胃潰瘍が程なく全快して、出血が止ったので念のためにこの胃潰瘍が癌になっているかいないかを調べる目的でX光線にかかって、レントゲン主任の内藤医学士から「異状無し」と宣告されたのでホットして帰って来て寝台に引っくり返ったばかりのところであった。その矢先に突然にレントゲン室から帰って来た弟が、私の枕元に突立ったままメソメソ泣出したのだから、面喰わざるを得ない。

「どうしたんだ一体……」

「兄さんッ。僕は……僕はホントの事を云います」

激情に満ち満ちた声で叫んだ弟はイキナリ私の頸ッ玉に飛付いた。横頬を私の胸にスリ付けてシャクリ上げシャクリ上げ云った。

「……ナ……何だ。何をしたんだ」

「兄さんの生命はモウ……今から二週間と持ちませんッ」

「……ナ……なあんだ。そんな事か……アハハハ……」

私は咄嗟の間に、わざとらしい豪傑笑いをした。トタンに横腹がザワザワと粟立って、何かしら悲痛な熱いものが、胸先へコミ上げて来るのをグッと嚥み下した。

「フウーン。やっぱり胃癌だったのかい」

弟は私の肩に縋り付いたまま青白い顔を痙攣らせて私を仰いだ。

「……モット……モット恐ろしい物なんです。兄さんの心臓に大きな大動脈瘤が在るんです」

「フーム。大動脈瘤……」

私は動脈瘤の恐ろしさを知っていた。

俺は黴毒なんかには罹らないとか何とか云って威張っている奴の血液の中にコッソリ

居残っている黴毒の地下細胞菌が、ずっと後になって色んな悪戯をはじめる。そいつが心臓の出口の大動脈の附根に引っかかると二年か三年か経つうちにそこいらの血管がブヨブヨに弱くなって来る。本人がチットモ気付かない間にその部分の血管が、心臓から押出される血液の圧力に堪えかねて、少しずつ少しずつゴム風船のように膨れ上り初める。そいつがだんだん大きくなって肋骨の内側をコスり削って咳嗽を連発さしたり、声帯に伝わる神経を圧迫して声を嗄らしたりし初めるのであるが、それでも本人はまだ気付かない事がある。医師も呼吸器病ぐらいに考えて呑気に構えているうちに、とうとうその瘤の頭が紙みたいに薄くなるまで膨れて来て、やがてボカンと破裂する。肋骨の外へパンクして胸を血だらけにして引っくり返る事もあるが、内側へパンクするとそのまま、激烈な腹膜炎を起す。さもなくとも頭の方へ血を送っている管の根本が破れるんだから脳髄が一ペンに参って、卒中よりも迅速に斃れてしまうという世にも恐ろしいのがこの大動脈瘤である。しかも極めて早期に発見されたもので二年。遅く発見されたものだと一二週間の寿命しかないのが今までのレコードである。滅多にない病気ではあるが、発見されたが最後、如何なる名医でも手段の施しようがない。

「……兄さんのは……非常に……ステキに大きいのです。こんな大きいのは見た事がないって内藤先生も云っておられました」

弟は青褪めた顔でオズオズと笑った。両眼に溜まっていた涙がハラハラと両頬を伝わった。

私は熱に浮かされたような気持になった。魂が肉体から離れたような気持で笑い笑い云った。

「アハハハハ。済まん済まん。余計な心配かけて済まん。俺の動脈瘤は満洲直輸入だ。大原大将閣下の護衛で哈爾賓(ハルピン)に行った時に、露助の女から貰(もら)った病毒に違いないのだよ。アハハハ。自業自得だ。……しかし……よく云ってくれた」

弟はモウ立っている事が出来なくなったらしい。私の頸に一層深く両手を捲付(まきつ)けてオロオロと泣出した。

「馬鹿。泣く奴があるか。見っともない」

私は寝台の枕の下から白い封筒に入れた札束を取出した。念のため数えてみると十円紙幣が七十枚ある。その中から四十枚だけ数えて新聞紙に包んだ。

「いいか。ここに四百円ある。これは俺達が病気した時の用心に貯金しといた金だ。俺の葬式をした残りはお前に遣(や)る。大寺教授と相談してどこかの病院に奉公しろ。……な……わかったか」

弟は私が押付けた紙幣の包みを手にもとらずに大声をあげた。

「いやですいやです。兄さん。死んじゃ厭(いや)です。……生きて……生きてて下さい生きてて下さい……」

私はとうとう混乱してしまった。セグリ上げて来る涙を奥歯で噛締(かみし)めた。静かに弟の両腕を引離して寝台の上に座り直した。

「馬鹿……俺が自殺でもすると思っているのか。馬鹿……俺は一週間でも一時間でもいい、残っている生命を最後の最後の一秒までも大切に使うんだ。それよりも早く大寺先生の処へ行って御礼を云って来い。お蔭で癌じゃない事がわかって、兄貴が喜んでおりますと、そう云って来い。……直ぐに行って来い」

「ハイ……」

弟は柔順にうなずいた。寝台の枕元に掛けたタオルに薬罐の湯を器用に流しかけて、涙に汚れた顔をゴシゴシと拭い初めた。

「それから何でも冷静にするんだぞ。どんな事があっても騒ぐ事はならんぞ」

「ハイ……」

弟は湯気の立つタオルの中でうなずいた。

弟が出て行くと直ぐに私は大急行で寝巻を脱いで、永年着古した背広服に着かえた。手廻りの品々をバスケットに詰めた。夜具を丸めて大風呂敷に包んだ。その風呂敷の上にピンで名刺を止めて万年筆で小さく書いた。

「俺は行衛を晦ます。死際に一仕事したいからだ。どんな事があっても騒ぐなよ。俺の生命がけの仕事を邪魔するなよ」

大寺教授の自宅に「退院御礼」と書いた菓子箱を置いて博多駅前のポストに学部長宛

の辞表を投込んだ私は、間もなく着いた上りの急行列車に風呂敷包を一つ提げて乗込んだ。幸い識合いの者に一人も出会わなかったのでホッとした。敏感な弟も、こうした私の最後の目的ばかりは察し得なかったと見える。

私の最後の目的というのは一つの復讐であった。

私には義理の伯父が一人ある。名前を云ったら知っている人もあるだろう。須婆田車六といって日印協会の理事だ。その伯父は目下奇術師で、朝野の紳士を散々翻弄した揚句、行衛を晦ましている毒婦、雲月斎玉兎女史とくっ付き合って、目下、銀座のどこかで素晴らしい人肉売買をやっている事を私はチャント知っている。しかも巨万の富を貯えて印度貿易に関する限り非常な潜勢力を有し、非常時の内治、外交の裡面に重大な暗躍を試みているらしい事も、私が嘗て東京で、暴力団の用心棒をやっていた関係からチャンと睨んでいる。

伯父はそうした異国趣味のエロ商売で、日本に亡命して来る印度の志士や、潜入して来る各国のスパイ連を片端から軟化させているという噂だ。

私の知っている事実は、それればかりでない。

その位な伯父、須婆田車六のそうした財産は、私の父親を殺して奪い取ったものである事も、私はチャンと察しているのだ。

私の父親は日露戦争当時から、日本の軍事探偵となって、満洲西比利亜方面を跋渉していたるうちに、松花江の沿岸で、素晴らしい金鉱を幾個所となく発見していた。しかし沈着な父は、それを誰にも話さずにいたが、日露戦役後、私の実母が、積る苦労のために病死すると、父は親友の須婆田車六の実姉で、須婆田弓子という若い美しい未亡人を後妻に貰った。

それは私が子供心にも美しいと思った位であったから余程美しい評判の婦人であったろうと思う。親類たちは妙にこの婦人を白い眼で見て、「あんまり年を老(と)ってから美しい奥さんを持つと決していいことはない」などとまだ子供の私に云い聞かせていた位であったが、義母の弓子は、この上もなく私を可愛がって実の母以上につくしてくれたので、私はむしろそんな親類に反感を持って義母になついていたものであった。ところが世間の噂というものが妙に適中するものであるように、こうして親類たちの中傷の言葉が不思議にも讖(しん)をなしたのであった。要するに私たちの若い母親が余りにも美しすぎたせいであったから。

この義母の弓子が今の弟、友次郎を生むと間もなく、父がその若い母を愛する余りに、その金鉱の事を何気なく打明けた。近いうちに軍事探偵を廃業して、ここに砂金を採りに行くのだと云って、満洲の地図に赤い印を附けてみせたものである。これがそもそもの間違いの初まりであった。

私たちの愚かな母親弓子は当時哈爾賓(ハルピン)の英国商人の処に奉公していた伯父に、その事を通信したらしい。伯父は直ぐに帰って来て母親からその地図を捲き上げると、哈爾賓(ハルピン)に引返して、私の父が軍事探偵である事をG(ゲー)・P(ペー)・U(ウー)に密告したに違いないのだ。

間もなく砂金採掘の用意をして渡満した父は、哈爾賓の市外で、露人に誘拐されて満洲里に連れて行かれる途中、列車の中で射殺されて鉄橋の下に投棄てられていたという事実が報道されている。しかもこの報道を聞いた母の弓子は流産をした上に発狂して、何も喰わずに飢死してしまった。

抜目のない伯父は妹の弓子に一万円の生命保険をかけておいたので、その金も自分のものとしてしまった。そうして私たち兄弟に、僅か千円ばかりの葬式の費用を投与えたきり、砂金の採掘権を支那人に売渡して、印度に行ってしまった。

私の母親弓子が発狂した時に口走った事実を綜合すると、そうした伯父の非道な所業は全部事実と思われるばかりでない。伯父がズット以前から雲月斎玉兎女史の隠れたる後援者であった関係から、この残忍悪辣な工作は二人の共謀の仕事と疑えば疑えたのであるが、その当時、弟はまだ幼稚かったし、感付いていたのは私一人だったから証拠らしいものは何一つ残っていない。だから私は今日まで……否死ぬまで弟には打明けまいと決心していたのだ。

しかし私の生命がアト二週間しかないとなると、すこし話が違って来る。卑怯な云い草のようであるが、伯父の過去の罪を清算してやって、私の弟を一躍巨万の富豪にしてやる冒険が、必ずしも冒険でなくなって来るのだ。

私はいつの間にか眠ってしまったらしい。

翌る日は久し振り汽車に乗ったせいか、無暗に腹が減った。ボーイに笑われる覚悟で三度目に食堂に入っていると間もなく左手に富士山が見えた。多分今生の見納めであろう富士山が……。

富士が嶺は吾が思ふ国に生り出でて
　吾が思ふごと高く清らなる

コンナ和歌が私の唇から辷り出た。他人の歌を暗記していたのか、私が初めて詠んだのかわからない。それ程スラスラと私の頭から辷り出た。辞世というものはコンナ風にして出来るものかも知れないと思うと思わず胸がドキンとした。富士山は日本の大動脈瘤じゃないか知らん……といったような怪奇な聯想も浮かんだがコイツはどうしても歌にならなかった。

東京駅で降りて築地の八方館という小さな宿屋に風呂敷包とバスケットを投込むと直ぐに理髪店に行った。頭を真中からテカテカに分けて、モミアゲを短かくして、鼻の下の無精鬚をチョッピリ剃り残すとスッカリ人相が変ってしまった。それから夕方になるのを待ちかねて銀座に出て、ズラリと並んでいるカフェエや酒場を新橋の方からなし崩しに漁り初めた。絶縁同様になっている伯父の行衛を探すにはこの方法以外に方法はない……日印協会に問合わせたり、区役所を調べてまわったり、古馴染の右傾団体から手をまわしたりして万一感付かれたらカタナシになる。電話帳に本名を出しとくような狐狸とは段違いの怪物だからウッカリした事は出来ないと思ったからだ。

私は何とかして不意打に伯父に会わねばならぬ。ズバリと度胆を抜いて頭ゴナシの短時間に退引ならぬところへ逐い詰めてしまわねばならぬ。

カフェ探訪の最初の晩は大馬力をかけて廻ったので十四五軒程片付いたが、それでも左側の軒並二町とは片付いてはいなかった。

しかし私は屁古垂れなかった。よっぽど私立探偵に頼もうかと思ったが、この問題は絶対に他人に嗅がしてはいけないと思ったので、どこまでも自分自身に調べて行った。

そのうちに金はまだイクラカ残っているがカンジン・カナメの二週間の日限が切れそうになって来た。伯父の経営する店を発見しない中に私の心臓がパンクしてしまえばソレッキリである。Q大の十一号病室で弟に残りの三百円を呉れてしまって自殺した方がまだしも有意義だった……という事になる。

二週間がアト一日となった五月十一日は折角晴れ続いていた天気が引っくり返って、朝から梅雨のような雨がシトシトと降っていた。

何も私の大動脈瘤の寿命が四月二十七日からキッカリ二週間と、科学的に測定されている訳ではなかったけれども、起上ってみると妙に左の肋骨の下が、ドキドキドキと重苦しく突張り返って来るような気がした。

私は見違えるほど痩せ衰えた自分の顔を洗面所の鏡の中に覗いてみた。心臓を警戒して久しく湯に這入らなかったせいか皮膚が鉛色にドス黒くなって睡眠不足の白眼が真鍮色に光っている。何となく死相を帯びているモノスゴサは、さながらにお能の幽霊の仮面だ。自分でも気になったので、安全剃刀で叮嚀に剃って、女中からクリームとパウダを貰ってタタキ付けた。午後になると、自分の心が自分の心でないような奇妙な気持で、依然として青々と降り続ける小雨の中をフラフラと銀座に出た。

私の仕事の範囲はもう残り少なになって来た。

京橋際に近いとある洋品店と額縁屋の間に在る狭い横路地の前を通ると、その奥に何か在りそうな気がしたので、肩を横にして一町ばかり進入してみた。

私は間もなく漆喰でタタキ固めた三間四方ばかりの空地に出た。

正面の頑丈な木の扉に、小児の頭ぐらいの真鍮鋲を一面に打ち並べた倉庫のような石造洋館が立塞がっている。残りの三方は巨大なコンクリート建築の一端で正方形に囲まれている。そのビルデングの背中に高く高く突上げられた十坪ほどの灰色の平面から薄光りする雨がスイスイスイと無限に落ちて来る。

「イラッシャアイ……」

耳の傍で突然に奇妙な声がしたので私はビックリした。

私の眼の前……空地のマン中に、天から降ったような巨大な印度人が突立っている。

私は一歩退いた。眼を丸くしてその印度人を見上げた。

二

体重三十貫近くもあろうかと思われる太刀山さながらの偉大な体格だ。頭の上に美事なターバンを巻付けているので一層物々しく、素晴らしく見える。太い毒々しいゲジゲジ眉の下に茶色の眼が奥深く光って、鼻がヤタラに高い。ダブダブの印度服に、無恰好なゴム長靴を穿いて一瞬間私を胡乱臭そうな眼付で見たが、やがて頭をピョコリと下げて見せた。

私は何だかここいらに伯父の巣窟がありそうに思えたので、その印度人に握手する振りをして十円札を一枚握らせると、印度人は私の気前のいいのに驚いたらしい。

毛ムクジャラの両手を胸に当てて、最高級の敬礼をした。直ぐ背後に在る真鍮鋲の扉を押して開いて、私を迎え入れるべくニッコリと愛嬌笑いをした。

扉の内側は豪華なモザイクのタイルを張詰めた玄関になっていた。そのタイルの片隅に横たえられた長椅子にタキシードを着た屈強の男が三人、腕組みをして並んでいたが一眼で用心棒という事がわかる。その中の一人が印度人の眼くばせを受けると慌てて立って釘のように折れ曲りながら私に一礼した。右手の地下室に通ずる扉を開いて、私を導き入れると、ピシャンと背後から扉を閉じた。

私は青い光りに照されているマット敷の階段を恐る恐る降りて、突当りの廻転扉をくぐると忽ち真暗になってしまったが、間もなくその暗闇の中から、冷たい小さな女の手が出て来て、私の左手をシッカリと握った。ヒヤリヒヤリと頬に触れる木葉の間を潜り抜けながら奥の方へ引張り込んでいった。

私は恐ろしく緊張させられてしまった。早稲田在学当時、深夜の諏訪の森の中で決闘した当時の事を思い出させられたので……。

ところが、そうした樹の茂みの中を、だんだんと奥の方へ分入ってみると驚いた。決闘どころの騒ぎでない。

詳しい事実は避けるが、さながらに極楽と云おうか、地獄と形容しようか。活動写真あり。浴場あり。洞窟あり。劇場あり……そんなものを見まわしながら生汗を掻いて行くうちに、やがて蛍色の情熱的な光りに満ち満ちた一つのホールに出た。棕梠、芭蕉、椰子樹、檳榔樹、菩提樹が重なり合った中に白い卓子と籐椅子が散在している。東京の中央とは思えない静けさである。

私は何がなしにホッとしながら護謨樹の蔭にドッカリと腰を据えた。そこで今まで私の手を引いて来た女の顔をシッカリと見た。

女はオズオズと私の前にプレン・ソーダのコップを捧げていた。

栗色の夥しい渦巻毛を肩から胸まで波打たせて、黄色い裾の長いワンピース式の印度服を着ている。灰色の青白い光沢を帯びた皮膚に、濃い睫毛に囲まれた、切目の長い二重瞼、茶色の澄んだ瞳。黒く長い三日月眉。細りと締まった顎。小さい珊瑚色の唇。両耳にブラ下げた巨大な真珠……それが頰をポッと染めながら大きな瞬きをした。何となく悲しく憂鬱(ゆううつ)な、又は恥かし気な白い歯の光りだ。印度人に相違ないが、恐しく気品のある顔立ちだ。

私は指の切れる程冷めたいソーダ水のコップを受取った。

「君の名は何ての？」

「アダリー」

女の両頰と顎に浮いた笑凹(えくぼ)が出来た。頰が真赤になって瞳が美しく潤んだ。私は又、驚いた。どう見ても処女である。コンナ処に居る女じゃない。

「いつからこの店に出たの」

「今日から……タッタ今……」

「今まで何をしていたの」

「妹のマヤールと一緒に日本の言葉習っておりましたの」

「どこに居るの、そのマヤールさんは……」

「二階のお母さんの処に居ります」

「フウン……お父さんはどこに居りますか」

私の言葉が自然と叮嚀になった。

「私たちのお父さん、印度に居ります」

「イヤ。そのお母さんの旦那(だんな)様です。わかりますか」

「わかります。私の印度に居るお父様が、西洋人から領地を取上げられかけた時に、私たち姉妹を買い取って、お父様を助けて下すった方でしょ」

「そうです。その方の名前は何と云いますか」

「二階のお母さんの旦那様です。須婆田さんと云います」

私の胸は躍った。

「そうそう。その須婆田さんです。どこに居られますか。その須婆田さんは……」

「表に居なさいます」

「表に……？　表のどこに……」

「印度人になって立っていなさいます」

「アッ。あの印度人ですか。僕は真物かと思った」

「須婆田さんはホントの印度人です」

「成る程成る程。貴女はそう思うでしょう。スゴィ腕前だ。それじゃ十円上げますから僕の云う事を聞いて下さい」

「嬉しい。抱いて頂戴……」

と叫ぶなりアダリーは私の首に両腕を巻き付けた。異国人の体臭が息苦しい程私を包んだ。誰に仕込まれた嬌態か知らないが私は急に馬鹿馬鹿しくなった。

「馬鹿……ソレどころじゃないんだ。入口へ案内してくれ給え」

「……あの……会わないで下さい。どうぞ……」

アダリーは早くも私の顔色から何か知ら危険な或るものを読んだらしい。

「イヤ。心配しなくともいいんだよ。お前を身請するのだ」

「……ミウケ……」

「そうだ。お前を俺が伯父さんから買うのだ」

「エッ。ホント……？」

「ホントだとも。俺は果物屋の主人なんだ。お前を店の売子にするんだ。いいだろう」

「嬉しい。妾歌を唄います」

「歌なんか唄わなくともいい。二階のお母さんていうのは雲月斎玉兎っていう奇麗な人だろう」

「イイエ。違います。ウノコ・スパダっていう人です」

「おんなじ事だ」

こんな会話をしているうちにアダリーは私を導いて、暗い地下室の階段を登り詰めた。右手に狭い暗い木の階段が在る。ちょうど玄関の用心棒連が腰をかけている背後らしい。

「二階へ行くのはこの階段だろう」

「ハイ。あたしここより外へは出られません」

「ヨシ。あの部屋に帰って待ってろ。今に主人の須婆田さんが呼びに行くから……」

玄関には最前の通り用心棒らしいタキシード男が三人、腰をかけて腕を組んでいたが、外へ出て行こうとする私の顔を見ると三人が三人とも一種の怯えたような顔をして見送った。そうして扉の把手に手をかけると三人が三人とも恐しそうに中腰になりかけたが、直ぐに又腰を卸した。妙な奴だと思ったが間もなくその怯えている理由が判然った。樫の木らしい重たい玄関の扉を内側からソーッと開くと、忽ち怒号の声が外から飛込んで来た。

最前の巨大な印度人が扉を背にして突立っている。その前の四五歩ばかり隔った濡れたタタキの上に、背広服にレインコートの壮漢が五六人こっちを向いて立ちはだかっている。その中央に仁王立になっている無帽の巨漢は太い黒塗のステッキを右手に構えている。一目でわかる暴力団員である。近頃流行のエロ退治で、この家を脅迫に来たものに違いない。

印度人は私を振返る余裕もないらしい。右手に小さな銀色のピストルを持ち、左手に分厚い札束を抓んで軽く上下に振り動かしている。その頭の上の真暗い空間からは、銀色の小雨が依然として引っきりなしに降り注いで、場面を一層物凄くしている。

暴力団の中央の無帽の巨漢がステッキを左手に持ち換えた。右手を上衣のポケットに突込みながら怒鳴った。

「天に代って貴様等を誅戮に来たんだ。日印××なぞといって銀座街頭で南洋女の人肉売買をしているんだ。ちゃんとネタが上っているんだぞ」

それは真に怒髪天を衝くといった形相だった。

しかしこれに反して印度人の態度は見上げたものだった。よしんばそれが卑怯、無残な伯父(おじ)の変装であるにしても、私は今更に伯父の性格を見直さなければならないかな……と思ったほど堂々たるものがあった。六人もの生命(いのち)知らずの壮漢を向うに廻(まわ)しながら、鬚(ひげ)だらけの横頬で微笑しているらしかった。

「へへへ。大きな声はやめて下さい。貴方(あなた)がたのお世話で商売しておりません」

ステッキの巨漢が怒りのためにサッと青くなった。ほかの五人もその背後(うしろ)からジリジリと詰め寄った。

「ナ……何だっ。貴様はこの家の主人か」

「主人ではありませぬ、印度の魔法使いです」

「魔法使い……？……」

「そうです……わたしの指が触わると何もかもお金になるのです。お金にならないものは皆、血になるのです。へへへ……」

「…………………」

スッカリ気を呑(の)まれたらしく生命(いのち)知らずの連中が六人とも顔を見交して眼を白黒さした。この印度人が尋常の人間でない事を感付いたらしい。私はイヨイヨ伯父に違いないと思った。スッカリ感心してしまった。

「……サア……どうです。一体いくら欲しいのですか。君等は……」

「……サ……三千円出せ」

「アハハハ。そんなに出せませぬ。今ここに八百五十円あります」

「畜生……そんな目腐れ金で俺達が帰れると思うか」

「へへへ。ここはビルデングの奥です。わかりましたか。ここはビルデングの奥ですよ。ピストルを撃っても往来までは聞えません。どんな取引でも出来ます。サア……お金か……血か……どちらがいいですか」

「血だッ……」

と叫ぶと同時にステッキを提げた巨漢が右のポケットから黒い拳銃(ピストル)を取出した。

その一刹那(いっせつな)、私は印度人の前に大手を拡げて立塞(たちふさ)がった。……と思う間もなく背後(うしろ)の扉(ドア)から飛出したらしい、黄色いワンピースを着たアダリーが私の前に重なり合って突立った。私と印度人を庇護(かば)うつもりらしかった。

巨漢は面喰(めんくら)ったらしい。ピストルを持ったまま一歩背後(うしろ)に退(さが)った。

しかし私はソレ以上に面喰った。背後(うしろ)からアダリーを引抱えて、横に突き退けようとしたが、これが私の大きな過失(エラー)であった。その一瞬間、鼻の先の巨漢の右手から茶色の光りの一直線が迸(ほとばし)って印度人の巨体が無言のままドタリと仰向(あおむ)けに倒れた。ウームと唸(うな)りながら両足を縮めた。

アダリーを扉(ドア)の間に閉め込んだ私は、その倒れた印度人の側に突立った。失望とも混乱とも憤懣(ふんまん)とも、何ともかとも云いようのない感情の渦巻の中に喘(あえ)ぎ喘ぎ突立っていた。云い知れぬ絶望感のために危うく自制力を失いかけていた。鼻の先に巨漢がノシノシと近付いて来た。

「何だ貴様は……」

私は冷然と笑った。その私の前後左右に勢を得た暴力団員が立塞がった。私を取逃がすまいとするかのように……。

その隙に巨漢は、素早く身を屈めて印度人の手から紙幣の束を奪い取ろうとした。私は思わずカッとなった。イキナリ馳寄ってその巨漢の右手を靴の先で蹴飛ばした。紙幣が散乱してビショビショに濡れた漆喰の平面に吸付いた。

「……ウヌッ……」

と怒髪天を衝いた巨漢が、私の耳の上に一撃加えようとするのを、私はヘッドスリップ式に首を屈げたが、その隙に両腕を強く振ると、左右の二人が肩の関節を外して悲鳴を上げた。同時に正面の巨漢がピストルを握ろうとした右手を逆に掴んで背負うと、ポキンという音と共に、右の上膊の骨を外した巨漢が、眼の前のタタキの上にモンドリ打って伸びてしまった。

その手からピストルを奪い取って膝を突いたまま見まわすと、ほかの連中は巨漢を残して狭い路地口を押合いヘシ合い逃げて行った。その後から背後の扉を飛出したタキシードと用心棒連が、何やら怒号しながら追うて行ったのを見ると私は急に可笑しくなった。

アトを見送った私は倒れた印度人の死骸に向って頭をチョット下げた。

「自業自得です。成仏して下さい」

と黙禱すると、落散った紙幣を、一枚一枚悠々と拾い集めてポケットに入れた。それから背後の扉を押して玄関の横から狭い木の階段をスルスルと馳上って二階へ出た。

地下室の豪華絢爛さに比べると二階はさながらに廃屋みたような感じである。窓が多くて無闇に明るいだけに、粗末な壁や、ホコリだらけの板張が一層浅ましい。

私は一渡り前後左右を見まわすと、その廊下の突当りに向って突進した。事務室に居るという雲月斎玉兎女史こと、本名須婆田ウノ子を逃さないためだ。廊下の突当りに事務室と刻んだ真鍮板を打付けた青ペンキ塗の扉がある。その扉を開こうとすると、黄色のワンピース……アダリーが、イキナリ私の右腕に飛付いてシッカリと獅嚙み付いた。涙を一パイ溜めた眼で私を見上げた。

「アナタの伯母さんを殺してはイケマセン……」

私は愕然となった。啞然となった。私の心の奥底の秘密を、どうしてアダリーが知っているのだろう。

私の舌が狼狽の余り縺れた。

「馬鹿……ホントの……ホントの伯母さんじゃない。毒婦だ」

アダリーはイヨイヨシッカリと私の腕に絡み付いた。栗色の頭髪を強く左右に振った。

「チガイマス……善い人です。私たちの恩人です」

私は呆れた。同時に狼狽した。左手に握っていた八百五十円の札束をイキナリ、アダリーのワンピースの襟元に押込んだ。

「さ……これを遣る。放してくれ」

「アッ。イケマセン」

とアダリーは叫んで、慌てて札束を取出そうとした。その隙に私はアダリーを振離して青ペンキ塗の扉の中に飛込んだ……が……思わずアッと声を立てた。

そこは意外千万にも真紅と黄金の光りに満ち満ちた王宮のような居室であった。嘗て何かの挿画で見た路易王朝式というのであったろう……緋色の羅紗に黄金色の房を並べた窓飾や卓子被、白塗に金銀宝石を鏤めた豪華な椅子や卓子がモリモリ並んでいる。その入口に面した向側の大暖炉の上に巨大な鏡が懸かって、血相の変った私の顔がハッキリと映っている。

煙突の掃除棒みたようにクシャクシャに乱立した頭髪。青黒く痙攣した顔面筋肉。引き歪められた古背広。ネクタイ。ワイシャツ。動脈瘤の妖怪然たる決死の姿……。

部屋の中には誰も居ない。大暖炉の横の紫檀の台の上に両手をブラ下げて天を仰いだ裸体の少年像（後から聞いたところによるとこれはロダンの傑作の青銅像で雲月斎玉兎女史の巴里土産であったという）がタッタ一つ立っているきりである。部屋の中に満ち満ちた香水の芳香がシンカンと静まり返って気が遠くなりそうである。

「ホホホホホホホホホ」

思いがけない方向から思いがけない女の笑い声が聞えたので、私はビックリした。その方向に向き直ってキッと身構えた。

部屋の右手の隅に七宝細工かと思われる贅沢な寝台が在る。金糸でややこしい刺繡の紋章を綾取った緋色の帷帳がユラユラと動いたと思うとサッと左右に開いた。その中の翡翠色の羽根布団を押除けて一つの驚くべき幻影がムクと起上った。

玉虫色の夜会服を着た妖艶花のような美人……噂に聞いた……ブロマイドで見た……銀幕で見た……否。それ以上に若い、匂やかな生き生きした艶麗さ……私は、私の大動脈瘤が描きあらわす一つの幻覚ではないかと思った。コンナ素晴らしい幻影が見えるのは、黴毒が頭に来ているせいじゃないか知らんと思ったくらい蠱惑的な姿であった。

「オホホホホホ。初めてお眼にかかります。妾は伯父様に御厄介になっております玉兎で御座います」

私は背後の低い緞子の肘掛椅子に尻餅を突いた。クッションに跳ね返されて辷り落ちそうになったので慌てて坐り直した。

「ホホ。最前からの御様子はここから拝見しておりました。お美事なお手の中に感心致しておりました。失礼ですけど……あのアダ子や……アダ子や……」

「ハイ……」

返事の声と殆ど同時に私の横手の扉が静かに開いた。耳の横に新しいフリージャの花を飾ったアダリーが、湯気の立つ赤黒い液体を湛えた青い茶碗を二つ載せた銀盆を目八分に捧げて這入って来た。印度風の礼式であろうか。頭の上に押し戴くように一礼しいしい私の前の小卓子（テーブル）に載せた。

扉（ドア）の外での切羽詰まった態度はどこへやら、今までの事はどこを風が吹くかという落附きぶりを見せながらアダリーは両手を胸に当てて最敬礼をしいしい立去った。

その背後（うしろ）姿を扉（ドア）の外へ見送っているうちに私はやっと吾（われ）に帰った。同時に余りにも白々しい二人の冷静さに、たまらない怒気が腹の底から煮えくり返って来るのを、どうする事も出来なかった。

二人は自分達の夫であり、主人である伯父（おじ）の死体が玄関前に横たわっているのを知っておりながら平気で私を取巻いて、この上もなく冷血な芝居をしている。アダリーが私を扉（ドア）の外に引止めたのは、毒婦玉兎女史に何かしら準備の余裕を与えようとしていたものに相違ない。

私は、そう気が付くと同時に颯（さっ）と緊張した。

「オホホホ。まあ落付いて下さい。どうぞ印度のお紅茶を一つ……実はあなたに御相談したいことがありますの」

「この上に落付く必要はないです。眼が見えます。耳が聴えます。どんな御相談ですか」

「……まあ……随分性急ですね、友太郎さんは……」

だしぬけに名前を呼ばれて、私はビックリした。しかし、それを顔には出さず、咳払（せきばら）いをした。

「止むを得ません。時日がないですから」

「まあ……時間がない、どうしてですか」

「僕はもう二三日中に死ぬのです。大動脈瘤に罹っているんです」

「まあ……大動脈瘤と申しますと……」

「前月の二十七日にQ大学で心臓をレントゲンにかけてもらったのです。そうしたら僕の心臓の大動脈の附根に巨大な動脈瘤というものがある事が発見されたのです。その時にもう二週間の寿命しかないと、宣告されたのですから、僕の寿命は今日、明日のうちなのです」

私がそう云ううちに、伯母の化粧した顔色が眼に見えて変化して来た。幾十歳の老婆のように皮膚が張力を失い、唇がわななき、眼の中に一パイ涙ぐんで来た。カップを持つ手がわなわなとふるえ出した。

「ですから御相談に来たのです。……サア……弟をどうしてくれますか」

「そ……それはもう妾が引受けて……」

「口先ばかりではいけませんよ伯母さん。僕の眼の前でチャンとした方法を立てて下さい」

「待って……待って下さい。伯父様に一度御相談しないと……」

「馬鹿……その手を喰うと思うか。……この毒婦……」

「エッ、妾が……毒婦ですって……」

「毒婦だ毒婦だ……貴様は俺の伯父を唆かして、俺の両親の財産を横領させた上に生命までも奪ってしまったろう……」

「アッ……そ……それは大変な貴方の思い違いです」

「ナ……ナニを今更ツベコベと……覚悟しろ……」

「アレッ……」

と叫ぶと同時に玉兎女史は、私の振上げた短刀の刃先をスリ抜けて、寝台の中に飛込んだ。玉虫色の羽根布団を頭から引っ冠ったが、私はこの羽根布団の下の人の形の胸のあたり眼がけて、グサッと短刀を突込んだ。

だが、不思議や羽根布団がビシャンコになってしまった。慌てて羽根布団をマクリ上げて下を覗いて見た私は、アッと叫んで立竦んだ。羽根布団の下は真赤な血に染ったシーツばかりである。そのシーツの中央には何かあって手を突込んでみると、下はからになっているらしい。こころみに両手で引明けてみると三尺ばかり下には階段があって、青い電燈が点っているのが見える。

私は一杯食わされたのだ。雲月斎玉兎女史一流の手品で逃げられてしまったのだ。が、腹を立てても追附く話でない。私は血に染んだ短刀を摑んだまま、ぼうっとしかけたが、落着いて見ると、表の方で時ならぬ声がする。

立って寝台の向うの窓から覗いて見たが、騒がしい筈だ。狭い路地口には真黒い警官がつめかけていて、この家の周囲は蟻の這い出る隙もないくらい厳重にとりかこまれているようである。例の用心棒連はその押し合いへし合いしている中に数珠つなぎになってうなだれている。そのほかに、地下室で騒いでいた紳士、半裸体の女優、活動写真技師、女給なぞが、次から次に引っぱり出されて来る。十坪ばかりの空地が芋を洗うように雑沓して来る。

そのうちに背後の扉が開いた音がしたので、ハッとして振向くと、顎紐をかけた警官が二三人ドヤドヤと這入って来た。皆殺気立った形相をしていたが、振返った私の血だらけの右手を見ると、イキナリ二三梃のピストルを突きつけた。

「動くな。貴様だろう。犯人は……」

私は静かに寝台の上に突立った。

「そうです。お手数はかけません」

「死骸はどこに隠した……この家の主人の死骸を……」

「知りません」

私は内心唖然とした。警官が片附けたのでなければ消え失せるよりほかになくなりようがない筈だ。

「おのれ……白を切るか」

というなり、先に立った警官が飛びかかって来た。私は咄嗟の間に身を翻して寝台の中へ飛び込んだ。ストンと音がして、身体が階段の上に落ちるとすぐに、跳ね起きて階段を駈け降りた。

馳け降りると一つの扉にぶつかった。ぶつかるとすぐに押開いて中にはいると、頑丈な閂が取付けてあるのを発見したので、これ幸いとガッチリ引っかけた。私はやっと落着いて、胸の動悸をしずめて真闇になったトンネルを手捜りで歩き出した。どこへ行くかわからないまま……。

三

私は割り切れない不思議な出来事の数々を考え考え暗闇の中を二三町ほど手捜りに歩いて行った。

この上もない卑怯者と思い込んでいた伯父が、この上もなく勇敢に死んで行った事実。その死体が、いつかの間に消え失せた事実。アダリーが私の正体を知っている不思議さ。伯母が私の名前を知っている不思議さ。伯父の死に無関心な伯母とアダリーの白々しい芝居。この伯母が、私の動脈瘤に寄せた深刻な同情……それからあの寝台のトリック……この抜け穴……理窟に合わない事ばかりだ。夢に夢見るような不思議な事ばかりだ。よく私の心臓がパンクしなかった事と思う。今日か明日に運命が迫っているのに……など思い思い手捜りをして行くうちに、又一つの階段にぶつかった。螺旋型になっているようだ。それを二三十段登り詰めてからマッチを擂ると、回転扉らしいものにぶつかった。上下に手の汚れが附いている。下の方を押してみると案の定クルリと廻転して、美事なアパートの一室に出た。——窓から覗くと下は銀座一丁目の往来だ。

部屋の片隅の洋服掛に美事なタキシードが掛けてあって、その上下にベロア帽とカンガルー皮の靴と銀頂のスネーキウッドの杖が置いてある。

私はあの玉兎女史の血でよごれた古背広を脱いで、躊躇もなく大急ぎでその服と着かえた。帽子を冠る時に女の髪の臭いがプーンとしたので、これはあの毒婦雲月斎の変装用だなと気が付いた。帽子の大きいのと靴の小さいのには閉口したが、それでもどうにか胡魔化した。着換えてしまってみると、右のポケットに精巧な附髭と黒い鼈甲縁の色眼鏡があるのを探り当てたので、早速それを応用した。手鏡に写してみるとどうみても一流の芸術家だ。

往来へ出ると同時に私は直ぐ横の煙草屋の飾窓の前に立った。その飾窓の横側に斜に嵌め込んである鏡を覗いて今一度私の変装姿を印象すべく……。

ところが、その中に私は自分の姿を認める前に驚くべきものを発見してしまった。すぐ私の背後に立止まって凝っと覗いているサラリーマンらしい中年紳士の肩越しに、銀座の往来の断面が三分の二ほど映っている。この往来を電車と並行して来る美事な旧式パッカードの箱自動車の中に並んでいる——燕尾服の紳士と夫人らしい夜会服、それがソックリ伯父と玉兎女史に見えたのだ。

私は銀座の真中で幽霊に会った気持になった。急にタマラナク恐ろしくなって脱兎のように電車道へ出た。

「危いッ！」

と車掌が怒鳴るのも聞かずに走って来た電車に飛乗った。尾張町に来ると又飛降りた。そのまま何気なく築地の八方館に帰ろうと思って木挽橋の袂まで来たが、河向うを見るとハッと立停まった。河向うの八方館の入口から出て来たばかりの二三人の警官が、河岸に立って左右をキョロキョロと見まわしている。ああ、私の正体がその筋から看破されているばかりでない、宿屋まで突止められているとは、何という機敏さであろう。弟にも知らせずに九州から来た私の正体が、どこから、どうしてわかったのであろう。

――ただ呆然と佇んでいる私の耳に、魔者の声のようなラジオが聞えて来た。

「……引続いて今晩の最終九時半のニュースを申上げます。今晩銀座×丁目二十四番地、印度人シャイロック・スパダ氏経営に依るカフェー・クロコダイルで世にも恐しい且つ奇怪なギャング事件が勃発致しました。襲撃致しましたのは過般銀座銀行を襲撃して満都を驚かしました国粋団の一味で、カフェー・クロコダイルの入口に立っておりました印度人シャイロック・スパダ氏を射殺し、尚も奥へ乱入しようと致しましたが、急を聞いて馳付けた警官のために三人ほど捕縛されてしまいました。

同時に該カフェー・クロコダイルの醜い営業振りが悉く当局の手によって暴露される事になりましたが、詳細な点はまだ、発表を停められておりますから悪しからず御諒察を願います。

但し、ここに一つの不思議な事と申しますのは、その愛国団の一味のほかに今一人、一人の兇漢が、カフェー・クロコダイルの中に忍び込んでいたことで御座います。その兇漢は、混雑に紛れて同カフェーの二階に馳上り、二階事務室に潜んでいたスパダ氏の情人、有名な雲月斎玉兎女史を刺殺して地下道から逃亡しました。しかも最も不思議な事に、その怪漢の悪戯でもございましょうか、スパダ氏の死体と玉兎女史の死骸が警官の出動と同時にかき消す如く消え失せました事で、そのために当局では事件の真相が判明せず、些からず困惑している模様で御座います。

しかし、その兇徒の人相風采は目撃者の説明によって詳細判明しておりますから遅くも明夜までには逮捕される見込みで目下東京市中は非常警戒網が張られているところであります。……以上……」

私はふらふらと真暗い材木積の蔭からソロソロと歩き出して、向側の車道に片足をかけようとした。この時、左の方から疾走して来たパッカードのオープンが烈しい警笛を鳴らしながら、行きすぎた。危く轢かれ損なった私は慌てて歩道の上に飛び上って振り返ったが、思わずアッと声を揚げた。

そのパッカードの中に黄色いルームに照らされて並んでいたのは疑いもなく私の弟と、アダリーではなかったか。しかも弟はリュウとした紺と茶縞の――彼の好きだと云っていた柄のサックコートに青光りするカンカン帽を冠っていた。アダリーは小さな黒い鉄兜形の婦人帽に灰色の皮膚をクッキリと際立たせた卵色の散歩服、白靴下、白靴。二人とも胸に揃いの黄金色のバラの花をさしていたではないか。そうして二人とも驚いた風で私を見ると同時に互いに相手の膝を押えて制し合った。

ああ、私が九州を出て来て以来の出来事は何もかも一続きの悪夢の連続ではないか知らん。私は依然として東海道線の寝台車の中に睡っているのじゃないかしらん。否、弟が私の動脈瘤を宣告した事からして、私が常々心配していた事が夢となって現われたものに過ぎないので、私はまだQ大の十一号病室の寝台に横たわったまま、こうして悪夢から醒め得ないで藻掻いているのじゃないかしらん。

私は何が何やらわからなくなったままスタスタと歩き出した。同時に左右の踵に処々靴ズレが出来たらしくヒリヒリと痛みだしたのを感じた。

だが、私は東京市中の交番の配置がこれ程までに巧妙に出来ていようとは思わなかった。

私は曾て長い事、東京に住んでいたし、東京の裏面にもかなり精通しているつもりであるが、交番の前を通り抜けずに東京市外に出る事が絶対に不可能である事を、この時に生れて初めて知った。それ程に東京市中の交番の配置は巧妙に出来ているのであった。

私は行く先々に白い交番が新しく新しく出来て行くのじゃないかと思い思い、抜け裏を潜ったり交番の前を電車の陰になって走ったりして、ヤッとの思いで両国の川縁まで来た。もうここから先へは一歩も行けない。行けば橋の袂の交番にぶつかる。河岸から小舟を雇っても水上署の眼を逃れる事は出来ない。多分河口には鋭い眼が光っている事であろう。

私は進退谷まった。目的を遂げずに罪人となって町を逍迷った揚句行く先がなくなるとは何という不運な私であろう。

私は悠々と流るる河の水を眺めた。星の光りと、灯の明と入り乱れて夢のように美しい。コンナ時に人間はふいと死ぬ気になるものか……と思いながら……。

「旦那。行きますか」

不意に私の背後で柔和な男のような声がしたので私はびっくりして振返った。美事な流線型の箱自動車が待っている。

私は黙って飛乗ったが、乗ってみると驚いた。運転手は女で、粗い縞の鳥打帽。バックミラー越しにチラリと見えたその下に私と同じの黒色鏡がかかって、ヤモリ色をしているその顔が私をチラリとニッコリと笑った。

「ドチラへ参りましょうか」

「どこでもいい、郊外へ出てくれ」

「エッ郊外……」

女運転手が可愛い眉をひそめた。どこかで見たような女だとは思ったが、この時はどうしても思い出せなかった。

「郊外は駄目なのかい」

「いいえ。何ですか、きょうは銀座で騒ぎがありましたのでね。非常線が張ってあるんです。私は横浜の免状を持っておりますし、車も横浜のですから帰れるには帰れるんですが。旦那が無事に通れますかどうか」

「アハハハ、馬鹿にするない、俺が殺したんじゃあるまいし」

女運転手はニヤリと冷たく笑った。

「何とも知れませんわねえ。……でもあなたさえよかったら、方法があるんですが……」

「……フーム。どうするんだい」

「その腰かけの下へ寝るんです」

「何……この下へ……」

私はソロソロ動き出して車の中で立上って座席のクッションを持上げてみた。

……何と……座席の下はチャント革張りの寝床になって、空気枕さえ置いてある。四方が金網張りで、空気が、自由に出入りするようになっているところを見ると、この車は尋常の車でない。そう気が付くと同時に私は一瞬間色々な想像を頭の中で急転させたが、この際躊躇している場合でないと思った。

で、思い切ってこの中にモグリ込んで、紙幣をひっぱりだした。

「ホラ十円遣る」

「ありがとう御座います。後から頂きます」

といううちに運転手は猛然とスピードを出した。ブンブンいうエンジンの音を聞いているうちに、疲れ切った私はとうとうウトウトしかけて行った。眠ってはならぬと思いながら。

「旦那様……まいりました」

耳元で呼ぶ声がする。

「オイ来た」

反射的に私は身を起した。女運転手は冷笑しいしい、クッションの下から這(は)い出した私の腕をとらえて、コンクリート造りの大きな西洋館に連れ込んだ。表柱の標札を見ると天洋ホテル、伊勢崎町と書いてある。いつの間にか横浜へ来たのだ。

女運転手は私を二階の十二号の特等室に案内した。

「ちょっとここでお待ちになって下さい」

と云ったまま、サッサと出て行ってしまった。靴を脱いで、私はスッカリ眼が冴(さ)えたままベッドの上に長くなった。豆の出来た足を揉(も)み揉み女運転手が帰って来るのを待った。

十分……二十分……三十分……。

私はイヨイヨ彼女が来ない事がわかると又もジリジリと緊張して来た。さてはイヨイヨインチキホテルだな。この俺を捕まえて変な真似をしやがったら、それこそ運の尽きだぞ。どっちにしても冥土(めいど)の道連れだ。東京で失敗した埋め合わせだ。どうするか見やがれ……といったような気もちで手を伸ばすと枕元のベルを二つ三つ押してみた。

翌日出帆の上海行汽船の白切符を買って来いと命じて、私はその上海行きの長崎丸という汽船に乗って盛広の短刀と一緒に一切の事実を告白した遺書を残して、海中へ飛込む計劃である。万が一にも助からないようにピストルで頭を撃って……するとすぐ扉をノックして十四五の可愛い顔のボーイが這入って来た、眼をマン丸くしてお辞儀をした。

「何か御用ですか」

私はすっかり張合が抜けてベッドに長くなって寝たまま金を渡した。

切符を買って来たボーイは妙にニコニコしながら両手を揉んだ。

「御夕食後御退屈ならホテルのダンスホールにおいでになりませんか。すぐこの下ですが」

私は十二分の好奇心をもって、夕食もソコソコに階下のダンスホールにいって見た。そこで何事か起るに違いないといったような予感に打たれたが、しかしダンスホールには何等変った事がなかった。しかも東京の騒動が利いていたせいか、踊る客人は極めて僅少で、ただ一人若い医者らしいスマートな男が、一人で噪いで踊っているのを、大勢の女がヤンヤと持て囃しているだけであった。その男は皮膚が薄赤くて髪毛と眉毛が黄色く薄い男であったが、あんまり朗らかで愉快そうに見えるから、私は云い知れぬなつかし味をおぼえながら眺めているところへ、一おどり踊り終ったその男は、桃色に染った口をハンカチで拭き拭きすぐ私の傍の安楽椅子へ来てドッカリと腰をかけた。

「やー、どうも失礼しました」

ヒョッコリと私に向って頭を下げた。何のわだかまりもない風付(ふうつ)きで私にシャンパンのコップをすすめた。

「ありがとう御座います。しかし頂きません」

私がこう云って頭を下げると相手の男は見る見る妙な顔になって、私を見た今までの快活さはどこへやら、暫(しばら)くの間ジィッと顔の筋力を剛(こわ)ばらせて、不思議な事に私の顔を凝視している様子であったが、やがてホッとため息しいしい大きく一つうなずいた。

「ハハアー、貴方(あなた)は心臓がお悪いですな」

私の心臓が大きく一つドキンとした。

「エッ……ど……どうしておわかりになりますので……」

「アハハ、お顔色でわかります。大動脈瘤(だいどうみゃくりゅう)でしょう」

「…………」

私はもうすこしで気絶するところであった。その私の眼の前へ、男は名刺を差出した。受取って見ると、「レントゲン専門医学士古木亘(ふるきわたる)」と明朝体で印刷してある。私はこの男の肉眼までが、レントゲンで出来ているのじゃないかと疑った。

「ハハアー。レントゲン専門の方で……」

「そうです。大動脈瘤なら私の処へ毎日のように押しかけて参りますので、皮膚のキメを一眼見るとわかる位になれているのです。皆無事に助かる人が多いのでね。押すな押すなという景気です、ハハハ……」

古木学士はポカンと口を開けている私を見い見い言葉を続けた。

「イヤ。何でもない治療法なんです。私の秘薬でね、ブシリンという植物質のアルカロイドがあるのです。この薬を飲んでいるうちに血管がスグと柔らかくなって血圧が低くなるので、容易にパンクしないのです。ですから、その薬を差上げながら動脈瘤の病源である黴毒を根治するために、六百六号を注射しておりますと、動脈瘤がだんだん小さくなって、普通の丈夫な血管に回復するのです。しかもその膨れていた処には、丈夫な石膏の壁が残るために、二度とそこからはパンクしなくなるのです。私の処に見えた患者で助からなかった人は十人に一人しかありませんよ」

私は世にも意気地もなく椅子から辷り降りた。

「どうぞ、僕に、その薬を頂かして下さいませぬか。お助け下さいませぬか」

「アハハ。お易い御用です。まあおかけ下さい。この薬です。カプセルに這入っている白い粉末ですが、アイヌが矢尻に塗るブシという毒薬から採った薬です。これをお飲みになれば少くとも二十四時間はどんな劇烈な運動をしても心臓はパンクしません。……オイ！　オーイ！　この方にプレンソーダを一杯持って来て差上げろ」

私は夢に夢みるような気持になった。

「しかし……先生のような方が……どうしてコンナ処に……」

「アッハッハッハッ。貴方の御運が強いのですね。……実はコンナ処へでも来て息を抜かなくちゃ遣り切れないほど儲かりますのでね。ハッハッ」

「やはり……その動脈瘤の治療で……」

「ナアーニ。動脈瘤の方はタカが知れておりますよ。例の深透レントゲンが大繁昌でね。有閑マダムや有閑令嬢の秘密をワンサ握っているもんですからね。コレで商売が繁昌する世の中はロクな世の中じゃありませんよ。ハッハッハッ」

私はソーダ水に酔払ったような気持になった。私は古木学士に手を引かれてダンスホールに出た。女を三人も縋り付かせて水車の如く廻転さしてみせた。それから女どもに取巻かれて古木学士と抱き合いながら踊っているうちに、部屋中の灯が突然虹のようにギラギラと輝き出したように見えた。それにつれて口の中が妙に黄臭くなって来たので、毒を飲まされたのかと思ったが、もう遅かった。誰か五六人の手でシッカリと背中を抱えられているのを感じたきり何もかもわからなくなってしまった。

四

フッと眼をさますと私は見慣れない病院の一室に寝ている。緑色の壁と薄紫のカアテンに囲まれた静かな、暗い、窖のような病室だ。カアテンの間から明るい青空の光りが流れ込んで、寝台の枕元から私の顔の真上に垂れ下っているスイトピーを美しく輝かしている。鼻が痲痺しているせいか芳香がしないようである。そのうちに身体中がビッショリと汗を掻いて来た。身体をモジモジと動かしてみると、フランネルか何かの寝巻を着ているようである。

「……アッ……」

という小さな叫び声が私の枕元から聞えたので、ビックリして振り返ってみると、栗色の髪をグルグル巻にした黄色いワンピースの少女、眼の大きい、唇の赤い、鼻の高い、憂鬱(ゆううつ)な檳榔樹(びんろうじゅ)色の少女だ。

「アダリー」

アダリーは返事の代りに大きな瞬きを一つした。印度人特有の表情の一つであろう。

「きょうは何日……」

「……五月……ジュ……サンニチ……」

「エッ……十三日……ほんとか……」

「……ホント……です……」

と云ううちにアダリーは壁際の小卓(テーブル)の上に置いてある新聞を取って見せた。私は引ったくるようにして日附を見た。東京昼夜新聞一万八千二十一号昭和九年五月十三日……日露国交好転……欧洲再び戦乱の兆。

「ここはどこ……」

「古木レントゲン病院……」

私は唖然(あぜん)となった。しかし間もなく吾(われ)に帰ると飛び上って叫んだ。

「オイ大変だ大変だ……先生……古木先生を呼んで来てくれ」

私の吃驚し方があんまりひどかったものでアダリーも驚駭したらしい。両手を頭の上に差上げ差上げアヤツリ人形のように両膝を高く揚げながら駈け出して行った。

予定の日数よりも三日ほど生き伸びている。心臓に手を当ててみると、相も変らずハッキリした流れをトクントクンと打っている。……冗談じゃない。

訳がわからぬまま、クシャクシャになった頭を掻きまわしたり、鬚だらけになった顎をゴリゴリ撫でまわしたりしているところへ扉をノックして、古木先生が悠然として這入って来た。

「ヤア。醒めましたか。頭が痛くないですか」

「そう云われてみると成る程頭が痛いし、胸がすこしムカムカするようだ。イヤ、大丈夫です。先頃はどうも……」

「アハハ。イヤ失礼しました。ビックリなすったでしょう。無断でコンナ処へ連れて来たもんですから」

「実は驚いているんです。どうしたんですか、一体これは……」

「先ずこれを御覧なさい」

古木先生はすこし真面目になって背後を振返った。古木先生の白い服の蔭に隠れていたアダリーが丸い筒を差出した。古木先生は、その筒の蓋をスポンと抜いて、中から黒い大きなセルロイドみたいな正方形の紙を出した。空の方向に差し出して私に透かしてみせた。それは大きな医学用写真フィルムであった。人間の肋骨らしいものが黒く波打って並んでいる下の方に、白い雲みたようなものがボーとボヤケている。

「この白いものが貴方の心臓なのです」

「僕の心臓……」

「そうです。よく御覧下さい。ここが心臓の右心室でここが左心室です。ここから出た大動脈がコンナにグルリと一うねりして重なり合っているでしょう。おわかりになりますか」

「わかります。ゴムの管みたいに『の』の字形に曲って重なり合っているようですね」

「そうですすそうです。僕はこの写真を撮るためにあなたに痲酔を利かせてこの病院に運び込んだのです。そうしてあの晩のうちに五枚ばかり瞬間写真を撮ってみたのですが、その中でも一番ハッキリ撮れたのがこの一枚です」

「ヘエッ。何のために……」

「何のためって、貴方の伯父さんに頼まれたのですよ」

「エッ。僕の伯父さん。あの須婆田の……まだ生きているのですか」

「ええ御健在ですとも。伯母さんの玉兎女史と一緒に昨夜印度へ御出発になりましたよ。銀洋丸で……」

私は眼をパチパチさした。古木学士はいよいよ眼を細くして反身になった。学士の肩の蔭で、アダリーも可笑しいのを我慢しながらうつむいている気配である。

「何だか……僕にはわかりません」

「アハハ……。僕にも深い御事情はわかりませんが、貴方（あなた）の伯母様ですね。雲月斎玉兎嬢ことウノ子さんは未（ま）だ興行界を引退なさらない前からいつも私の処へ来て深透レントゲンをやっておられたのです。つまり美容の目的から出た産児制限ですね。貴方だから包まずにお話出来ますが、私は貴方の伯母様の御蔭で大学を出て、この病院を開きましたもので、この部屋は伯母様が御入院なさる時のおきまりのお部屋だったのです」

私は今一度室内の調度を見廻（みまわ）した。路易（ルイ）王朝好み、ロダンのトルソー、セザンヌの静物画……。

「わからない。不思議だ——奇遇だ……」

「イヤ。奇遇じゃないのです。貴方が伯父様と伯母様の計略におかかりになったのです」

「計略に僕が……」

「そうです。私はよく存じております。伯父様と伯母様はよく右翼団体から狙われておいでになるので、いつも防弾衣（ぼうだんぎ）を着ておられたのです。伯母様は又お得意の魔術をもってイザとなるとカラクリ寝台の中に逃げ込まれるので、いつも犯人が摑（つか）まってしまうのです。それを貴方は御存じないものですから伯父様と伯母様が、最早（もはや）おなくなりになったものと思い違いなすったのでしょう」

私は生れて以来コンナに赤面させられた事はなかった。お前は馬鹿だよ……と云われたよりもモット深刻な恥辱を感じた。

「ちょうど四月二十九日の夜の事です。私は伯母様からお電話がかかりまして、銀座のセイロン紅茶店へ参りまして伯父様と伯母様とに、貴方の弟御さんからスッカリ御事情を承りましたが……」

「エッ。僕の弟……どうして」

「貴方が福岡を御出発なさるのを停車場で発見されて、跡をつけて御上京なすって、伯父さんと伯母さんに一切を打ち明けて御相談になったアトに、伯父様と伯母様は東京中の私立探偵を動員して貴方の御宿を探らせてやっと判明したのが、五月の十一日の午後、貴方が一足違いで築地の八方館をお出かけになった後でした。そこで伯父様と伯母様はチャント心構えをして待っておいでになるところへ、意外の出来事から貴方の伯父様に対するお気持がわかったので、伯父様は非常に喜ばれました。伯母様も貴方の弟思いの御心持にスッカリ同情されましたが、一足違いで貴方を取逃がされたのを非常に残念がり、八方に部下を飛ばして貴方の行衛を探しておられると、両国橋の方向へ行かれる貴方を発見した者が、電話で知らせた。そこで兼ねてから男装して付いていたアダリーさんが直ぐに自動車を飛ばして……」

「アッ。それではあの運転手がアダリー……」

アダリーは真赤になって古木学士の蔭に隠れた。

「アハハハ。貴方も馴染甲斐のない人ですね。アダリーさんの顔を見忘れるなんて……しかしアダリーさんも……むろん私も……お話を聞いて感心しました。あなたの勇敢さと大胆さと熱意に打たれて伯父様と伯母様は何とかして救ける道はないかというので、私に治療をお願いになったのです。それで私は、わざと貴方に感付かれないように横浜の天洋ホテルでお眼にかかったのです。あの時に申上げたのは皆私の駄法螺だったのですが……」

「エッ駄法螺。あれはみんな嘘で……」

私は又暗い気持になりかけたが、古木学士はそうした私の悲哀を吹き飛ばすように笑った。

「ハッハッ、御心配なさらずとまあお聞きなさい。私はその時に伯母様から貴方をこの病院に入れて三日間睡らせておいてくれろ。その間支度を整え印度へ逃げるからという御命令でね。で、その治療の結果を私が御報告申し上げたらお二方ともスッカリ御安心で……」

「……安心……」

「ハイ……御安心で昨夜御出発になった許りです。委細はこの手紙に書いておくからという事で……」

古木学士は白い治療着のポケツから白い横封筒を取出して私に渡した。見忘れもせぬ伯父の筆である。

『前略。俺の過去の罪悪を知っているのはお前一人だ。そのお前が俺の生命を救ってくれた。お前達二人は俺の良心だ。目的のために手段を択まなかった俺は罪悪を恐れる余りお前達二人を遠ざけていたことを詫びる。その詫びの印にお前の弟の友次郎へ私たちの財産の半分を残しておく。お前の気性はよくわかっている。両親の墓にこの旨を伝えてくれ。委細は麹町区大手三番の弁護士金井角蔵氏に会って聞け。俺達夫婦はまだ死にたくない。国家のために重大な仕事が残っているから印度へ去る。俺達夫婦が生きている間は日英の外交が破裂する心配はないと思え。外交の事は、お前達のような単純な書生にはわからぬ。気に入らないかも知らないがアダリーをよろしく頼む。まだ無垢の印度貴族の娘だ。そして直ちにQ大に復職せよ。柔道教師の本分を守れ。アダリーの身分の証明書と財産目録はやはり金井弁護士の処に在る』

「そうして……そうして……」

　私は真青にふるえながら古木学士の顔を見た。

「そうして……そうして僕の動脈瘤はどうなったのです」

「アハハハ。動脈瘤じゃありませんよ。その写真の通り血管の蜿りが重なり合ったものに過ぎないのです。珍らしいものですが、よく動脈瘤と間違えて騒がれるシロモノです。貴方の運動があんまり烈しかったので、血管が圧迫に堪えかねて伸びたのですね。トテも丈夫な血管ですよ、貴方のは……貴方はキット長生き……」

　私は後の説明が聞えなかった。ただアダリーがキアーッと叫んだ悲鳴が聞えただけである。気が遠くなって寝台の上に引っくり返ってしまったのだから……。

解説

谷口基

明治二十年代に海外より移入された探偵小説が、「疑団・忖度・氷解」（黒岩涙香「無惨」『小説叢』第一巻、一八八九年九月）という原初の定型を脱し、目眩く多様性を示し得たのは、一九二三（大正十二）年の江戸川乱歩登場以来のことだ。殊に、遙か後年乱歩自身が定義した探偵小説の概念――「主として犯罪に関する難解な秘密が、論理的に、徐々に解かれて行く径路の面白さを主眼とする文学」（『幻影城』岩谷書店、一九五一年五月）とは、いささか毛色の異なる傾向の作品群、たとえば「白昼夢」、「人でなしの恋」、「鏡地獄」、「押絵と旅する男」、「目羅博士の不思議な犯罪」等に展開された世界観は、戦前の日本において、海外でも類を見ない探偵小説の〈変態〉を惹起することとなった。怪奇幻想、メルヘン、変態心理、魔境冒険、科学小説、前衛的なシナリオの類に至るまで、既成文学の枠から逸出した奇想の創作群が探偵小説の名の下に集結し、それらは犯罪事件等に付随する謎が科学的、論理的に解き明かされていく行程を描く「本格探偵小説」に対して、「変格探偵小説」と呼称されたのだ。ここには、謎が合理的に解き明かされていく快感などはない。しかし、現実を相対化する視点を獲得し、非論理の論理に淫する愉悦がある。「変格」とは、〈本格以外のその他〉という意にとどまらず、「本格」とは異なる世界観、すなわち科学や合理主義とは異なる論理によって組み立てられた物語の構造や趣向を総括した概念と考える必要があるのだ。乱歩の試みに続いて、「変格」の領土を拡大していった同時代作家たちには、小酒井不木、横溝正史、城昌幸、大下宇陀児、海野十三ら錚々たる顔ぶれが列なるが、就中、「変格」が孕む可能性に自らの文学的生命のすべてを託した希有の作家として、夢野久作の名を特記せねばなるまい。

　晩年の随筆「探偵小説の真使命」（『文芸通信』一九三五年八月号）に「探偵小説の真の使命は、その変格に在る」と断じた彼は、以下のように語を継ぐ。「この無良心、無恥な、唯物功利道徳の世界は到る処に探偵趣味のスパークが生む、新しい芸術のオゾン臭が、生々しく蒸れ返つて居る筈だ」。

　遺稿「自己を公有せよ」（『九州日報・夕刊』一九三六年三月二十五日～四月二日）に拠れば、久作は「自己を公有する本能」、すなわち無私と他者本位の精神を「万有進化の大道」に則した理想と考え、同時代日本の現状が、その対極ともいうべき「科学的唯物文化」に支配されている事を憂慮していた。ゆえに彼の文学世界は「血も涙もない、唯物、功利主義」を助長する科学や合理性と一線を画する異風の論理によって構築され、それは多くの場合、悪しき近代主義を相対化する視座をテクスト上に形成したのである。久作の造形した〈探偵〉は、事件に胚胎する謎を数値や図式に置き換え、可視化していくのではなく、超越的な感覚や至芸の伎倆、あるいは脳髄の深淵から発した「奇蹟」に導かれ、謎そのものと同化していくところに唯一無二の独自性を誇る。この空前の物語世界こそが、唯物論によって駆逐された神秘と伝統に由来する精神遺産と、功利主義を真っ向から否定する反骨の思想とが交差する地平に出現した、夢野久作の変格探偵小説なのである。

本書に収録された諸作品は、歿後に雑誌掲載された「冥土行進曲」を除き、彼、夢野久作の筆に油が乗りきった一九三二年から一九三四年（昭和七〜九年）に至る時期に発表された秀作揃いである。初の新聞小説「犬神博士」の連載（『福岡日日新聞・夕刊』一九三一年九月二十三日〜一九三二年一月二十六日）を終え、畢生の大作『ドグラ・マグラ』の刊行（一九三五年一月十五日）に向けて照準を合わせ直すと、着々と地歩を固めていった頃合である。各作品について、以下に簡単な解説を付す。

「狂人は笑う」は『文学時代』一九三二年七月号（第四巻第七号）に発表。「青ネクタイ」と「崑崙茶」の二篇より成る。「青ネクタイ」には、前述した〈脳髄の深淵から発した「奇蹟」〉に従い、叔父を惨殺するヒロインが描かれる。彼女の行為に、常識を逸脱した狂人の論理を見いだすことはたやすいが、彼女を私宅監置していた叔父をめぐる複数の黒いエピソードが、その判断に迷いを生じさせるだろう。人形の胎内から出たメッセージに促されたヒロインの決起は、その精神領域を律する非論理の論理から導かれた、正当な復讐であった可能性を、いわゆる正常者たる読者もまた、看過するわけにはいかないからである。

「縊死体」（いしたい）は『探偵クラブ』第八号（一九三三年一月二六日）に発表。『猟奇』一九二八年十一月号（第一年第六輯）に掲載された「猟奇歌」第四首目が、同作の原型ともいうべき世界を詠んでいる。

あの娘を空屋で殺して置いたのを
誰も知るまい
藍色の空。

既発表の「猟奇歌」から小説へと変じた作品には、他に「自白心理」（『新青年』昭和六年十月号。加筆後、「冗談に殺す」と改題、一九三三年五月、春陽堂日本小説文庫『冗談に殺す』に収録）がある。

「難船小僧（S・O・S BOY）」は『新青年』一九三四年三月号（第十五巻第四号）に発表。本作には物理、化学の常識を基底に置く近代主義を、「理外の理」たる怪異と対峙（たいじ）せしめる闘争図が描かれる。乗り組んだ船舶は必ず沈めるといういわくつきの給仕伊那一郎を「アラスカ丸」船長はそれと知りながら、あえて乗船させる。二度の航海を無事に終えた後、碇泊（ていはく）中の横浜で一郎は行方不明に。出航後「アラスカ丸」はつづけざまに事故に見舞われるが、その渦中に一郎の死体が発見される。犯人である水夫の兼（かね）は、船長の意志に従い、一郎の遺体を船外に放棄しなかったのだ。――ここに至って忽然（こつぜん）、テクストにおける対決図は変質する。それはもはや、近代科学と「理外の理」との、計測可能なエナジー対エナジーの闘争ではない。近代主義と海上の神秘、そのいずれが真の怪異か――すなわち、いずれが本物の化け物か、いずれがより危険な害意の表象なのか――という判定が問われる、寓意に富んだ命題が浮上してくるのだ。

「焦点を合わせる」は『文学時代』一九三二年四月号（第四巻第四号）に発表。本格探偵小説の書き手である甲賀三郎は、久作が描く作品世界の広汎さを讃えて「取材の範囲が羨しい程広い」（「探偵小説家の製作室から」『文学時代』一九二九年十一月号）と評しているが、本作はそうした傾向が特に際立った一篇といえよう。異界としての船上生活や、異界のなかのさらなる地獄である機関室の描写は、谷譲次の「上海された男」（『新青年』一九二五年四月号）に既に試みられているが、本作が孕む情報量はさらに凄まじい。これらの素材はおそらく、国士として極東全域を奔馳した実父・杉山茂丸や、朝鮮の水産業に長く携わっていた叔父・林駒生など多数の人物の談話から獲たものであろう。

「斜坑」は『新青年』一九三二年四月号（第十三巻第五号）に発表。依頼に応じて同誌編集長の水谷準に宛てた返信（一九三二年一月十一日付）に拠れば、本作は当初「逆行」と題され、「闇黒に慣れた頭の悪い青年（炭坑の小頭）の頭に起った不思議な精神作用から意外な惨劇が起る状態を三菱系の某炭坑幹部の体験談を基礎として描きましたものです」と解説されており、この時点において、記憶中枢に焼き付いた視覚映像の再現によって自己を謀殺せんと仕組んだ犯人を無意識裡に認識した主人公が、その相手をまた無意識裡に撲殺するという大筋が、ほぼ決定していたことが窺われる。ちなみに、「三菱系の某炭坑幹部」とは、父・茂丸と縁の深かった炭鉱事業主・中島徳松を指すものと思われる。

「幽霊と推進機（スクリユウ）」は『新青年』一九三二年十月号（第十三巻第十二号）に発表。本作は久作が『黒白』一九一七年七月号に「SU生」名義で発表した「二人の幽霊」を原型とする。記録者と語り手が同一人物に設定されていた「二人の幽霊」とは異なり、本作では「元の日活会社長S・M氏」の体験談を「筆者」が書き下ろした、という体裁になっているが、明治十九年、香港（ホンコン）からシンガポールに向かう荷物汽船（カーゴボート）「ピニエス・ペンドル」船上で物語の大半が進行する構造、船医不在のまま出航した同船にチブスが発生し、病死した二人の水夫の幽霊に祟（たた）られ、ついに嵐の海に没するまでを日本人船客「私」が語る、というスタイルは、細部の修正、加筆を除けば、ほぼ共通している。本作のみに認められる重要な展開は、「アームストロングの推進機（スクリユウ）と貴様らの力とドッチが強いかだ」という船長の一言に示された超常現象対科学、あるいは幽霊対近代主義という対決図の呈示であるが、救助された「私」が意識を取り戻すところで幕が降ろされた「二人の幽霊」にはなかった〈その後〉の加筆――すなわち、難船に至る「私」の全記憶が、「脳髄が描き出した夢」から逆転形成された虚構であった、という医師の判断がくだされるエピソード――が続くことで、この勝負の去就も、永遠に解けない謎のなかに呑（の）み込まれてしまう。

「爆弾太平記」は『オール讀物』一九三三年六・七月号（第三巻第六・七号）に発表。初出掲載時、「朝鮮総督府」「砲兵工廠（こうしょう）」等の機関名や「朝鮮」「釜山（プサン）」「露西亜（ロシア）」等の国名・地名、「不逞鮮人」等の一部用語が伏字とされたが、これらは『氷の涯　夢野久作傑作集』（春秋社、一九三五年五月）に収録された際に殆ど原文通りに起こされた。異同の詳細は『定本夢野久作全集３』（国書刊行会、二〇一七年十月）の沢田安史による解題を参照されたい。

「冥土行進曲」は『新青年』一九三六年六月号（第十七巻第七号）に「遺稿」として発表された。『定本夢野久作全集５』（二〇一八年九月）「解題」において、西原和海は以下のように同作品を評している。「作者は生き急いだのか、作中、次々と生起する事件の展開を追うことだけに精いっぱいで、結果として、ドタバタ活劇調の一篇に終わらせてしまった。失敗作だと見なしてよいだろう。或いは、本篇は未定稿のまま、作者没後、遺族の手から、「遺稿」を求める掲載誌編集部に渡されたのかも知れない」。

『ドグラ・マグラ』刊行のほぼ一年後、一九三六（昭和十一）年三月十一日に夢野久作は歿した。前年七月十九日には、大いなる影響を彼にあたえ続けた父・茂丸の逝去に臨んだばかりであった。さらに遡って一九三四年の暮れから翌年にかけて、創作上の深刻なスランプに悩まされていたことが、その日記や随筆からは確認できる。これらの状況に鑑みるならば、「生き急いだ」という言葉は的を射た表現であるが、一読者としては、「遺稿」のむこう側に幻の「完成稿」をも透かし見つつ、本作を鑑賞して戴きたいと望むものである。

読者の皆様へ

本書は、一九七七年に角川文庫より刊行された短編集『狂人は笑う』に、一九九二年刊行のちくま文庫を底本として「冥土行進曲」を収録し、改題したものです。

作品発表当時と現在では、人権意識や医学的な知見が異なります。そのため、本書の中には、「狂人」、「発狂」、「キチガイ」、「支那」、「廃人」、「気違い」、「チャンチャン」、「野蛮人」、「毛唐」、「精神異状者(きちがい)」、「ルンペン」、「黒ん坊」、「チャンコロ」、「鮮人」、「朝鮮公(ヨボこう)」、「露助」など、疾患や遺伝、特定地域に対する誤解や偏見を含む差別的な語句、及び「チャンチャンというやつは、国家とか、社会とかいう観念となると全然ないと言っていいくらいに、個人主義的な動物ですが」などといった差別的な表現があります。

しかし、雑誌に掲載され、広く読まれた作品の中には、当時の文化や風俗、社会通念が、作品の設定そのものとわかちがたく結びついている部分があります。

作者は一九三六年に他界しており、こうした状況を踏まえ、本作を当初の表現のまま出版することとしました。あらゆる差別に反対し、差別がなくなるよう努力することは出版に関わる者の責務です。この作品に接することで、読者の皆様にも現在もなお、さまざまな差別が存在している事実を認識していただき、人権を守ることの大切さについて、あらためて考えていただく機会になることを願っています。

角川文庫編集部

冥土行進曲

夢野久作

令和5年 11月25日　初版発行

発行者●山下直久

発行●株式会社KADOKAWA
〒102-8177　東京都千代田区富士見2-13-3
電話　0570-002-301(ナビダイヤル)

角川文庫 23891

印刷所●株式会社暁印刷
製本所●本間製本株式会社

表紙画●和田三造

◎本書の無断複製（コピー、スキャン、デジタル化等）並びに無断複製物の譲渡および配信は、著作権法上での例外を除き禁じられています。また、本書を代行業者等の第三者に依頼して複製する行為は、たとえ個人や家庭内での利用であっても一切認められておりません。
◎定価はカバーに表示してあります。

●お問い合わせ
https://www.kadokawa.co.jp/（「お問い合わせ」へお進みください）
※内容によっては、お答えできない場合があります。
※サポートは日本国内のみとさせていただきます。
※Japanese text only

Printed in Japan
ISBN 978-4-04-114088-8　C0193

◇◇◇

角川文庫発刊に際して

角川源義

第二次世界大戦の敗北は、軍事力の敗北であった以上に、私たちの若い文化力の敗退であった。私たちの文化が戦争に対して如何に無力であり、単なるあだ花に過ぎなかったかを、私たちは身を以て体験し痛感した。西洋近代文化の摂取にとって、明治以後八十年の歳月は決して短かすぎたとは言えない。にもかかわらず、近代文化の伝統を確立し、自由な批判と柔軟な良識に富む文化層として自らを形成することに私たちは失敗して来た。そしてこれは、各層への文化の普及滲透を任務とする出版人の責任でもあった。

一九四五年以来、私たちは再び振出しに戻り、第一歩から踏み出すことを余儀なくされた。これは大きな不幸ではあるが、反面、これまでの混沌・未熟・歪曲の中にあった我が国の文化に秩序と確たる基礎を齎らすためには絶好の機会でもある。角川書店は、このような祖国の文化的危機にあたり、微力をも顧みず再建の礎石たるべき抱負と決意とをもって出発したが、ここに創立以来の念願を果すべく角川文庫を発刊する。これまで刊行されたあらゆる全集叢書文庫類の長所と短所とを検討し、古今東西の不朽の典籍を、良心的編集のもとに、廉価に、そして書架にふさわしい美本として、多くのひとびとに提供しようとする。しかし私たちは徒らに百科全書的な知識のジレッタントを作ることを目的とせず、あくまで祖国の文化に秩序と再建への道を示し、この文庫を角川書店の栄ある事業として、今後永久に継続発展せしめ、学芸と教養との殿堂として大成せんことを期したい。多くの読書子の愛情ある忠言と支持とによって、この希望と抱負とを完遂せしめられんことを願う。

一九四九年五月三日